年華似錦 3

天然宅 著

風文創 201

目錄

第五十一章 購置莊子

大皇子人一走，丹年馬上從旖旎的氣氛中清醒了過來，她早就不是相信「一見鍾情」的小女生了。如今朝中局勢變幻莫測，哪知道明日會如何？她還是老老實實等年紀到了，嫁個小地主當地主婆比較保險。

沒過兩天，便到了沈立言和沈鈺出發前往邊境的日子。

李慧娘在家面色雖然不顯，但任誰都能感覺到她的不捨和擔心，送行那天，她推說自己夜裡沒睡好，頭痛起不了床。

大家都知道李慧娘是無法面對離別的傷痛，沈鈺跪在李慧娘床前結結實實磕了三個頭，便跟著沈立言出了家門。

丹年騎著馬跟在他們旁邊，她一路上都在提醒沈立言和沈鈺，千萬要防備勒斥軍營裡那個慕公子，還有監軍太監。

沈鈺聽得耳朵起繭，隨便點頭應下了，丹年察覺到他不夠用心，心頭無名火起，罵道：「你什麼時候能用心一點，戰場又不是兒戲！」

沈立言笑咪咪地看女兒跟個老頭子一樣教訓兒子，剛要說些什麼，便看到前面有兩名騎兵飛奔而來。

到了他們跟前，其中一名騎兵抱拳問道：「可是沈副統領和小沈副統領？」

沈立言沈穩地點了點頭。「正是。」

那名騎兵下馬半跪身子，說道：「雍國公世子在十里亭設了酒宴，要給兩位副統領送行，在下先去回稟世子了！」

得到沈立言的頷首回應之後，那兩個人又像風一般飛馳而去。

到了十里亭，等在那裡的不光有白振繁，還有沈丹荷。丹年看到沈丹荷，眼睛就忍不住冒火，她從來沒想到有人可以欠揍到這地步的。

沈丹荷這會兒老實得不得了，乖乖站在白振繁身後，如同賢慧溫柔的妻子般，讓丹年看得心裡直作嘔，她真是無時無刻不忘提醒眾人，她是白振繁的內定老婆。

白振繁看到他們三人來了，便迎了上去，丹年不情不願地跟在沈立言父子身後下了馬。她得承認，看到白振繁與沈丹荷兩個人那一瞬間，她有股衝動直接策馬撞過去。

沈丹荷走上前來，看到丹年俐落地翻身下馬，不由得說道：「丹年妹妹，我竟然不知妳的馬騎得這麼好，哪天有空，我們姊妹好好比試比試。」

丹年笑嘻嘻地回道：「那可不行，大姊姊出手一向快狠準，要是等我爹和我哥哥回來，看到一個殘廢的丹年，那大姊姊麻煩就大了！」

沈丹荷被噎得一時說不出話來，強笑著開口了。「妹妹說的這是什麼話，大姊姊怎會……」

還未等她說完，丹年早就走到另一邊，摟著沈立言的胳膊坐了下來，無視她的存在。

沈丹荷氣得美目圓睜，卻礙於周圍一群丫鬟和小廝在場，不好發作，只得擺出笑臉迎人。

丹年就是吃定了她這一點。沈丹荷需要在人前維持她賢良淑德、閨閣千金的形象，可沈丹年不需要啊，她又不用整天提心弔膽，心心念念要嫁個王公貴族。

沈立言和沈鈺飲下白振繁敬上的酒，沈丹荷也娉婷地走上前來，手持酒杯紅著眼眶，說是她父親不能來送行，她特地代表來敬杯水酒。

沈立言嘆道：「真是有心了，以後妳家就靠著妳了，多勸勸妳哥哥！」說罷仰起頭一飲而盡。

不知是不是沈立言的話戳到沈丹荷的心窩裡，丹年覺得沈丹荷的眼眶更紅了，似是真的要哭出來一樣。

沈立言和沈鈺飲完酒便告辭了，丹年騎馬在後面跟了一陣子，可是前方就是軍隊集合的地方，她只得依依不捨調轉馬頭回去了，沒敢讓他們看到她眼裡的淚水。

回頭經過十里亭時，白振繁和沈丹荷居然還在，小廝與丫鬟忙著收拾整理帶出來的香爐、墊子等物品。丹年不禁對貴族公子與小姐出行的奢華感到驚訝，她剛才以為這些東西是亭子裡原本就有的，沒想到是特地帶出來的。

白振繁瞧見了丹年，便從亭子裡走出來，笑道：「沈小姐，我們這裡有馬車，如不嫌棄，同妳姊姊一起坐馬車回去吧。」

沈丹荷見狀，也出了亭子，站在白振繁身後，笑得一臉親切和藹。「丹年妹妹，妳一個女孩子在京城大街上騎馬，像什麼樣子，還是跟我一起坐馬車吧！」

丹年撇了撇嘴，笑道：「跟披著人皮的畜牲待在一起，還不如和真畜牲一起。」她指了指身下的馬，笑咪咪地補充道：「人要是畜生起來，比畜牲還不如。」說罷，也不管沈丹荷青白交加的臉色，拍了拍馬屁股，瀟灑飛馳而去。

沈丹荷氣得眼前發黑，她看了白振繁一眼，卻驚恐地發現白振繁看向遠去的丹年時，嘴角上噙著欣賞的微笑。她忍不住咬牙笑道：「世子，舍妹一向頑劣，讓您見笑了。」

白振繁回過頭，別有深意地看著沈丹荷。「頑劣？我倒覺得是天性爛漫，不是一般人能比的。」

沈丹荷白著一張臉，說道：「世子的見解真是與眾不同。」

硬邦邦地甩下這句話之後，沈丹荷堵氣上了馬車，連告別也省了，直接回去沈家大院。

沈立言父子離開後，丹年和李慧娘待在家裡很少出去，就連廉清清找丹年出去玩，都被她婉言謝絕了。

就這樣過了幾日，晚上丹年剛要上床睡覺，就聽到吳氏在門口低聲問道：「丹年，妳可睡了？」

丹年心下奇怪，吳氏這麼晚來找她必定是有事，可有什麼事是白天當著大家的面不能說的？

吳氏一進來就嘆了口氣，皺著眉頭說道：「趙先生這段時間攢夠了錢，把他原來主家的小姐給贖了出來。」

海。

丹年點了點頭，這件事趙福很早之前就和她說過，等攢夠了錢，要幫助自家小姐脫離苦

「可是那盧小姐也太不像話了！」吳氏有些憤然。「她不願意幹活做事就罷了，盼歸居也不少她一碗飯吃。可她把盼歸居當成了什麼地方？成天在後院彈她那把破琵琶，唱些亂七八糟的小曲兒。」

「唱什麼曲兒？」見吳氏面色不豫，丹年心頭一沈。

「還能有什麼曲兒？不就是從那種骯髒地方學來的！每天都引來一堆不三不四的男人在盼歸居門口張望，問我們……是不是還招待男客！」

吳氏氣得話都說不好了，她喘了口氣，繼續說道：「丹年，這事我們原本不該跟妳說的，可慧嫂子最近身體不好，我不敢拿這事煩她，只好來同妳說。」

丹年點了點頭。「嬸嬸做得很對，這事不要告訴我娘，免得她生氣。妳明天把趙先生叫過來，我跟他說。」

第二天下午，趙福就急匆匆趕到丹年家裡，丹年喚他到房間門口回話。

趙福恭敬地站在門口，丹年坐在房間裡，直截了當地說道：「趙先生，我叫你過來是為了什麼，我想你應該知道。」

趙福抹了把臉，有些羞愧地說道：「我知道。」

「趙先生，眼下我父兄都已入朝為官，萬萬不能傳出什麼有損他們清譽的事情，不能讓那位盧小姐在盼歸居唱下去了。」丹年一字一句地說道。

趙福重重嘆了口氣，用乞求的語氣說道：「丹年小姐，我也知道我家小姐做得不對，可她心裡苦悶，好好的千金小姐，如今卻淪落到這個地步。」

丹年不接話，心裡冷笑一聲。好個趙福，在沈家做了這麼久，還稱對方「我家小姐」，敢情他壓根兒沒把自己當沈家人。

趙福小心翼翼地抬頭，試探性地問道：「丹年小姐，如今您家住的這房子，後院不是空了兩間房出來嗎？我家小姐也是官家小姐出身，絕不會辱沒了……」

丹年重重把茶盅放到了桌上。「趙先生，我一直以為你是個有分寸的人！」

趙福一驚，沒料到一直溫言相向的丹年突然發起脾氣。

丹年瞪著他說道：「在你眼裡，她還是個千金小姐，可在別人眼裡，她就是個從良的青樓女子！你心裡打的主意我都清楚，是想幫你家小姐尋個好人家，還要讓她從我們家出嫁，全了你對你老爺的心意。」

趙福訕訕地低下了頭，囁嚅道：「丹年小姐果然冰雪聰明，我萬萬不該把算盤打到小姐頭上。」

丹年微微皺了皺眉頭，雖然趙福對他家小姐的事情犯了糊塗，可他辦事還是很得力。正好自己也有置辦莊子的打算，不如讓趙福在京城郊區尋個莊子，把他家小姐安置在莊子裡再說。

丹年將她的想法告訴了趙福，趙福立刻跪在地上，含著眼淚說他一定把事情辦好，絕不辜負丹年的期望。

晚上吳氏偷偷來找丹年打聽消息，丹年安慰她不必擔心，已經在找安置地點了。

吳氏撇了撇嘴，悄聲跟丹年說道：「趙先生最近找了好幾個老實肯幹的年輕後生，都是附近鋪子的夥計和管事。」

丹年來了興趣，問道：「那他可有相中的？」

吳氏哼了一聲。「一個都沒有！趙先生隱瞞了那盧小姐之前的事，要不然家世清白的人哪裡看得上她？問題是那盧小姐心高氣傲得很，看不上什麼管事和夥計，天天在趙先生面前鬧！」

丹年心中了然，那位盧小姐不是什麼安分的主，只怕趙福想幫她找個普通人家過安穩日子的想法要泡湯了。

丹年安慰吳氏道：「我已經讓趙先生去找地方安置盧小姐了，你們就裝作不知道她的事，也別跟他們起衝突。妳和馮叔叔是我真正信得過的人，也就這幾天的時間，再忍耐一下吧。」

吳氏拉著丹年的手嘆道：「要不是老馮太老實，挑不起重擔，妳也不至於要容忍趙先生到這個地步！」

丹年看吳氏義憤填膺的樣子，呵呵笑了起來，打趣道：「嬸嬸真是會說笑，要是馮叔叔真像妳說的那麼不中用，妳還跟著他做什麼？」

吳氏不好意思地笑了起來。「妳看妳，人小鬼大的！」

兩人又說笑了幾句，吳氏便起身告辭了，丹年拉住她，千叮嚀萬囑咐，事情很快就會解決，千萬不可告訴李慧娘，惹得她心裡不痛快。

趙福辦事速度沒話說，大概是因為牽扯到「自家」小姐吧，沒兩日，他就匆匆稟報丹年說已經看中了京郊一處莊子，隨著莊子一起賣的，有百來畝地，總價大約是四百兩銀子，想請丹年過去看看，決定買還是不買。

丹年心中暗暗驚奇，這京郊的地產可不是想買就能買的，不知有多少雙眼睛盯著呢，這趙福為了盧小姐，可真是不遺餘力啊！幸好現在盼歸居和馥芳閣都很賺錢，加上沈立言與沈鈺都當了官，他們家手頭也算寬裕了。

打發走了趙福，丹年便去找李慧娘。

見推門進來的人是丹年，李慧娘放下手中的針線，自嘲道：「妳看娘，真是老了，穿個針都要半天。」

丹年笑嘻嘻地接過針來穿上了線，說道：「老了才能享福啊，再說，娘哪裡老了，比起梅姨和吳嬸嬸，看起來至少小了十歲！」

李慧娘笑著擺手。「她們顯老是年輕時幹太多活，我走運跟了妳爹，一輩子沒受過累。」

丹年見李慧娘高興，便乘機說起明天要去京郊看莊子的事情。

「算了，老家還有些地產，銀子就攢起來，留著妳以後用吧。」李慧娘勸道。

丹年心知李慧娘是想省下銀子來幫自己攢嫁妝，並未急著反駁，只勸她如今買地產最划算，年年還有產出，等急需用錢時再賣了就是。

第二天，丹年叫了小石頭，帶著李慧娘和碧瑤搭馬車去了京郊的莊子，趙福早就在那裡等著了。

李慧娘看了很滿意，只說讓丹年拿主意就好，丹年知道李慧娘看中了這個莊子，便下定決心要買下來。

趙福是個聰明人，剛置下莊子沒兩日就把盧小姐接到莊子上住，吳氏等人看他的目光才和善起來。

中秋一過，丹年便讓小石頭在馥芳閣附近找了家小店面，打算開成衣鋪子試試。一是想多賺點錢，二是碧瑤和小石頭很少見面，她心裡有些過意不去。

丹年在家拿筆畫了厚厚一疊紙，還讓馮老闆找木匠打造了兩個木頭做的人形模特兒，準備放到鋪子門口吸引目光。

為新鋪子命名的權力，丹年大方地下放給了碧瑤，碧瑤羞答答地說就叫「碧線閣」。

碧線閣剛開張時，生意很是冷清，很多人只是進來看看，並不購買。好在碧瑤手巧，丹年想法又多，每隔兩、三天便幫門口的人形模特兒換上一身漂亮的衣服，慢慢的，生意就好了起來。

碧瑤漸漸忙不過來，於是又請了一位女紅師傅張嬷嬷，她過去曾在御繡房裡上工，後來年紀大了眼睛不好，就被放了出來。

張嬤嬤年紀大了，又無兒女，碧瑤承諾管吃管住，每個月給二兩銀子工錢，還會幫張嬤嬤養老送終，張嬤嬤便留在了碧線閣。雖然眼睛花了，手上的活做得慢，可張嬤嬤的手藝不是一般人能比的。

只不過，丹年總覺得張嬤嬤看她的眼神怪怪的，說不清哪裡不對勁，她安慰自己張嬤嬤畢竟在皇宮裡待過許多年，和常人肯定有些不同。

碧線閣上了正軌，丹年剛要喘口氣，趙福又來了，他覥著臉說自己幫他家小姐找了戶人家，是莊子上的佃戶，叫劉寶慶。

「那劉寶慶可靠嗎？」丹年問道。既然盧小姐在她家莊子上，還是不要出什麼問題比較好。

趙福見丹年不生氣，便笑道：「那劉寶慶讀過兩年私塾，他爹很早就過世了，他和自己的娘相依為命，實誠能幹，只是二十三、四歲了，還沒找到媳婦。」

「劉寶慶對這門親事怎麼看？」丹年問道。

趙福遲疑了一下，笑道：「自然滿意，我跟他說我攢的錢都送給我家小姐做嫁妝。」

丹年盯著趙福問道：「你沒跟那劉寶慶說你家小姐的事？」

趙福愁眉苦臉地說道：「我家小姐可是官家小姐出身，模樣又好，等成了親，那劉寶慶知曉了我家小姐的好，想來不會介意。」

丹年不禁搖了搖頭，趙福平時很能理事，可是事情到了自己人身上，就搞不清楚了。

劉寶慶讀過書，寡母拉拔他長大沒改嫁，想必家裡極重禮教。在趙福看來，盧小姐什麼都好，只是曾經淪落青樓，就足以讓她萬劫不復。

趙福也是想到了這點，他想先瞞著劉寶慶，等生米煮成了熟飯，劉寶慶想後悔也來不及。

「既然事情都要成了，你來有什麼事？」丹年有些摸不透趙福的想法，他可千萬別想讓李慧娘認盧小姐做乾女兒之類的，她會立刻轟他出去。

趙福見丹年面色不善，慌忙擺手道：「丹年小姐莫要想多了，我萬萬不敢有過分的想法。只是莊子上有好幾處空閒的院子，我現在手裡還有些餘錢，想問小姐能不能賣給我一個院子，好讓我家小姐置辦新房。」

丹年皺了皺眉頭。「院子的事情好說，在莊子上放著也是放著，若你家小姐真能出嫁，我送她一處便是。」鄉下房子值不了幾個錢，她犯不著為了這點跟趙福劃分得那麼清楚。

趙福一愣，隨即低了頭輕聲說：「不能再給丹年小姐添麻煩了，丹年小姐是我的大恩人。」

丹年強壓下心頭的不快，笑道：「趙先生真是客氣，若是傳出我們沈家的奴才要跟主人家買房送原本的小姐出嫁，沈家可丟不起這人！」

趙福脹紅了臉，跪在地上向丹年磕了個頭，千恩萬謝地退出去了。

丹年以往最厭煩別人對她磕頭，可這次卻是結結實實受了趙福這一磕。時間一長，趙福還覺得自己不是沈家的奴才，是時候提醒他了。

只是丹年想來想去還是覺得不放心，萬一那劉寶慶只是裝得老實，其實很會惹事怎麼辦？等他發現自己吃了個啞巴虧，狀告趙福詐騙，而趙福現在又是自家奴才，一旦鬧得太大，沈家的臉面可就全沒了！

第二天，丹年叫了趙福和碧瑤，一起去莊子上。

馬車經過莊子邊一處土房子時，趕車的趙福便低聲說道：「丹年小姐，這戶人家就是劉寶慶家。」

丹年掀開車簾一看——總共兩間土坯房子，灰白的門板，上面貼著破舊發白的年畫，房子旁邊是間用樹枝搭起來的房子，像是廚房，院牆也是土坯砌的院牆，只要一翻就能過去。

就在丹年打量房子時，一個頭髮灰白的婦人拿著水瓢從樹枝搭成的房子裡走了出來，她的褂子、褲子上都是補丁。婦人瞧見了丹年的馬車，瞇著眼睛看了一下，又低頭去做事了。

這劉寶慶家真是一窮二白，若是貪圖趙福給的嫁妝，願意娶盧小姐，也是情理之中。

丹年催著趙福駕車繞著莊子跑了一圈，看大部分的田地都翻耕過了一遍，其中有塊四、五畝大的地方，趙福說是留下來種菜，給李慧娘、丹年還有盼歸居使用。

丹年轉了一圈，很是滿意。趙福辦事從來不用人操心，明年夏天，盼歸居就不必再到糧鋪去買糧了。

一圈轉下來，時間臨近中午，趙福將馬車停在一個院子裡，這個院子是原先地主家住的地方，桌椅、板凳都還齊全，趙福請丹年和碧瑤在這裡等一會兒，他去叫兩個婆子過來幫三人做飯。

碧瑤笑道：「小姐吃不慣別人做的菜，趙叔找農戶們要些菜、麵就行了，我來做飯給小姐吃。」

趙福當下便答應了，沒多久便有一個中年婆子抱著一捆菜、提著一隻雞過來了，說是孝敬小姐的。

丹年示意碧瑤給了她十個大錢，算是賞給她的，中年婆子領了錢，千恩萬謝地離開了。

正當趙福要去幫忙洗菜的時候，院子門口出現了一個女孩，她穿著桃紅色的短褂和長裙，衣服不知道是不是故意做小了一號，緊緊繃在身上，顯得身材很是豐滿。

來人小聲地叫住了趙福，趙福往堂屋裡看了丹年一眼，便匆匆走了過去，也不知道兩人說了些什麼，趙福便放下手裡的菜，跟著那女孩出去了。

過了一會兒，那女孩鬼鬼祟祟地又跑進了院子，直接奔進堂屋，碧瑤一時不設防，沒能攔住。

那女孩進了堂屋，直接跪倒在丹年前面，痛哭流涕地磕著頭，嚷嚷著要丹年幫她作主。

碧瑤怒氣上來了，哪裡來的野女人啊？她剛剛明明已經在外面喊著要她不要進去了，她還是衝進了屋裡！

眼前的情況讓碧瑤氣得追了進去，扯著那女孩就要往外拖。

那女孩一邊掙扎，一邊朝丹年哭喊，反反覆覆要丹年為她作主，丹年瞇著眼睛叫碧瑤停手，問道：「妳有什麼事情要我作主的？」

女孩抬起頭來看了丹年一眼，又慌忙低下頭去。

丹年看那女孩相貌不錯，面龐白皙、五官小巧，一雙纖纖素手染著蔻丹，根本不像是農戶出身的女孩。她心下明白了，眼前這人肯定就是盧小姐。

果然，那女孩哀哀切切地說自己就是趙福原來主人家的小姐。

丹年很不開心，但還是耐著性子問道：「妳有什麼事情？」

那女孩眼淚又落了下來，站起身來說道：「小姐有所不知，以前小女也是官家小姐，趙福是我家的管事，靠我家，他才有了之前的風光。可如今他見我落了難，竟想要隨便把我嫁出去，好擺脫我！」

丹年和碧瑤對視了一眼，兩人心裡有同樣的想法，趙福辛辛苦苦攢錢把人贖了出來，可這盧小姐還不願意嫁人呢！

「趙先生是為妳好，妳年紀不小了，總不能一輩子不嫁人吧。」碧瑤忍不住說了句公道話。

盧小姐擦了擦眼淚，跺腳道：「我父親曾是知府，我也是受過詩書禮儀教育的千金小姐，怎可嫁給鄉村野夫，這不是糟蹋我嗎?!」

丹年算是明白了，不是不願意嫁，而是嫌趙福幫她找的婆家沒錢。剛才她應該也是使了什麼計策，把趙福給支走，好單獨來見她。

見丹年不說話，盧小姐有些急了，試探性地問道：「小姐？」

丹年嘴角揚起譏諷的笑意，都到這個時候了，她還覺得自己是千金小姐？

順了順氣，丹年慢條斯理地說道：「妳先下去吧，若妳不滿意這樁婚事，我跟趙先生說說便是，總之不會強迫妳。」

盧小姐聞言大喜，千恩萬謝地叩拜了一番。

丹年見她還不走，斜著眼掃了她一下，盧小姐思量再三，還是羞答答地說了出來。「小姐在京城見多識廣，不知可有人家願意接收奴家，奴家定當老實本分，安心侍奉主家。」

丹年強忍著笑意，只說自己知道了，會幫忙留意，便揮揮手要她出去了。

等盧小姐離開院子，碧瑤就怒罵道：「小姐，這人太不知好歹了！」

丹年嗤道：「劉寶慶他家雖然窮，可還是清白人家，要是知道了她的來歷，未必看得上她！」

碧瑤點點頭。「哪個清白人家願意娶個官妓當媳婦？她還以為自己的爹是有權有勢的知府呢！」

丹年說道：「等會兒趙先生回來，我會跟他好好說說，那盧小姐不是個安心過日子的主，方才還要我幫她問有沒有人願意抬她做小妾或外室，她嫁到劉寶慶家裡，也是禍害。」

碧瑤大吃一驚。「原來是這個意思，我還以為她最後在胡言亂語些什麼呢！真是不知羞恥！」

丹年笑了笑。像盧小姐那種過慣了茶來伸手、飯來張口日子的人，只怕她情願再入青樓，也不願意嫁到劉寶慶那種窮人家裡受苦。

第五十二章　登門邀宴

沒多久趙福便回來了，他見丹年和碧瑤坐在堂屋直勾勾地看著他，不好意思地說：「方才我家小姐說她住的屋子屋頂漏雨，我去瞧了瞧。」

丹年示意碧瑤去廚房做飯，對趙福說道：「你不用去幫碧瑤的忙了，我有些話想跟你說。」

丹年把盧小姐不願嫁給劉寶慶的意思告訴了趙福，趙福聽完以後，臉色頓時黑得如同鍋底一般。

「人我見了，意思也幫她轉達了，她畢竟是跟你有關係的人，你打算怎麼辦？」丹年問道。

趙福重重嘆了口氣，說道：「我家小姐從小就嬌生慣養，卻遭逢大難，我苦心安排她又不領情，一心想嫁個有錢人家，可有錢人家有誰願意娶她呢？」

「你這個小姐心高得很，還央我替她尋個有錢人家做小妾或外室。」丹年譏諷道。

趙福大吃一驚。「她真這麼說？」

丹年哼了一聲。「我騙你做什麼！」

趙福眼淚忽然掉了下來。「老爺要是知道，不知會多傷心，小姐竟然這麼不成器！」

「你若真看中了劉寶慶，不如找他來當面說清楚，若是他不願意就罷了，否則東窗事發，你難道願意看到你家小姐被休出家門？即便劉寶慶為了顏面沒有休妻，可日後他若得了勢，你又老了，他還能對你家小姐好嗎？」丹年繼續勸道。

趙福經歷過的事情多，只是事關自家小姐便有些急切了，經過丹年提點也醒悟了過來，不禁嘆道：「丹年小姐才是明事理的人，我這就去找劉寶慶來說清楚。他若願意，我便將錢財統統給他；若是不願意，我也不強求。」

此時碧瑤端了飯菜進門，不鹹不淡地說道：「趙先生還是吃過午飯再去找人吧，現在正是飯點，那人定是在家裡吃飯。」

丹年聽著碧瑤的稱呼，由「趙叔」變成了「趙先生」，可見真的是被盧小姐氣得不輕。

趙福苦笑了一聲，盛了碗菜，拿了饅頭蹲到門口去吃了，說什麼也不肯上桌和丹年與碧瑤一起吃。

丹年也不跟他客氣，那盧小姐這般不懂事，趙福本身也有責任，他供著她、敬著她，到頭來還成了他的不是。

吃過飯後，趙福就急匆匆地出去了，沒多久便帶了劉寶慶過來。

劉寶慶大約二十歲出頭，褂子上雖然是補丁疊補丁，但還算乾淨整齊，手腳還往下滴著水珠，看得出來是先清洗過一遍才來的。

見了丹年，劉寶慶先跪下來磕頭問了聲「小姐好」，等丹年點頭出聲後，他才站起來，恭敬地退到了一邊。

丹年看劉寶慶面容清秀，說話行禮都不卑不亢，而且知道見人前先把自己手腳上的泥巴清洗乾淨，便對他頗有好感。到底是讀過私塾，跟粗俗的村夫不一樣，難怪趙福看中他，要將自家小姐許配給他。

丹年思忖了半天，決定惡人還是要由趙福來做。她抬了抬下巴，說道：「趙先生，你把事情跟劉寶慶說清楚吧。」

趙福脹紅了臉，結結巴巴地說自家小姐原是知府千金，落難到教坊，被他贖身出來。聽到這裡，劉寶慶的臉色立刻變了，吃驚地抬起頭說：「這、這怎麼行？」他隨即朝丹年跪下，堅定地說道：「寶慶不敢攀這門親事，不能給祖宗臉上抹黑！」

趙福在劉寶慶身後又是生氣又是失望，拍了一下大腿，重重地嘆了口氣。

丹年面無表情地看了劉寶慶一眼，決定還是要再試探一下，便開口說道：「劉寶慶，趙先生是我最得力的管事，若是你應了這門親事，不光有大筆嫁妝，我還能把這院子送給你當新房。此外，我在京城裡的鋪子裡還缺個管事，你可願意過來？一個月給你的工錢，足夠你在地裡刨食一年。」

劉寶慶愣了一下，隨即堅定地說道：「蒙小姐厚愛，寶慶不敢當。寶慶雖然家窮，可萬不能辱沒了劉家祖宗的顏面，就算小姐要趕寶慶出這個莊子，寶慶也不能答應這門親事。」

他垂首跪在地上，原以為丹年會大發脾氣，結果卻只聽到她輕描淡寫地說了一句。「好了，你的想法我知道了，絕不會勉強你。」

劉寶慶還處在吃驚的狀態，跪在地上也不知道該不該起身，直到碧瑤輕聲提醒了他一句，他才朝丹年磕了個頭，慢慢退出了院子。

趙福尷尬地站在一旁，心裡說不清是惱恨還是放下了塊石頭。

「你也看到了，劉寶慶不肯娶盧小姐，連房子都不要。」丹年說道。

趙福不知道該說什麼，只是重重嘆息一聲，低下了頭。

碧瑤快人快語說道：「我看那劉寶慶是個好人，為人又正直，趙先生可別給人家添麻煩！」

丹年嗤笑了一聲，打趣道：「怎麼，妳不要小石頭，看上人家劉寶慶了？」

碧瑤羞得滿臉通紅，跺著腳說道：「小姐說的是什麼話，幹麼扯到我身上，我是就事論事罷了。」

丹年看碧瑤害羞了，便不再逗她，轉而對趙福說道：「就算劉寶慶願意娶盧小姐，但以他的家境，盧小姐嫁過去也是過苦日子。你看她吃得了苦嗎？你接濟得了一時，還能接濟一世不成？」

趙福低著頭，嘆道：「老爺不久前已經死了，不幫小姐找個實誠人家，為她安排好以後的日子，我心裡難安啊！」

「既然兩人都沒這個意思，你也別提這事了。你安排的生活也許是好的，可盧小姐不見得會過得幸福。」丹年說道。

「丹年小姐教訓得是。」趙福只能苦笑。

「既然盧小姐一心想找個有錢人家，你幫她另外找個合適的人家好了，也全了你對你老爺的忠心。」碧瑤建議道。

三個人回去以後，碧瑤還在說劉寶慶的事情，覺得那麼正直的好青年窩憋在莊子裡可惜了，丹年斜了她一眼，碧瑤才訕訕地閉了口。

丹年明白碧瑤是看劉寶慶人品好，不忍心看他一直這麼窮下去。等碧瑤收拾了一番要去碧線閣時，丹年叫住了她，笑咪咪地說道：「聽說小石頭那邊缺夥計，妳要是有合適的，可以引薦一二。」

碧瑤原本低落的心情瞬間高漲了起來，樂呵呵地出門去了。

黃昏時分，院門被人敲響了，丹年開了門，驚愕地發現站在門外的是一襲白袍的大皇子，後面站著一臉不自在的金慎。

丹年看到他，就想起那天在馥芳閣裡的曖昧場面，臉紅尷尬之下，請大皇子和金慎進堂屋坐下。

大皇子溫潤地笑了笑，後面的金慎立刻呈上一個木盒，遞給丹年。

大皇子見丹年並不接過木盒，笑道：「孤今日整理舊東西，看到了這個，不知怎麼就想起了妳，覺得還是妳最適合它。」

丹年遲疑不已，別人的東西哪能隨便收，更何況他還是當朝皇子！

見丹年猶豫不定，大皇子剛要說些什麼，不料岔了口氣，低聲咳了起來，金慎立刻擔憂地看向大皇子，不住地幫大皇子拍背順氣。

大皇子好一會兒才止住了咳，一張白皙的俊臉通紅，他不好意思地說：「老毛病犯了，讓丹年見笑了。」

丹年擔憂地說道：「殿下還是請御醫好好診治一番，咳得太厲害了。」

大皇子呵呵笑了起來，盯著丹年的臉說道：「有些病，即便是御醫也無能為力。」

丹年覺得他話中有話，不知道該如何回答，便低頭看著自己的腳尖。

大皇子看丹年低頭時露出了一段雪白的脖頸，小巧的耳珠在濃密的黑髮中忽隱忽現，一時之間有些心猿意馬，剛要說些什麼，就聽見金慎在旁邊輕咳了一聲。

大皇子慢悠悠瞪了金慎一眼，從他手中拿過木盒子，掀開蓋子，還未等丹年反應過來，一支髮釵就牢牢地簪在丹年的髮髻上。

丹年驚訝地抬起頭，不自覺地摸了摸髮髻上的髮釵，手感細膩冰涼，像是玉製的。

大皇子退後兩步，上下看了兩眼，滿意地說道：「果然很適合。」

丹年神情頓時有些呆滯。這是什麼情況，皇帝的兒子調戲良家婦女?!

大皇子看到丹年的表情，低聲笑了起來。

丹年回過神，伸手拔下那支髮釵拿到眼前一看——是玉質的，通體淺綠，間或有些雜色，並不是上品，一般的店鋪裡都能買到比這更好的。

髮釵的頂端刻了個小小的「穎」字，丹年唸出了聲，大皇子垂著眼睛說道：「這是我母親的名諱。」

丹年嚇了一跳，連忙道歉。「對不起，我不知道……」

她忽然想了起來，大皇子教她射箭時，那張白色小弓上也刻著一個「穎」字，原來是大皇子母親的名字。

「妳小時候不在京城，不知道是正常的。我母親死後被追封為穎妃，正好合著名諱中那個穎字。」大皇子不甚在意地說道。

丹年內心十分不安，手中的髮釵似乎有千斤重，既然是母親的遺物，大皇子為何送她？她鼓足勇氣，把髮釵遞給了大皇子。「殿下，這髮釵太貴重了，我不能收。」

大皇子身後的金慎很不滿意，他瞪著丹年嘟囔道：「竟敢嫌棄殿下的東西，真是膽大包天！」

大皇子皺眉轉頭喝了一聲。「金慎！」接著又把丹年的手推了回去。

丹年只覺得兩人手碰觸到的部分熱得發燙，低著頭不敢吭聲。

大皇子溫言道：「孤只是覺得這支髮釵很適合妳，而且在我那裡也沒什麼用，母親生前最喜歡這支髮釵，如今有了適合它的人，母親想必也會很高興。妳若不喜歡，扔了便是。」

說罷，大皇子轉身大步離去，丹年抬起頭，只看到了他的背影，金慎則是瞪了丹年一眼，轉身快速跟了上去。

丹年站在原地，拿著髮釵瞠目結舌。這算什麼啊？她什麼都沒說，大皇子怎麼就突然生氣了？她真是猜不透這些公子和皇子的心思！

見大皇子走遠了，丹年也不方便追上去，只得嘆氣進了房間，將髮釵收進櫃子最底層。

倘若大皇子是個普通人家的公子，贈亡母的髮釵予她，她不知道會有多開心，畢竟有哪個女孩能拒絕得了這麼出色的他？然而他偏偏是大昭的皇子，她躲都來不及，怎麼可能靠近他?!

丹年家巷子外的小道上，金慎正小心地扶著大皇子上馬車，此時一輛馬車飛馳而至，蘇允軒手中捧著木盒下了馬車，誰知剛進到巷子口，就看到了大皇子。

蘇允軒不著痕跡地把木盒藏到身後，淡淡說道：「真巧，沒想到在這裡碰到了殿下。」

大皇子上下打量了蘇允軒一眼，笑得好像什麼事都沒有的樣子。「只是來拜訪一個朋友，送了點東西給她。蘇郎中來這裡，可是有什麼要緊事要辦？」

蘇允軒若無其事地說道：「沒什麼要緊事，路過此處，下車走走散散心。」

大皇子低低笑出聲來，他咳了兩聲，說道：「蘇郎中少年英才，是我大昭棟梁，千萬要注意安全，別隨便去什麼不該去的地方，萬一出了事，不知蘇大人會多傷心啊！」

蘇允軒瞥了大皇子一眼，垂著眼睛說道：「多謝殿下關心，也請殿下多保重身體，少來這種偏僻的地方，殿下身子不好，若是出了意外，皇上會傷心的。」

兩人假惺惺地你來我往了一番，大皇子不知是故意還是不小心，手中的木盒子來回在蘇允軒面前晃了幾遍。

臨到上車時，大皇子像是忽然想起了什麼一般，轉頭笑道：「都說御史陶正大人為人最是剛正不阿，誰的面子都不賣，誰知陶正一把年紀了居然同蘇郎中關係不錯，實在意想不到啊！」

大皇子說完便低咳了一聲，心情大好地笑著上車而去，等到大皇子的馬車離去了，林管事看著背手不動的蘇允軒，問道：「少爺，你這……還送不送？」

蘇允軒皺著眉頭看著手中的木盒子，今日好不容易鼓足了勇氣來送書，卻意外遇到大皇子，莫非大皇子對沈丹年也有意？一想到這個可能性，蘇允軒心中一把無名怒火就熊熊燃燒了起來。

更糟糕的是，大皇子竟然看出了他和陶正的關係，前些日子，他確實太過著急莽撞了。大皇子在白家和皇后的打壓下，示弱了這麼多年，未必真如同表面上那般孱弱不堪。

陶正是外公暗中提拔起來的，蘇允軒一時之間想不出大皇子如何得知這麼隱密的事情。思來想去，蘇允軒判斷大皇子也培養了不少心腹，他要是有心問鼎帝位，來私會沈丹年也說得通……看來事情愈來愈複雜了。

「不送了！誰說我要送東西了？」蘇允軒的脾氣也上來了，自己鼓起勇氣來送禮，結果居然碰到他們兩人「私會」，好個齊衍修，都厚著臉皮登堂入室了！

看著盛怒中的蘇允軒就像抓到妻子紅杏出牆的丈夫一般，林管事抽了抽鼻子，實在不忍心提醒他，人家小姑娘跟他沒半點關係，不過是他一廂情願。

蘇允軒瞪著眼睛，瞧了巷子盡頭那座小院子半晌，憤怒彆扭之下，硬邦邦地扔下兩個字。「回府！」

這些天來他克制不住地思念她，好不容易下定決心，帶了禮物來看她，卻發現她早就和大皇子「勾搭」上了，真是沒良心的丫頭！

然而就在此時，院門竟被人打開了，蘇允軒心頭上的姑娘就站在門口，驚訝地看著他，還問：「你怎麼在這裡？」

「我、我路過……」蘇允軒看著俏麗的丹年，不爭氣地紅了臉。

不過他隨即黑了臉。為什麼他不能在這裡？莫非只有大皇子才能來？

丹年也有點臉紅，她想起上次她潑悍得跟什麼似的，把他堵到牆角裡逼問「你是不是喜歡我」……

「你路過我家做什麼？不是說了嗎，以後大家別來往了！」丹年有點氣虛，卻又不肯在蘇允軒這小壞蛋面前示弱，便揚著下巴問道。

他眼巴巴地跑來送書給佳人，就換來了一句「別來往了」？

蘇允軒語氣中難掩沖天的酸意妒火，他走近了幾步，居高臨下地凝視著丹年，逼問道：「我為什麼不能路過妳家門口？」

丹年身高只到蘇允軒的肩膀，一瞬間就被他的身影給完全籠罩住了，他白淨的俊臉近在咫尺，呼吸都能噴到她臉上。

「你路過就路過，我又沒跟你收過路費，你急什麼……」看著他的俊臉，丹年結結巴巴，一顆心跳得厲害。

蘇允軒只要一想到剛才齊衍修那炫耀示威的樣子，妒火就一陣陣往上竄，燒得他一點理智都沒有了，他冷笑道：「莫非只有大皇子能路過妳家門口？他對妳別有居心，妳當他是什麼好人？」

說穿了，還不是看中了沈立言父子在邊境握有重兵！

丹年脹紅了臉，伸手推開蘇允軒，咬牙切齒地說：「他對我別有居心，你就不是了？你是什麼好人嗎？」

林管事躲在車廂裡面，喝著小酒配著花生米，好整以暇地偷聽著這對小兒女拌嘴，忍不住感慨。「年輕真好啊！」

蘇允軒被堵得說不出話來。丹年罵得對，齊衍修不是什麼好人，居心叵測，他又是什麼好人了？他暗中進行的事，又比齊衍修光明正大到哪裡去？

可他和齊衍修不一樣！齊衍修對沈丹年是拉攏利用，他則是為了她好，對這個笨丫頭一片真心……蘇允軒想到這裡，臉紅耳赤地說不出話來。

見蘇允軒脹紅了臉不吭聲，丹年只當他被她罵得心虛了，朝他翻了個白眼，便關上了院門。

蘇允軒吃了個閉門羹，眼睜睜地看著心愛的姑娘消失在門後。

沈立言和沈鈺前去邊境多時，最近都不見有消息傳回來，李慧娘時常擔心得長吁短嘆，丹年也只能儘量託小石頭去打探消息。只是軍機大事打聽不出具體的內容，只約莫知道主帥們都安然無恙。

因為沈鈺，丹年也不好去找廉清清問邊境上的父兄情況如何，然而總是得不到音訊也不是辦法。

就在丹年煩惱的時候，院門口有人敲門了，來人居然是白振繁的管事白仲。

白仲一張臉依舊笑咪咪，他躬身雙手遞上了一張請柬，不久後就是白振繁母親的生日，白振繁想藉這個機會請朋友們聚一聚。

丹年第一個反應就是推辭，比起那些家財萬貫的世家子弟，她就是個窮人家，而且去了還要送不能太差的禮，她才不想浪費這個錢。

白仲不以為意，從荷包裡掏出一個做工精細的小布袋，放到丹年手裡。

看到丹年疑惑的表情，白仲笑道：「我家夫人最喜歡玉飾，前兩天世子得了個品質好的玉飾，可世子早就準備好了夫人的生辰賀禮，又聽大師測算說夫人今年與雙數犯沖，送兩樣不吉利，便想託個人轉送給夫人。沈小姐若是發善心肯幫這個忙，世子定會極為感謝。」

丹年打開小布袋，裡面裝著一朵晶瑩璀璨的白玉牡丹簪花，花蕊是一根根金絲，葉子是翡翠雕成，上面的脈絡清晰可見，可謂極品。

做工這麼細緻，用料也是上乘，白振繁何必送自己一個這麼大的人情，直接給沈丹荷不是更好？這樣也能讓自己未來的老婆在母親面前長了臉啊！

直覺上，丹年對白振繁有種強烈的抵制心理，如果是一般的女孩，遇到他這樣神一般的人物邀請參加宴會，還貼心地代為準備了禮物，早就被驚喜砸暈了，但丹年到底是活了兩世的人，她不相信有從天上掉餡餅下來的好事。

丹年滿懷歉意地笑了。「白管事，我父兄出征了，家裡只有我和我娘在，實在不方便出去。再說，丹年本就是一般人家的女兒，如何送得起這麼貴重的禮物？即便拿了出來，也惹人懷疑。」

白仲眼都不眨地看著丹年，意味深長地笑了。「沈小姐果真不同於一般的官家小姐。」

「丹年只是個鄉下丫頭，當不起白管事這聲官家小姐的。」丹年垂首說道。

「既然如此，當然不能勉強沈小姐做不願意做的事情，不過……」白仲頗為關切地問道：「沈小姐已經很久沒收到沈大人和小沈大人的家書了吧？」

丹年猛然抬頭，目光銳利地盯著白仲，白仲依然一副笑面彌勒的樣子，看不出到底有什麼意思。

「沈小姐莫慌，在下想的是，我家夫人生辰那天，去的達官貴人不會少，沈小姐若是心裡掛念父兄，在宴會上找人打聽他們的消息，想必不難。」

丹年笑了起來。這個白仲可真機靈，真是有什麼樣的主子就有什麼樣的奴才，白振繁心思縝密、城府極深，跟著他的人也是個中好手。

「多謝白管事提點，要不然丹年還不知道如何是好呢！白夫人的生辰宴會丹年定會去恭賀，還請白管事告知世子一聲，多謝了！」丹年笑道。

白仲眼睛笑得瞇成了一條線。「既是如此，就靜候沈小姐光臨！」

丹年低頭道謝。「白管事客氣了，能去國公府是丹年的榮幸。」

白仲離開後，丹年並未同李慧娘說自己要去雍國公府，只說是認識的一個官家公子母親做壽，邀請自己去玩，順便打探一下沈立言與沈鈺的情況。

李慧娘自然雙手贊成，叫來了小石頭和碧瑤，吩咐兩人陪丹年一起去。

晚上，丹年坐在房間裡，掏出那朵白玉牡丹簪花賞看，碧瑤正好打了水進來，她瞧見那朵牡丹花，驚叫道：「這花真是好看！」

丹年笑道：「這是牡丹花，妳沒見過嗎？洛城那邊多得是。」

碧瑤多瞧了幾眼，搖搖頭。「沒見過，不過我聽說過，這花名貴著呢，是那些有錢人喜歡的。」

丹年逗她說：「好好經營碧線閣，將來妳也能在家裡養牡丹看了。」

碧瑤噗哧笑了起來。「小姐，我聽說京城裡一盆牡丹能頂一家人幾年的吃喝用度呢，我就算是有錢，也不是這麼個糟蹋法啊！」

丹年笑了。有錢人關注的是溫飽之後的享受，窮人關注的是柴米油鹽，出身不同，就決定眼光與想法不同，牡丹花雖好，但要讓碧瑤養，恐怕還不如給她幾袋子白麵。

等丹年洗腳時，碧瑤神秘兮兮地說道：「小姐，趙先生把那個盧小姐嫁出去了。」

「嫁給誰了？」丹年不甚在意地問道。

「不清楚，我聽我娘說，也不算嫁，不過是用一頂小轎子抬了過去。」碧瑤小聲說道。

「若是娶作妾，也不至於連個儀式都沒有啊？」丹年皺眉說道。

「哪裡是作妾！」碧瑤搖頭說道：「聽說是給人做外室，那家的主母凶悍著呢，那家老爺只能在外買處小宅院，找幾個丫鬟和婆子去伺候盧小姐。」

「打發走了也好，了卻了趙先生的心事。」丹年說道。

碧瑤嘆道：「其實那劉寶慶人不錯，就是家窮了點，若是盧小姐肯跟了他，豈不比給人做外室更好？要是哪天主母知道了，還不打殺了她！」

丹年想起了《紅樓夢》裡的尤二姐，香消玉殞在賈璉的妻妾爭鬥中，搖頭道：「且不說劉寶慶看不上她的出身，就是盧小姐也不願意嫁到窮人家吃苦。她還年輕，只要能生下兒子討那老爺歡心，扶成妾室也有可能。」

一提起「妾」，碧瑤就憤憤不平，嘟囔道：「好好的姑娘，做什麼不好，偏要給人作妾！」

「誰不想讓人作正妻，可那位置只有一個，想享受榮華富貴，又想獨占鰲頭，世上的好事哪有那麼多？」丹年笑道。

「我寧願窮死，也絕不給人作妾！」碧瑤不屑地說道。

「那我送妳出嫁之前，得讓小石頭立張字據，若是敢納妾或尋花問柳，就讓他淨身出戶好了。」丹年摸著下巴說道。

碧瑤羞得滿臉通紅，結結巴巴地說道：「小姐亂說什麼呢！」

丹年雙手一攤，無辜地說道：「怎麼好心反被當成驢肝肺了！我可是替妳預先做了保險。要是妳心疼妳家夫君，不肯跟我統一戰線，那我也沒辦法。」

「這天下哪有讓夫君淨身出戶的？傳出去，不知道別人怎麼說我。」碧瑤忸怩地說道。

「自己過得好就行了，何必在意他人的眼光？罷了，妳若不願意，我也不強求。不過啊，小石頭生意愈做愈好，前兩天還跟我說想開個專賣西域器物的鋪子呢，馮叔叔還說，不少生意場上的老闆都想把女兒嫁給他們家小石頭。」丹年壞心眼地說道。

「怎麼這樣？」碧瑤不禁傻眼。

丹年笑咪咪地讓碧瑤回房去了，既然碧瑤不願意提出要求，那這個壞人就讓她來當好了，橫豎碧瑤是從她這裡嫁出去的。她自己沒辦法保證將來的夫君是什麼樣子，但絕不能讓身邊的人受了委屈。

小石頭現在看來忠厚專一，可他的事業愈做愈好，也沒有賣身給她，將來說不定會脫離自己，獨立開店經營，到時她再也沒有制約他的方法。

若是小石頭念及和碧瑤是少年夫妻，情深意重倒還好，若是敢跟那個什麼老爺一樣置外室，碧瑤的顏面要往哪裡擱？即便那時他還是她的管事，可那畢竟是他們的家務事，她沒辦法真正插手。

丹年躺在床上，藉著月光摸出枕頭下大皇子給她的髮釵，手感萬萬比不上白振繁那個白玉牡丹簪花，釵身上隱約可見細小的灰白裂痕，大概是長期摩挲的緣故，釵身光滑。

回想起大皇子談起他母親時的溫潤笑意，丹年不禁對穎妃產生好奇。怎麼樣的女子能在皇后的監控下生養孩子，撫養他到七、八歲？又是怎麼樣的決心才能在祭天當日血染祭壇，只為兒子求得生存的權利？

只有這樣柔弱又堅強的女子，才能教出大皇子那樣溫柔的人吧！

丹年想到這裡，不禁對大皇子感到心疼，沒娘的孩子生活有多淒涼，她很清楚。

與此同時，另外一個落寞的身影也在丹年腦海中浮現了出來。在丹年印象裡，似乎沒看到蘇允軒開懷大笑過，永遠都是皺著眉頭，一臉的嚴肅與古板，偶爾看他扯開唇笑，也是一瞬就過去了。

蘇允軒只是個穩重有成的少年，上一輩的是是非非卻都要他來承擔……

好好的，為什麼會想到他呢?!丹年深吸了口氣，搖了搖頭，閉上眼睛不再多想。

第五十三章 誤入陷阱

到了雍國公夫人壽宴那日，丹年在小石頭和碧瑤的陪同下，坐著馬車去赴宴。雍國公府外車水馬龍，等待進府的馬車在巷口排起了長長的隊伍。

丹年見馬車停留了一會兒也沒前進多少，一時之間有些心急。她掀開車簾一看，雍國公府除了大門，兩旁還有小門，大門是專門進出馬車的，而小門則是小廝、丫鬟的通道，小廝與丫鬟在左側的小門邊登記禮物，拿了牌子，便可從右側的小門進入雍國公府。

而正門前站著幾個看起來有頭有臉的管事，不住地和來客談笑風生，還分給賓客紅紙，上面寫著座次，速度自然快不了，丫鬟與小廝的通道快多了。

丹年思量了一下，她打扮一向都簡單，若說自己是丫鬟也說得過去。早點進去，說不定還能打聽到一點內部消息，若是就這樣以客人的身分進去，少不了會被分到沈丹荷那幫小姐那裡去。

沈丹荷向來小心眼，沈立言與沈鈺又不在身邊，丹年打定主意離她愈遠愈好。至於廉清清，她消息向來靈通，不如先去找找看她來了沒有，若能打聽到消息就好，打聽不到，也不用在沈丹荷身上浪費時間。

丹年拿了裝著白玉牡丹簪花的木盒，讓小石頭和碧瑤繼續坐在馬車上等，雍國公府的人安排他們去哪裡停馬車，就在哪裡等她回來。

丹年拿了木盒，低眉順眼地走到左側小門登記處，負責登記禮品的管事年約四十歲，他摸著兩撇小鬍子看著丹年，疑惑不已。「妳是哪家的丫鬟？」

丹年回身指了指遠處等待排隊進府的自家馬車，乖巧地答道：「奴才是兵部郎中沈立言家的丫鬟，我家小姐聽聞國公府夫人大壽，代表老爺前來賀喜。」說完低頭遞上了木盒和請柬。

管事隨手翻看了一下請柬，確實是自家的壽宴請柬無疑，便放下心來，不疑有他，指著右側的小門朝丹年嚷道：「從那個門進去，有人會領妳去該去的地方，別亂跑，衝撞了貴人可有妳受的！」

丹年柔順地福了福身子，便低頭跑到右側小門處。

那負責登記禮品的管事低頭納悶道：「那沈家老二不是窮酸人家嗎？怎麼連個丫鬟都長得這麼水靈，跟個小姐似的！」

右側小門的小廝上下打量了丹年一眼，指了指靠著圍牆的羊腸小徑，說道：「順著這條路往前走有個院子，妳就在那裡等妳主子吧，到了中午會有人管妳飯的，不要亂跑，知道嗎？」

丹年唯唯諾諾地點頭稱是，低頭進了雍國公府。

丹年自然不會按照小廝的指示去和其他人府中的丫鬟待在一起，等沿著小道走了一段距離之後，她就看到一個圓臉、著翠綠衫子的小丫鬟往相反方向走，連忙叫住了她。

「小妹妹，我是兵部廉大人家的丫鬟，有急事找我家小姐，眼下迷了路，可否帶我去赴宴的地方？」丹年笑咪咪地問道。

小丫鬟看起來不過十二、三歲，很是爽快。「沒問題，我正要去找我家小姐呢，我帶妳去前院，妳肯定很快就能找到妳家小姐。」

丹年道了聲謝，跟在這小丫鬟後面。行至路旁的假山處時，這個圓臉小丫鬟突然回過頭，指著假山處笑道：「這位姊姊，我家雪青姊姊叫我，妳稍等一下，我去去就回來。」

丹年抬頭看向一旁的假山處，然而那人躲閃得極快，她只來得及看到急速抽回去的淡青色裙角。丹年看那個人不想讓外人知道自己的模樣，出於禮貌，便將頭扭向了別處。

沒過多久，那小丫鬟便慢騰騰地走了回來，和丹年目光相會時，她明顯瑟縮了一下。

丹年皺著眉頭問道：「妳怎麼了？」難道是被雍國公府中的大丫鬟給欺負了？

小丫鬟白著臉搖了搖頭，咬著唇低頭囁嚅道：「沒事、沒事。」

雖然她這麼說，卻不復方才一路上如同小麻雀般嘰嘰喳喳，只是低著頭向前走，間或抬起頭看一眼周圍的路。

丹年在小丫鬟後面走著，愈來愈疑惑。沿路走來，一開始還能看到不少丫鬟和小廝打扮的人匆匆忙忙走來走去，漸漸的，人愈來愈少了，根本不像是要招待客人的地方。

丹年心下暗道不妙，偷偷把自己狠狠罵了一頓，這小丫鬟她根本不認識，說不定根本不是雍國公府裡的人。她扭頭回去看之前走過的路，曲折交錯，根本不記得自己是從哪裡走過來的，若是亂闖進了不該進的地方，後果必定相當嚴重。

丹年腳步逐漸放慢了，出了一身冷汗，她盯著前面小丫鬟的翠綠衫子，眼神也變得銳利起來。

那小丫鬟又悶頭走了幾步，才發現丹年早已停下腳步，她不禁白著一張圓臉，問道：「姊姊怎麼不走了？」

丹年盯著那小丫鬟，說道：「走到哪裡去？妳是不是國公府的丫鬟？」

小丫鬟忍不住哆嗦起來，臉上卻還強撐著笑意。「姊姊說的是什麼話，我就是國公府廚房的燒火丫鬟。」

「燒火丫鬟？」丹年冷笑起來。「有哪家的燒火丫鬟會穿這麼整齊乾淨的衣服？有哪家的燒火丫鬟需要去找前院的小姐？」

小丫鬟低頭悶聲道：「今天是夫人的壽宴，老爺說每個下人都要穿得好一點，不然會讓國公府丟了顏面。前面人手不夠，我得去前面幫忙。」

丹年背手看著她，心中越發不喜。這小丫鬟初時表現得天真爛漫，此時謊言被戳破卻還不承認，巧言善色。

「我家老爺是兵部尚書，雖然比不上雍國公府富貴，但我家小姐一直很喜歡我，就算幫我出口氣，收拾妳一個小小的丫鬟還是不成問題。我問妳，到底是誰要妳把我領到這僻靜地方的？」丹年盯著小丫鬟問道。

小丫鬟笑不出來了，戰索索地問道：「妳真的是尚書府小姐的大丫鬟嗎？」

丹年嗤笑了一聲。「我騙妳做什麼！妳現在把我領出去，我便當作此事沒發生過，不然……」

小丫鬟低頭想了一下，抬頭瞪著圓眼睛問道：「妳當真不追究？」

丹年冷笑道：「就算妳不說妳是誰，我也記住了妳的長相，事後到國公府來討說法，還是認得出妳。我承諾不追究就不追究，現在妳到底帶不帶路？」

小丫鬟點頭如搗蒜，隨即又為難地說道：「若我領了妳出去，雪青姊姊她們肯定不會放過我的！」

「雪青是誰？為何要妳帶我到這裡來？」丹年強壓住心中的不快問道。

小丫鬟囁嚅道：「她是我們小姐身邊的一等大丫鬟，說前不久一次宴會中，妳得罪了她，要我帶妳到沒人的地方丟下妳，想看妳家小姐責罰妳。」

丹年想了半天，完全不記得和國公府裡的什麼丫鬟有過衝突，來京城這麼長時間，她極少出門，那雪青要麼是認錯了人，要麼是另有隱情，還騙了這小丫鬟。

「那妳現在快領我出去，耽誤了我家小姐的事情，我們兩個都沒好果子吃！」丹年哄騙道。

小丫鬟圓圓的眼珠子一轉，有了想法，拍手笑道：「姊姊，不如這樣，從這條路一直走，走到後院一個院子前穿過去，可以抄小路直接到宴會廳，姊姊覺得怎麼樣？」

見丹年不吭聲，小丫鬟又哭喪著臉。「這位姊姊，妳可得替我想想啊，我要是就這麼領妳過去，妳轉身沒事就走了，雪青姊姊還不把我往死裡打啊？她想收拾我，不過就是動動嘴皮子的事！我們繞小路過去，到時要是妳家小姐問起來，妳就說是自己繞路繞出來的。」

丹年沒空去理會這些，眼下能走出去最重要。惡人自有惡人磨，這個小丫鬟和雪青兩個都不是什麼好東西，一個仗著資歷深欺負人，一個裝無辜騙人，雍國公府還真是個了不起的地方，連丫鬟都吃人不吐骨頭。

丹年朝那小丫鬟溫和地笑了笑。「若是妳能領我出去，我必定不會說出這件事情。若我家小姐怪罪，我就說是我貪玩迷了路，妳不必擔心。」

小丫鬟見丹年說得懇切，還不記恨她之前的事情，便笑呵呵地說道：「還是姊姊好，不像我們府裡那些姊姊們，一個個眼睛都長在天上！」

丹年撇了撇嘴，心中暗道——碰到妳這樣的，眼睛不長到天上去，難道要被妳騎到頭上去嗎？

這次小丫鬟領路沒過多久便停了下來，扭頭悄聲對丹年說道：「姊姊，前面就是二少爺的住所了，妳千萬得小聲點，二少爺脾氣可怪了！」

二少爺？丹年想起那個當眾醉酒「裸奔」的狂放白振奇，看小丫鬟驚恐的樣子，估計他是個十足的惡魔。丹年朝小丫鬟點點頭，示意自己知道了。

兩人彎著腰就要從院門口經過時，院門突然打開了，兩個小廝站在門口，看到丹年兩人時嚇了一跳，齊齊喝道：「妳們是誰？來這裡做什麼？」

那小丫鬟嚇得丟下丹年，拔腿就跑，其中一個小廝跑過去像捉兔子一般將小丫鬟提了回來，另外一個則看著丹年，不讓她逃跑。

小丫鬟白著一張臉，不停掙扎著，小聲叫道：「你們快放開我！我是二小姐的丫鬟春芽！」

提著春芽衣領的小廝一臉色相，他捏著她的圓臉，陰笑道：「既然是府上的人，為何見到我們就跑？必定是做了作奸犯科之事，心虛！」

春芽眼淚都嚇出來了，也不敢大聲哭出來，只哀求他們快把她放了。

丹年站在那裡沒動，小廝不清楚她的身分，今天是國公府設宴的日子，客人都很重要，他們不敢對她亂來。

然而捉著春芽的小廝愈來愈不像話，手到處亂摸，小丫鬟雖然人品不怎麼樣，嚇唬她到這程度也足夠了，丹年剛要說些什麼，就聽見院門口有人高聲叫了起來。

「怎麼回事？鬧成這樣，活膩了是不是?!」

丹年扭過頭，只見白振奇穿著一件藍綢長衫，渾身酒氣，醉醺醺地靠在院子的門框上，手中還舉著一個酒盞。

攔著丹年的小廝連忙笑道：「二少爺，是兩個丫鬟在咱們院子門口鬼鬼祟祟的！」

此話一出，那醉得說不清話的白振奇瞄向了丹年和春芽，春芽已是泣不成聲。

「丫鬟沒規矩，打死就是了！」白振奇嗤笑道：「好大的膽子，敢壞了本公子的興致！」

丹年不由得大怒道：「你敢！」

白振奇嚇了一跳，打了很大一個酒嗝，瞪大眼睛看著丹年。

丹年站直了身子，鄙夷地瞧著白振奇，罵道：「我父兄是兵部重臣，想打死我，先掂掂自己的斤兩！」

白振奇一聽，酒醒了三分。今天府上辦壽宴，來的官家小姐不少，沒想到碰到一個硬脾氣的。

他怨毒地看了丹年一眼，那兩個小廝也悄悄鬆了口氣，只是白振奇在丹年一個小姑娘面前丟了面子，一口氣實在嚥不下去。

白振奇瞧見還在發抖哭泣的春芽，怒道：「把這丫鬟按在這裡打板子，打死為止！」他把氣全都撒到了春芽頭上。

春芽聞言嚇呆了，眼淚掛在眼眶裡，連哭都忘了哭。

白振奇上前踢了小廝一腳，罵道：「如今連本少爺都指使不動你們了嗎？」

春芽這才反應過來，衝著丹年哭叫，要丹年救她。丹年心急不已，春芽雖然心術不正，但到底是因為幫她帶路才走到這裡，惹上了禍事。

就在丹年怔忡間，春芽已經被兩個小廝按到地上，哭得連聲音都變了調。丹年已經報出了身分，那兩個小廝明顯對她尊重了很多，想必白振奇對她還是頗為忌憚。

只是同樣都是雍國公府的少爺，這白振奇心胸狹小、容不得人，和白振繁真是一點都不像！

不過眼下救人最要緊，丹年連忙喊道：「二少爺，且慢！」

「又怎麼了？」白振奇陰著臉，紅著一雙醉眼看向丹年。

丹年好聲好氣地說道：「二少爺，這個丫鬟看我不小心誤走到這裡，是來幫我帶路的，還望二少爺高抬貴手，饒了她一條賤命吧！」

「哼！」白振奇冷笑了一聲。「我本來在院子裡作詩，詩興正巧大發，偏被妳們兩個不識相的壞了興致。饒了妳已經是給妳父兄面子了，還想讓我饒了這個丫頭？哼！你們一個個心裡在想什麼，我清楚得很！就是看不起我，你們眼裡就只有大哥……我今天偏要打死這丫頭！」

白振奇醉話連篇，愈說愈離譜，嚇得兩個小廝連忙上前去勸道：「二少爺息怒！我們這就打死她，給您消氣！」

看來國公府兄弟不和啊！丹年按捺住內心的驚訝，繼續說道：「看二少爺這話說的！您天庭飽滿、地角方圓，乃是大富大貴之人，而且吟詩作畫無一不精，滿腹才學，鬥酒就能詩百篇，詩興一時沒了，過一會兒就又有了！」

京城的貴族權貴圈中流行算命看相，有權勢的人家娶妻納妾，都會找人暗中看一下面相。

丹年對面相不是很懂，上面那些話也是她信口胡謅來的，那白振奇臉龐還很稚嫩，哪看得出什麼天庭飽滿、地角方圓啊？只不過這種長相是世人公認的「福相」，所以她才這麼說罷了。

白振奇雖然看不上丹年一個閨閣女子，但聽到誇獎還是很高興，他擺了擺手說：「妳這小女子倒是嘴尖舌巧，說了這麼多，妳能識字又會作詩嗎？算了算了，這裡沒妳的事情了，走吧！」語氣與方才相比已溫和了不少。

丹年一開始想的是，那白振奇自詡是才高八斗的風雅之人，又是喝酒又是作詩，若拿這話來激他，他必定不會再非要打死春芽不可，不過他這麼隨口反問了一句，丹年倒是有了救人的法子。

「二少爺，若是小女子作詩作得好，能入得了您的眼，這丫鬟……我可就要帶走了。」丹年將手背在身後，淡淡笑道。

白振奇完全不像他大哥，丹年思忖著自己若是正經八百地求他，他肯定嫌她低俗，不夠風雅，不會搭理自己；若是氣定神閒、瀟灑自如，氣勢上高他一頭，壓著他跟他要人，他說不定反而會正眼看她。

果然，白振奇來了興趣，他上下打量了丹年幾眼，最後嗤笑道：「妳誆我的吧？」一個看起來還沒他大的小丫頭，會作什麼詩？

丹年上前一步，說道：「我還沒說，你就如此沈不住氣，莫非是自己的詩太差，怕和我比起來丟人現眼不成？」

讀書人都講氣節，即便技不如人，也萬萬不能丟了氣勢，白振奇被丹年一譏諷，興致越發高昂，他指著丹年叫道：「妳可有好詩？作出來給我們聽聽，若是好，本少爺重重有賞！」

丹年腦子急速運轉，她想到別人對白振奇的評價，再回想一下自己前世學生時代背過的幾首詩詞，頓時有了主意。

自由自在，不喜歡受規則束縛，這樣狂放不羈、心性又不定的人，李白的詩不正應該是他們的最愛嗎？

丹年記不太清楚李白〈行路難〉全詩內容，只記得最後兩句發人深省。

幾個人進了院子，小廝已經準備好了筆墨紙硯，丹年剛要伸手，便留了個心眼，換用左手執筆，耳邊頓時飄來白振奇的聲音。「咦，還是個左撇子。」

丹年暗自笑了笑，不以為意，她要的就是這個結果。吸了一口氣，她潦草地寫下了兩句詩。

行路難，行路難，多歧路，今安在？
長風破浪會有時，直掛雲帆濟滄海。

丹年寫完以後，在白振奇的示意下，兩個小廝跑上前去，吹乾了墨汁，將紙張舉到白振奇面前。

白振奇先瞇著眼睛看了看字體，女子大多沒什麼學問，這字體還算勉強過得去。他原本覺得丹年寫不出什麼驚人的詩句，待看到內容時，卻不由得睜大了眼睛。

他激動地站起身，大聲將丹年寫的那兩句詩給唸了出來，唸完後意猶未盡，又反覆唸了幾遍，咂嘴嘆道：「好詩、好詩！」又轉向丹年問道：「妳一個閨閣女子，如何能寫出這麼豪情大氣的詩句？」他顯然不相信這詩句是丹年所作。

丹年看他這樣子，便知道這兩句詩極合他的心意，於是笑道：「二少爺滿腹才情，又何怕行路難？難得過蜀道，難得過上青天嗎？只要立志去做，哪有做不了的事情？小女子只是有感而發，而後有了此詩。拙劣之作，還請二少爺莫要笑話小女子。」

白振奇哈哈大笑。「妳這詩若是拙劣之作，那別人的詩又算什麼！妳是個有才氣的雅人，我白振奇交妳這個朋友了，妳有事儘管來找我！」

「承蒙二少爺金口玉言，這小丫鬟可否讓我帶走？」丹年笑問道。

春芽此刻知道丹年能救自己，慌忙膝行到丹年跟前，抱著丹年的腿哭叫道：「恩人，救我！」

白振奇不在意地掃了春芽一眼，擺了擺手說道：「隨便，不過是個丫鬟而已。」

丹年慢慢扯起春芽，她腿是軟的，丹年費了好大的勁才把她從地上拽起來，拖著她快速走離院子。

然而，她們才剛出院門，丹年就看到白振繁一臉驚怒地帶著幾個人急匆匆地走了過來。看到丹年完好地站在門口時，他才鬆了口氣，問道：「沈小姐可安好？」

丹年並未直接回答，她看到白振繁身後站了一個華服小姐，那小姐身邊的丫鬟身上穿著淡青色裙子，和之前那個雪青的裙角一模一樣，那麼這個小姐，應該就是白二小姐了。

更讓丹年吃驚的是，在院門口的路上，還有一個人正匆匆趕來，正是蘇允軒。因白振繁一行人背對著他，所以沒看到他。

蘇允軒抬頭看到眾人，也是一驚，迅速閃身躲進了路旁的花木叢中。

白振繁敏銳地捕捉到了丹年神色的變化，回頭卻沒看到什麼，便試探性地問道：「沈小姐？」

丹年笑道：「無妨，勞世子擔心了。」

雖然不知白振繁是從哪裡知道這件事的，但今日是他母親的生辰，他撇下了前院的紛雜人事前來解救她，丹年縱然心裡有怨氣，也無處發洩。

白振繁滿懷歉意地說道：「舍弟無知，讓沈小姐受到驚嚇了。」又朝白振奇罵道：「沈小姐是我請來的重要客人，幸虧你沒做出什麼出格的事情，否則我們如何與她父兄交代！」

白振奇低著頭，沒吭聲。

白振繁轉頭盯了白二小姐一眼，淡淡吩咐道：「帶二小姐回房，禁足半年。」

白二小姐明顯不服氣，但一句話也不敢說，乖乖地離開了。

丹年在白振繁帶領下出了院門，正要往宴會廳去，就看到沈丹荷身後跟著幾個丫鬟，急匆匆地向他們走來。

看到丹年無恙，沈丹荷明顯鬆了口氣，丹年垂著眼睛不去看她，皺著眉頭想著，原來妳也有怕的時候啊?!

白振繁頓住了腳步，有些不悅地問道：「妳來這裡做什麼？」

沈丹荷盈盈一笑，得體地答道：「我聽說丹年妹妹迷了路，誤入了二少爺的院子，便過來看看。」

「大姊姊聽誰說的？二少爺不過是領著我轉轉，以盡地主之誼，是不是啊，春芽？」丹年沒打算給沈丹荷攻擊自己的機會，她那話明顯是說自己在人家家裡亂跑，沒規矩，立刻頂了回去，還回頭問跟在她後面的春芽。

春芽連忙答道：「回沈小姐的話，是的。沈小姐沒來過國公府，二少爺便帶著沈小姐轉轉。」

沈丹荷不死心，還要在白振繁面前擺出一副賢慧的架勢，體貼地說道：「如此真是有勞二少爺了，丹年妹妹沒給您添麻煩吧？」

白振奇立即說道：「丹年現在是我朋友，我怎麼會嫌麻煩？」

沈丹荷聞言十分吃驚，轉過頭去看丹年，見丹年不理會她，沈丹荷暗哼了一聲。

白振繁有點擔心前院的宴會，便領著眾人趕過去，沈丹荷連忙緊跟在後。

丹年不動聲色地跟在他們後面，到了分岔路口，白振繁要去男賓那邊，便和沈丹荷她們正式告別。

見白振繁走了，沈丹荷轉頭朝丹年譏笑道：「想不到妹妹還有這一手。」又恍然大悟似地笑道：「難道是當不了長房的正室夫人，便把主意打到二房上頭去了？」

「大姊姊才是好手段。」丹年淡淡地說道：「八字還沒一撇呢，就和未來的小姑勾結上了，當心上竄下跳得太厲害，摔斷了腰腿！」

還未等沈丹荷發作，丹年又提醒她道：「這裡是雍國公府，妳若想讓全京城的人在明天都知道我們不和吵架，妳就嚷嚷吧。」

沈丹荷自然知道這裡不是吵架的地方，深深睨了丹年一眼便走了，春芽左右看了一下，低著哭花了的小圓臉，感激地朝丹年行了個禮。

丹年揮了揮手，春芽便抬起頭來，擦乾了眼淚，又道了聲謝。

春芽離開後，丹年猶豫著要不要過去宴會廳，她不知道廉清清有沒有來，而且廉清清很氣惱沈鈺，若再去問她，也不知道她肯不肯說。

可她又沒地方能去，再這樣繼續遊蕩下去，就什麼都打聽不到了。

第五十四章　感激之情

就在丹年認命地舉步往前走時，一股力量拉住了她的胳膊，將她扯進大路旁的小道上，此時賓客都在宴會廳等待入席，外面並沒多少人。

丹年驚慌地回過頭——居然是沈著一張臉的蘇允軒。

「你做什麼，嚇死人了！」丹年喘了幾口氣，感到非常不滿。

「妳才是要做什麼？隨便什麼人都跟著走！大街上拐賣良家婦女的人牙子給妳一根糖葫蘆，妳是不是就跟他走了？」蘇允軒正在氣頭上，見丹年還能凶他，聲音不由得高了起來。

丹年很不高興，她不屑地撇了撇嘴。「你當我是三歲小孩啊！」

蘇允軒一張俊臉氣得泛紅。「妳跟三歲小孩有區別嗎？不認識那丫鬟也跟著她走！」

丹年覺得很奇怪。「你怎麼知道我被人領岔了路？剛才你跑來做什麼？」

蘇允軒深吸了口氣，稍微平復一下心情，方才他心急不已，所以有些失態了。他聽到眼線來報，說是看到丹年在白振奇那裡遇到了麻煩，白振奇行為如何荒誕乖張，每個人都知道；因此他顧不得許多，匆匆到了白振奇的院門口，卻發現白振繁先他一步到了。於是他只好躲在一旁，等白振繁走了才追了過來。

「誰沒兩、三個眼線？只要是有心人，現在都知道沈丹荷要藉白二小姐的手來整治妳。」蘇允軒說道。

見丹年皺起眉頭，知道她剛才嚇得不輕，蘇允軒心一軟，語氣也跟著緩了下來。「妳來京城還不算久，這些勾心鬥角的彎彎繞繞，妳不知道也是正常。可妳也經歷這麼多事情了，總得留個心眼，這裡不是安逸寧靜的沈家莊。」

丹年嘆了口氣，低著頭說道：「我知道了，謝謝你。」

蘇允軒幾乎要懷疑自己的耳朵了，一直不拿正眼看他的沈丹年，居然會對自己說「謝謝你」?!

就在蘇允軒想從丹年臉上看出些什麼來時，丹年就對他說道：「沒什麼事的話，我就先走了，被人看到不好。」

「有林管事看著，如果有人過來，他會提前警告我們的。」蘇允軒聽到丹年要走，一顆心沒由來地發慌，悶悶地說道。

「你有什麼事嗎？」丹年看蘇允軒像是有話要說的樣子。

「妳剛才和白二少爺說了什麼？他又是跳、又是叫的。」蘇允軒緊盯著丹年問道。

「沒什麼事。」丹年沒好氣地答道。蘇允軒為什麼要跟她說這種事，他和她很熟嗎？他像是審判紅杏出牆老婆般的語氣，讓丹年很不高興。

「不要跟白家人走得太近，世子為人城府極深，他接近妳的目的不善；白二少爺為人癲狂，不知道喝醉以後會做出什麼事情。妳不要再和他們有來往，以後這種宴會也不要再來了。」蘇允軒看出丹年不高興，柔聲勸說道。

「我也不想來。」丹年心頭一陣委屈，不知道為什麼，她很自然地跟蘇允軒說起了心裡話。「我爹和哥哥已經很長時間沒捎家書回來了，我和我娘都很擔心，也找不到人問。眼下正是個機會，說不定能打聽到一些消息。」

蘇允軒皺著眉頭，似乎是有些生氣。「妳若想知道邊境的消息，為什麼不來問我？」丹年嚇了一跳，蘇允軒平常雖然不苟言笑，但從來沒用過這麼嚴厲的口氣同她說過話。

「我又不經常見到你，再說，我問，你就會說嗎？」丹年有些不滿，這人脾氣可真怪！

「妳不來問我，反而去找這些不認識的人來問，妳相信他們，就不相信我嗎？」蘇允軒嘆道。

「那好吧，我爹和哥哥怎麼樣了？」丹年沒好氣地問道。

「應該是沒什麼事，若是有事，依照妳父兄的職位，軍中會立刻派人快馬回京稟報，三日內即到京城。現在都沒什麼消息，看來平安無事。」蘇允軒說道。

「那為何這麼久都沒收到他們的平安信？」丹年不放心地追問道。

「一個月前甘州驛站管信件的官員被殺了，新任官員還在路上，信件應該是積壓在那裡了。」蘇允軒說道。

丹年聽到解釋便放下心，朝蘇允軒感激地笑了笑，說道：「謝謝你，這樣我和我娘都能放心了。」

蘇允軒第一次看到丹年朝他毫無芥蒂地露出笑容，心中陰暗的角落彷彿射入一道溫暖的陽光般，一時有些反應不過來，見丹年轉身就要走，他一時情急，走上前去拉住她問道：「妳和大皇子殿下又是什麼關係？」

又是一副審問紅杏出牆老婆的語氣！丹年原本明媚的心情瞬間電閃雷鳴，她雙手插腰，罵道：「他是我備選的男人！你滿意了吧！」

蘇允軒聽到這話，頓時滿臉通紅，他迅速環顧左右，見四周仍然安靜，才指著丹年「妳……」了半天，卻說不出話來。

丹年早就習慣蘇允軒這個樣子了，看他真是氣得不輕，才吐了吐舌頭，笑咪咪地說道：「大皇子殿下與我沒什麼關係，我對他也沒有想法。白二少爺只是孩子心性，被人寵壞罷了，你總是以小人之心去猜測別人，這樣可不好。」

蘇允軒剛緩過神來，又差點被丹年說得背過氣去。他有小人之心?!

他剛要反駁，卻看到丹年滿不在乎地擺了擺手，問道：「甘州驛站的官員被殺了，為何京城沒聽到有人說過？」

「具體原因尚未查明，不過凶手有可能是勒斥人。」蘇允軒答道。

丹年嚇了一跳。「勒斥的人都深入到甘州了？那邊境形勢豈不是很緊張？」

「現在局勢複雜，勒斥那邊也在內鬥，一派主戰，一派主和，形勢反而對我們有利，邊境戰事也不如之前緊張。」蘇允軒寬慰丹年道。

「這些事方便告訴我嗎？」丹年有些遲疑。

蘇允軒愣了一下，看著丹年沒有說話。

丹年低頭說道：「我是說，你父親還有跟隨你的人，不會贊成你跟我說這些的。」

蘇允軒聽到她這話，雙眼忽然發亮，聲音也含著喜悅。「無妨，只是小事而已。」

丹年不敢看向蘇允軒，突然臉紅心跳得厲害，囁嚅道：「你不用這麼幫我，也沒必要覺得對不起我。」

蘇允軒語氣瞬間恢復冷硬。「我從沒覺得對不起妳，妳不要想太多，我做事全憑本心。」

等丹年抬起頭來，只看到蘇允軒轉身離去的孤獨背影，一時之間有些五味雜陳。

丹年知道沈立言與沈鈺尚且平安後，一顆心就放回了胸口，迫不及待地要回家去報平安，加上又不想去宴會廳看沈丹荷的嘴臉，便直接向雍國公府的下人詢問，不久便找到在馬車停靠處等她的小石頭和碧瑤。

三人駕著馬車匆匆到了雍國公府的後門，只說丹年身體突然不適，要趕緊回去。

等回到家裡，丹年就迫不及待地跟李慧娘說了邊境的事情，只說自己打探到邊境現在一切安穩，戰事不如之前緊急，沈立言與沈鈺沒有傳來消息，是因為送信的驛站出了問題。

李慧娘聽完以後長吁了口氣，又進小佛堂燒了三炷香才踱步出來，丹年乘機說出在雍國公府遇到的事情，但省去了和白二少爺交手那一段。

李慧娘自然又驚又怒，連聲怒斥沈丹荷太沒人性，又對丹年有些擔心，如今得罪了雍國公府的人，以後女兒日子豈不是更難過？

丹年無所謂地眨了眨眼。「娘，他們是穿鞋的，我們是光腳的，誰怕誰還不一定。況且他們理虧在先，爹和哥哥還在邊境，只要他們活著，就不會有人敢明目張膽地欺負我們。」

李慧娘嘆了口氣，拉著丹年的手說道：「今天早上，妳大伯父派了老鄭來，說是過了年開春，丹荷就要嫁給雍國公世子。白家已經下了聘，就趁今天壽宴公布這個消息。」

丹年默默點了點頭，怪不得今天沈丹荷沒怎麼與她爭執，原來是好事臨門，怕丹年和她鬧翻了，面子掛不住。「那二姊姊丹芸呢？她可有許下人家？」

李慧娘搖了搖頭。「沒聽說，也快了吧。」

要是兩個人嫁到同一個府裡，那該是多麼歡樂啊！丹年笑咪咪地想著。

等丹年吃完了午飯，李慧娘像是下定了決心一般，對丹年說道：「丹年，妳年紀也不小了，隔壁家的閨女只比妳大半歲，都嫁人半年多了。」

「哥哥的親事不是還沒訂下來嗎？清清也沒訂下來啊！」丹年連忙舉出反面例子。

李慧娘白了她一眼，說道：「廉家怎麼想的我不管，妳哥是男子，年紀大些才訂親有什麼關係？」

丹年頭大不已。「娘，爹和哥哥還沒回來，您考慮這些事情做什麼？」

「妳也常去那些年輕人的聚會什麼的，難道就沒看到中意的？」李慧娘有些焦急。

丹年立刻想到了蘇允軒，下意識地搖了搖頭。「沒有。」

李慧娘嘆了口氣。「娘不是攆妳出門，只怕妳找不到好婆家，咱家在京城沒什麼根基，妳爹也不在身邊……」

「娘，只要我能養活得了我自己，我還愁在這世上活不下去嗎？」丹年也知道李慧娘是真心疼自己，便如此勸說道。

回到房間裡，丹年靜下心來仔細想了想今天的事情，對蘇允軒有了小小的感激之情。他知道自己出事就跑了過來，還冒著可能會暴露的危險。

事到如今，丹年再糊塗，也能明白蘇允軒真正的意思了；但一想到蘇家，丹年就難以克制地想起自己剛來到這世上的那一天。

即便丹年對蘇晉田沒什麼感情，可要說心裡不介意那是不可能的，如果再有了危險，蘇晉田還會再一次選擇犧牲她來保護蘇允軒。

她好不容易撿回了一條命，只想過得舒心痛快，而蘇允軒一出生就背負了國仇家恨的包袱，她沒有勇氣和他一起承擔這些。

更何況，蘇允軒現在能幫她、護她，那是少年時期血氣方剛，倘若幾年之後，他的心性漸漸成熟，會不會後悔今日的決定？

在這男尊女卑的社會中，丹年一點安全感都沒有，又有誰能保證自己會是他的唯一?!

她不是不想嫁，也覺得找個安穩妥當的男人當老公又能做個地主婆就很快樂了，可是一旦牽扯到感情，一顆心便怎麼都無法平靜下來，也暫時不想碰觸這方面的事情。

如今，能拖一天就是一天吧……

過了一段日子，廉清清來找丹年聊天時，說起雍國公夫人壽宴那天，雍國公當著所有賓客的面，宣布了兩家的婚事，沈丹荷頓時成了京城中所有少女羨慕的對象。

「那可如了她的意了，省得跟之前一樣，到處……」丹年諷刺道，話沒說太明白，但廉清清卻懂她是什麼意思，兩個女孩笑成一團。

廉清清笑過之後，有些猶豫地對丹年說道：「其實，這段時間我在忙別的事情。」丹年來了興趣，問道：「喔？什麼事情？」

廉清清不禁紅了臉。「我二叔那裡新調來一個主事，我爹看了之後，說他人不錯……」丹年感到微微失落，原來廉清清是相親去了。

見丹年沒什麼表示，廉清清急了，以為丹年生她的氣，便拉住丹年的手說道：「丹年，妳別生氣，可妳哥哥，他……這事強求不來的。」

丹年嘆口氣，拍著廉清清的肩膀說：「我沒生氣，是我哥哥不對在先。」

廉清清見丹年不介意，才放下一顆心，笑道：「我也不是故意要躲著妳，就是不知道見了妳之後該說什麼。」

丹年看廉清清一臉嬌憨，雙臉紅撲撲的，有心逗她，壞笑著問道：「那個人呢？妳見過沒？長什麼樣？」

廉清清臉脹得通紅，低著頭笑，一言不發。

丹年看廉清清那樣子，就知道她對那人相當滿意，便繼續追問道：「他叫什麼？剛到京城的？」

廉清清點點頭，聲音細如蚊蚋。「他叫秦智，一年前中了進士後就分配到其他地方，是兩個月前才調到京城來的。」

「秦智為人如何？若日後他敢欺負妳，我可不答應！」丹年笑了起來。

廉清清依舊紅著臉，她沒什麼可以聊這些話的朋友，早就想找人傾訴一下，這下一股腦兒全都倒了出來。

「我和他說過幾次話，挺好的一個人，就是像根呆木頭。第一次跟我說話時，他手都不知道往哪放，講話也結結巴巴的。」

丹年看廉清清羞澀的模樣，不由暗笑了一下，看來她對未來的夫君很滿意呢。

兩人繼續閒聊了一會兒，李慧娘便撩開門簾進來，笑問廉清清要不要留下來吃中飯。

廉清清這才發現已經到了中午，連忙跳起來擺手道：「伯母妳們吃吧，我中午還有事。」又朝丹年眨著眼睛小聲說道：「秦智今天下午沒事，他約我吃飯後再去書市轉轉。」

丹年看廉清清一臉幸福，心中說不清是失落還是高興，笑道：「那還不快去，別讓人家等太久。」

等送廉清清出了門，李慧娘才問道：「這丫頭怎麼了，前段時間不是還和妳鬧彆扭嗎？」

丹年笑道：「聽她說家裡幫她挑中了夫婿，剛調任到京城的，她也很滿意。」

李慧娘不禁泛起了愁，說道：「唉，廉小姐和妳差不多大都訂下親事了，妳要怎麼辦啊?!」

丹年滿臉黑線，心想——她行情有那麼差嗎？

又過了一段時間，在李慧娘與丹年的翹首盼望中，終於收到了沈立言的家書，信上說勒斥草原馬上就要進入暴風雪肆虐的冬季了，原本膠著在邊境的軍隊也有回撤的跡象，過不久，朝廷應該就會宣旨讓一部分軍官回來了。

進入臘月，開始飄雪之際，李慧娘和丹年圍著火盆坐著，李慧娘拿著針線嘆道：「邊境那麼冷，也不知妳爹和哥哥有沒有棉襖穿，凍著沒有？」

丹年寬慰她道：「爹和哥哥都是軍官，若連他們都沒有衣服禦寒，大昭的將士還如何打仗？娘不要擔心了。」

腳邊的藤條筐裡，李慧娘已經縫製了好幾件棉襖、棉褲，就怕沈立言和沈鈺回來沒得穿。李慧娘的身體不如以前了，丹年想買兩個小丫鬟回來打理家事，可小石頭找了好幾個人牙子，都沒找到合適的。

丹年只得寬慰小石頭不要太心急，等過了年再找也一樣，又囑咐馮老闆、小石頭和碧瑤在各自的鋪子門口都貼了買丫鬟的告示，有自願賣身來的也行。

臘月二十日那天傍晚，李慧娘和丹年正圍著火爐吃飯，就聽到院門被拍得震天響，沈鈺興奮的叫聲遠遠傳了進來。「娘、丹年，開門，我回來了！」

李慧娘愣了一下，手裡的筷子掉在地上還不自知，慌忙站起身來就往門口跑去，丹年也緊跟其後。兩人驚喜中帶著不安，生怕自己聽錯了，到時又是空歡喜一場。

李慧娘顫抖著手打開院門，等在門口的人果然是沈鈺，丹年使勁揉了揉眼睛，怕自己看錯了，而沈鈺依舊是一臉笑嘻嘻，比上次離家時更瘦了。

見到李慧娘和丹年，沈鈺眉眼笑得如同彎彎的月亮一般，揚手道：「娘、丹年，我回來了！」

李慧娘看到沈鈺，高興得眼淚都流出來了，拉著沈鈺激動得說不出話來，丹年往沈鈺身後瞧了幾眼，不由得奇怪地問道：「爹呢？怎麼就你一個人回來了？」

「爹沒回來，軍隊那邊得有人看著，他先讓我回來了。」沈鈺說道。

丹年和李慧娘微微有些失落，不過這種失落很快就被和家人重逢的喜悅給沖淡了。

沈鈺進屋後，抓著饅頭就往嘴裡塞，狼吞虎嚥的，丹年不屑地撇了撇嘴，要是讓那些對他芳心暗許的閨閣小姐們看到他這副餓死鬼投胎的模樣，芳心大概會碎了一地。

雖然腦子裡這麼想，丹年還是不由自主地湧上一陣心疼，趁沈鈺吃飯的時候，跑到廚房裡燒了水，等沈鈺吃完飯，就能洗個熱水澡睡覺了。

第二天上午，碧瑤回來跟丹年說她找到了合適的丫鬟，想請丹年過去看看。那姑娘和丹年差不多大，若是丹年願意，他們一家都願意賣身為奴。

丹年疑惑地問道：「這家人什麼來歷？要過年了，反而全家都要賣身了？」

碧瑤喝了口水，說道：「還是小姐的老鄉呢！他們是看了門口的告示進來的，說家裡遭了災禍，不得已才出來討生活。我問了那家的姑娘，家務活什麼的都做得來，便留他們在鋪子裡等著。」

「那也好，我們去看看。」丹年點了點頭，叫了沈鈺跟她一塊兒過去。

第五十五章 同鄉操戈

到了碧綠閣，丹年和沈鈺看到或站或蹲在門口的幾個人，衣衫襤褸、面黃肌瘦，頓時傻眼。

還真是老鄉！只不過才隔了快一年，這家人怎麼就變成這副模樣?!

大全子滿臉鬍子、彎腰駝背，再也不似之前那般凶狠，他見了丹年和沈鈺，先是愣了一下，隨即便興奮地一跛一跛朝他們走過來，腳似乎出了問題。

張氏像是老了十幾歲，一旁的沈小桃頭髮蓬亂，一雙眼睛帶著震驚和羨慕看著丹年和沈鈺，小胖子沈暢則是愁眉苦臉地蹲在牆角，不敢看丹年和沈鈺。

張氏最先反應過來，熱切地走過來就要抓住丹年的手，沈鈺眼明手快地拉開了丹年，冷眼喝道：「妳想做什麼？」

張氏有些尷尬地收回了手，仍不改熱切的態度。「丹年啊，妳還記得嬸嬸一家吧？」

丹年皺著眉，她萬萬沒想到來的居然是大全子一家，他們家怎麼會淪落到這個地步？

丹年招手叫過碧瑤，悄聲要她去找小石頭，請他派個夥計去把趙福叫過來，畢竟他們是親戚。丹年打算把大全子一家扔給趙福，她才不要心術不正的小黑桃當她的丫鬟！

這邊張氏仍絮絮叨叨地說著自己家裡的事情，還時不時怒罵瘸了腿的大全子。

原來大全子被人拉去賭錢，後來輸紅了眼，家裡的房子和地都被人收走了，還欠了不少賭債，腿因此被打斷了。眼見沈家莊實在待不下去，一家人就邊討飯邊北上，想在京城混口飯吃。

沈小桃比一年多前長開了許多，她見丹年看向她，有些自卑，不由得說道：「丹年，你們家過得可真好，都要找丫鬟伺候了，不如找我去吧。」

丹年並不理會她，沈鈺似笑非笑地盯了沈小桃一眼，他可沒忘記這個膽大包天的沈小桃如何欺負他妹妹。

沈小桃被沈鈺犀利的眼神嚇了一跳，訕訕地低下頭去，不敢再多說。

丹年皺著眉頭說道：「我記得趙先生和你們家是親戚吧，一會兒他就會過來，你們在這裡等他吧。」

丹年悄聲囑咐碧瑤，一定要在這裡看著他們一家，不要讓他們到處亂跑，等趙福來了，就讓他領他們出城，隨便怎麼安置都行，就是不能讓他們見到小石頭一家。

碧瑤不清楚這其中的枝節，但是見丹年說得嚴肅，連忙點頭應下來了。

見丹年和沈鈺並不買他們的帳，張氏慌了神，一屁股坐在碧線閣門口，一邊哭嚎一邊捶打自己的大腿，什麼污言穢語都罵了出來。

丹年可不怕丟人，斜了張氏一眼，便要和沈鈺上馬車走人。

張氏見自己如此鬧騰，丹年都不為所動，索性站了起來，朝圍觀的人嚷嚷開了。「各位京城的老爺、少爺們，你們都看看啊！這戶人家黑心得很啊，都在京城裡開了大鋪子了，老家鄉親遭了災來投奔，他們卻什麼都不管！」

要是在沈家莊那種民風淳樸的地方，若是不明真相的群眾聽了，唾沫星子都能把丹年給淹死；但張氏萬萬沒想到，京城和沈家莊是完全不同的兩個地方，圍觀的人都是單純來看熱鬧的，看到她鬧騰的醜態，沒一個人上前來替她說話，反而嘻嘻哈哈笑著對她指指點點。

張氏見自己情緒激昂地解說了半天，卻無人捧場，漸漸有些失落。看丹年的馬車已經離開了，張氏便不再「表演」，群眾見沒好戲可看，也漸漸散去了。張氏叫了半天，早就口乾舌燥，瞧見碧瑤坐在店裡，便厚著臉皮向她討水喝。

碧瑤瞧張氏剛才還在怒罵自己家小姐不念舊情、沒心沒肺，這會兒倒還向她討水，頓時氣不打一處來。碧瑤從後院敲門進了隔壁糧鋪，討了糧鋪老闆小兒子餵貓的碗，幫張氏倒了碗井水。

張氏喝著水，覺得有股腥腥的鹹味，碗底還有些黃黃的東西，有些奇怪，剛要開口發問，碧瑤就好心解釋說：「昨日剛盛過炸好的魚塊，忘記洗碗了，上面留的就是魚塊渣子。」

張氏一聽，以為自己撿到了便宜，來京城的路上一路乞討，不知多少天沒見過油星子了，這會兒連忙把水喝了個乾淨，還舔了舔碗底。

糧鋪老闆的小兒子看到這情景，便聯想到家中天天吃糧倉老鼠的肥貓，嚇得「哇」的大哭，跑著找他娘親討安慰去了。

原本老神在在繡著花、事不關己一般的張嬤嬤，看到門外的情景，暗暗笑了一聲，搖了搖頭。跟沈家小姐混的時間久了，再老實的人都會變成小惡魔。

碧瑤告訴他們，趙福過不久就會過來接他們，可過了兩個多時辰，卻什麼人都沒瞧見。

張氏一家肚子餓得咕咕叫，沈暢和沈小桃都擔心碧瑤是不是騙人的，他們本來心裡就有氣，這會兒更是埋怨張氏，連說不該厚著臉皮來求丹年，這分明就是丹年的騙局。

張氏本來心裡就煩躁，此時聽到兒子和閨女抱怨，就像點了炸藥一樣，氣沖沖地與他們吵開來了，只有大全子頹著一張臉，木然地看著妻子與兒女吵來吵去。

回到家後，丹年一臉不快，任憑沈鈺勸了很久都沒用，李慧娘發現不對勁，追問丹年怎麼回事，沈鈺嬉皮笑臉地說兩人在半路上鬥嘴，丹年輸了，在鬧脾氣呢！

李慧娘笑罵丹年道：「都多大的孩子了，妳哥哥才剛回來，你們就吵開了。」

丹年自然明白沈鈺不想讓李慧娘擔心，也順著臺階下，拉著李慧娘的胳膊，不高興地說道：「娘，您就知道偏心哥哥，他剛回來，就能欺負我了？」

李慧娘作勢打了沈鈺幾下，哄道：「娘揍他了，妳別跟他鬧脾氣了。」

丹年極不情願地點了點頭，李慧娘前腳剛出堂屋門，這邊丹年和沈鈺就飛速地湊在一起商量對策。

「吳嬸嬸在盼歸居，小石頭在馥芳閣，絕對不能讓他們看到這兩個人。」丹年咬牙切齒道。

大全子一家與趙福不同，趙福以往不常待在沈家莊，就算知道當初吳氏發生的事情，也不太清楚吳氏與小石頭的長相，可大全子他們應該認得出吳氏。

沈鈺則考慮得更多。「京城這麼大，不見得一定會碰上，更何況已經過了這麼多年，即便見了面，十有八九認不出來。」

接近晚飯的時間，丹年和沈鈺又出門到碧線閣，碧瑤說趙福事情忙完了過來以後，就雇了輛馬車把大全子一家人都接走了，先安置在丹年的莊子上。

收拾好馥芳閣之後，小石頭便跑到碧瑤這裡，將事情原原本本跟碧瑤說了，碧瑤沒想到原來看起來剛強的吳氏，年輕時還受過這麼大的委屈。

「小石頭，你可要當心，最近沒事就不要出來，還有吳嬸嬸，你也去叮囑一下。」丹年囑咐道。

小石頭沈穩地點了點頭。「事情過去了那麼多年，想必他們認不出來，不過小心一點總沒錯。」

然而怕什麼來什麼，臘月二十五日當天上午，梅姨慌慌張張衝進了家門。

「不好了，有衙役進了盼歸居，要小石頭他爹娘到衙門問話！」梅姨著急地說道。

丹年和沈鈺同時大吃一驚，站了起來。

李慧娘也嚇了一跳。「我們可沒做過什麼壞事，都是正當生意，怎麼就惹上了官府呢?!」

丹年安慰李慧娘道：「官府應該只是找吳嬸嬸和馮叔叔過去問話，肯定是他們認識的某個人出了事，找他們去了解情況的。」

李慧娘這才稍稍安了心，催促沈鈺趕緊去衙門看看到底是什麼情況。

到了京兆尹的衙門外，公堂入口早已圍得水洩不通，沈鈺隨手拉住一個人，問到底出了什麼事。

這一問，周圍的人就七嘴八舌地把事情說了個清楚。原來城北盼歸居的掌櫃是拐了別人的老婆逃到京城來的，被那女人原先丈夫的族兄給看到，告到衙門來了。

張氏和大全子得意洋洋地跪在堂上，一旁是氣得渾身發抖、不停抹眼淚的吳氏，還有輕聲勸慰她的馮老闆。

京兆尹董大人不禁感到左右為難，一方堅持稱那婦人是自己族兄的媳婦，馮老闆拐了她到京城，兩人是姦夫淫婦；另一方則堅稱自己不認識他們，這個指控純屬誣衊。

就在此時，董大人看見了擠到公堂前面的沈鈺和丹年。他剛想朝沈鈺打招呼，就看到沈鈺對自己使了個眼色。

丹年內心相當焦急，只聽見張氏嗷嗷叫道：「董大人，那吳氏分明就是我們立豐兄弟的媳婦，跟這姦夫逃了家，在京城裡落腳！」

馮老闆立刻怒斥道：「妳少血口噴人！」

董大人頭疼地拍了一下驚堂木，叫道：「肅靜！」又轉頭朝張氏問道：「妳說她是別人的媳婦，可有證據？」

張氏張著嘴說不出話，說到證據，她還真沒有……

一直沈默的大全子發話了。「大人，他們一直生活在邊境，為何講話是我們那裡的口音？他們有邊境的戶籍嗎？」

董大人又拍了驚堂木，問道：「馮老闆、吳氏，你們可有戶籍證明？」

馮老闆和吳氏面色蒼白，他們哪裡拿得出什麼戶籍證明啊?!

此時沈鈺走上前去，朝董大人拱手說道：「董大人，在下可以證明他們是邊境人士。」

董大人見沈鈺發話了，連忙站起身來走下堂去，拱手還禮道：「小沈副統領可認得他們？」

沈鈺氣定神閒地笑道：「當然，我隨父親第一次出征時就認識他們了。他們的村子被勒斥人燒毀，不得已只好到京城討生活。」

董大人聽到這裡，也明白該怎麼判了。他摸了摸山羊鬍子，走回位子上坐下，剛要拍下驚堂木，張氏就嚎哭了起來。「青天大老爺啊！您可要為我那可憐的立豐兄弟作主啊，他老婆跟賊漢子跑了啊！」

董大人不耐煩地說：「妳可有證據證明她就是妳立豐兄弟的媳婦？」

張氏傻了眼，推了推在一旁的大全子。大全子原本乾瞪著眼沒辦法，卻突然叫道：「大人，那沈鈺和姓馮的是一夥的，當年他娘和吳氏關係最好，分明是幫著他們欺瞞大人！」

未等沈鈺說話，董大人就怒斥道：「大膽刁民，竟敢誣賴戰場上的英雄，若沒有小沈副統領保家衛國，爾等哪來的安逸日子！」

這時，圍觀的人群中漸漸發出了議論聲——

「就是刁民啊，我之前還看到這兩個人在碧綠閣門口跟裡面的人吵架，肯定不是好人！」

「他們兩個人一臉匪氣，我還在賭坊門口看過那個男人，他賭到沒錢，被人打出來了……」

丹年聽到眾人議論紛紛，連忙打鐵趁熱，四下跟人說：「我也看到過，他們在盼歸居吃飯不給錢，還跟掌櫃的吵起來了，估計是懷恨在心！」

群情激憤之下，很多人都在公堂門口嚷著要嚴懲亂誣賴人的刁民，還馮老闆一個公道。

丹年見謠言散播得差不多了，便不動聲色地從人群裡擠了出去，雇了輛馬車，火速跑去馥芳閣，找到小石頭。

小石頭也是剛剛才聽盼歸居的人說了這件事，起先只說有兩個討飯的乞丐在門口看到了吳氏，便站在門口不走了。

由於馮老闆脾氣一向寬厚，經常拿剩菜剩湯給乞丐，夥計們也沒在意，誰知道他們一進了店，女乞丐拉著吳氏就不放手，連叫著。「這不是立豐媳婦嗎?!」

吳氏臉色大變，馮老闆趕了過來，要他們兩個人趕快滾開。夥計們這才反應過來，拿掃帚的拿掃帚、拿棍子的拿棍子，總算把兩個乞丐給趕走了。

然而還沒過一個時辰，就有衙役過來喊人，要馮老闆和吳氏去衙門對質。

丹年盤算了一下，說道：「你去公堂上，說自己從小就在邊境生活，後來勒斥人放火燒了你們的村子和貨棧，我父兄救了你們，你才跟著爹娘到京城來。」

小石頭吩咐了夥計幾句，便帶著丹年急匆匆去了衙門公堂，丹年不方便出面，躲在圍觀的人群中觀察事態發展。

小石頭虎背熊腰，往堂上一站，這麼魁梧的身板，任誰都不相信他是大昭內地「出產」的。

他彬彬有禮地訴說了邊境的風俗，在家園被毀、戶籍證明也不知去向後到了京城謀生，其間還闡述了雙親創業的艱辛，尤其強調父親雖然賺的錢不多，但仍然致力於慈善事業，經常把剩菜剩湯給乞丐。

小石頭的演說瞬間擄獲了大眾同情，他還不忘幫馥芳閣和盼歸居做了宣傳。丹年看著一臉情真意摯的小石頭，不禁抽了抽嘴角。

就在董大人要判決時，師爺從後院匆匆走了過來，遞上幾張紙，還低聲說了幾句話。

董大人翻看了一下紙張後大喜，重重拍了驚堂木，喝道：「沈立全、張氏，這是本官派人到戶部查到的馮老闆一家戶籍備案，清楚明白寫著是甘州木奇人，你們兩個刁民誣告他人、敗壞他人名聲！來人啊，拖出去重打二十大板！」

隨著董大人一聲令下，立刻就有四個衙役過來拖走大全子和張氏出去打板子，一時之間，只聽見大全子和張氏的慘叫聲不絕於耳。

丹年湊近沈鈺，笑嘻嘻地問道：「哥哥什麼時候弄了三張戶籍證明來啊？」

沈鈺奇怪地問道：「不是妳弄的嗎？除了剛剛去找小石頭，我人一直在公堂上，哪有機會去弄那個！」

就在此時，方才交給董大人紙張的師爺跑了過來，恭恭敬敬地請沈鈺和丹年去後院說話。

到了後院，就看到一個身材中等、身穿青色官袍的年輕人等在那裡，他先朝沈鈺笑了笑，抱拳道：「在下秦智，冒昧求見，多有唐突了。」

師爺狗腿地說道：「方才的戶籍文書，是秦大人交給小人的。」

丹年聽到「秦智」這個名字就知道他是誰了，她拍手笑道：「你可是清清的……」

秦智微微紅了臉，點頭道：「常聽清清說起沈小姐，妳是她最好的朋友。」

沈鈺已經猜到了前因後果，拱手道謝。「如此真是多謝秦兄了。」

秦智一把攔住沈鈺的拜謝，連連推辭道：「小沈副統領不要客氣，您和令尊在戰場上殺敵報國，很是讓秦某敬佩。」

沈鈺見秦智說得真誠，也不再與他客套，丹年奇怪地問道：「秦大人，您怎麼那麼快就送來了戶籍文書？」

秦智笑道：「我來這裡查看一些卷宗，那戶籍證明只是我隨手寫幾個字，蓋上戶部的官印而已，拿來哄哄人還行。等回了戶部，我再幫馮掌櫃一家開個正式的證明。」

丹年不禁重新審視了一下秦智，他看起來性子忠厚，沒想到腦子倒是很靈活，怪不得廉茂會看上他做女婿。

待他們回到家裡，心急不已的李慧娘連聲問到底是怎麼回事，丹年見瞞不過去，就原原本本地跟李慧娘說了。

安撫完李慧娘，丹年細細回想了今天的事情，大昭的戶籍制度並不嚴格，平日根本用不太到，大全子怎麼會知道馮老闆一家沒有戶籍呢?!

丹年左思右想，完全想不到什麼合理的解釋，最近一段時間發生了很多事情，越發讓眼前的形勢撲朔迷離。

李慧娘剛去準備午飯，趙福就急匆匆趕來了，他一進門就朝丹年跪了下去，苦著臉說自己沒留神，讓大全子和張氏溜進了城。

原本大全子和張氏以為趙福跟以前一樣是京城大戶人家的管事，想著投奔了他便能過上衣食不愁的日子；可到了莊子上，才知道趙福不過是個農莊的管事，他們得靠租種別人家的地過日子。

這天一大早，張氏就唆使沈暢和沈小桃先拖住趙福，自己則和大全子搭了其他農戶的驢車進城，想看看有沒有其他發財的路子。

至於他們是怎麼找到盼歸居、又是如何去衙門告發馮老闆一家的，趙福並不知情。

「還有一件事，丹年小姐。」趙福摸了把額頭的汗說道。

「什麼事？」丹年問道。

「我去衙門接我外甥和外甥媳婦時，找不到人了！」趙福焦急地說。

「怎麼會找不到人？他們被打了板子之後還有力氣跑啊？」丹年覺得非常奇怪。

沈鈺問道：「趙先生，他們家在京城可還有親戚？」

趙福搖了搖頭。「依我那外甥的性子，要是在京城有親戚，還不吹得所有人都知道！」

「他們剛來不過幾天的時間，就算結交朋友，也沒那麼快吧。」沈鈺摸著下巴思忖道。

丹年不耐煩地說道：「不管他們了，愛去哪裡就去哪裡，現在小石頭他們家有了戶籍證明，就算沈立豐親自來了也無濟於事。」

沈鈺笑了笑，轉而對趙福說道：「剩下的沈小桃和沈暢，你看著辦吧，若是願意留下來做佃戶，我們不會連這點人情都不念；若是不願意，隨他們去哪裡，我們不管。」

趙福點點頭，躬身行了個禮，便退了出去。

大全子和張氏被二十大板打得死去活來，原本京城裡若是有人犯罪被判二十大板，只要家人拿錢通融一下，衙役便把板子落得輕些；若是遇到沒錢又看不順眼的，衙役就會卯足了勁去打，更何況，聽說這兩個刁民想訛詐的是保家衛國的沈鈺。

打完板子後，大全子和張氏就被拖到衙門旁的巷子裡，等著家人來領人，圍觀的人潮漸漸散去，而沈小桃和沈暢則因為不知道自己的爹娘被打，還在莊子上待著。

等沒人注意趴在路邊低低哀嚎的大全子和張氏後，一個戴著斗笠的鬼祟身影出現了，他見四下無人，蹲到地上戳了戳大全子。

大全子抬起滿是污跡的臉，他一看到那人，就要憤怒地大喊，那人趕緊捂住他的嘴，低聲喝道：「現在沒人相信你們了，你再叫也沒用！」

大全子和張氏瞪著那人，那人哼了一聲，從懷裡掏出一個荷包，晃蕩了幾下，裡面傳來金屬碰撞的聲音，大全子和張氏的眼睛瞬間發直。

大全子一把就要將荷包抓過來，那戴斗笠的漢子卻眼明手快地將荷包提到更高的位置上，陰狠地說道：「你們把事情辦砸了，我們東家不怪罪，錢也照付，不過……先好心提醒你們一件事，我們東家的後臺可比那個武夫閨女強多了，說出來會嚇死你們！最好不要將此事說出去，否則讓你們腦袋搬家都是小菜一碟！」

大全子和張氏眼裡滿滿都是那裝著銀角的荷包，自然忙不迭地答應了那斗笠漢子。

那斗笠漢子站起身，隨手將荷包丟到大全子眼前，頭也不回地快速走出了巷子。

如果丹年在這裡，看到這人時一定會驚訝地叫出來——他就是之前去馥芳閣鬧事的洪定號夥計。

那個洪定號夥計離開之後沒多久，一輛塗著黑漆的馬車靜靜地從旁邊的小巷子裡駛了出來。

車伕金慎站在馬車旁，恭敬地低聲說道：「殿下，洪定號的夥計走了。」

大皇子溫潤的聲音從車廂裡面傳了出來。「吩咐人盯緊他，找個機會把消息透露給馥芳閣的掌櫃。」

金慎頗有些不平，嘟囔道：「殿下，您管那丫頭那麼多事做什麼啊！」之前受的教訓還不夠嗎？殿下這是好了傷疤忘了疼啊！

半晌過後，金慎都沒聽見答覆，他知道沈丹年是大皇子的弱點，每次說到沈丹年，大皇子總會做出有悖常理的事情。

金慎正打算跳上馬車駕車離去，就聽到大皇子低聲說道：「去找輛馬車，把那兩個人帶回府裡。」

金慎愣了一下，才明白大皇子指的是大全子夫婦兩個人，他嫌惡地看了他們一眼，才應道：「是。」

沒多久，大全子和張氏就莫名其妙地被人抬到了馬車上，悄悄帶走了。

第五十六章　雙喜臨門

等到大全子和張氏再度被抬下馬車，丟到一個陰暗的房間裡時，已經是下午的事情了。昏暗中，大全子和張氏聽到有道溫潤的聲音問道：「你們可是沈家莊的人？」

大全子和張氏摸不著頭緒，但藉著微弱的光線，也能看清周圍的擺設非富即貴，當下便知他們到了不得了的地方。

張氏這會兒全沒了主意，在簾子後方問話的人雖然語氣溫和，但無形中散發出一種尊貴感，還有語氣中透露出來的威壓，讓她喘不過氣來。

大全子抖抖索索地答道：「我們都是從沈家莊來的。」

他話一出口，立刻有身著黑衣、陰沈著臉的蒙面男子上前去給了大全子兩個響亮的耳光，罵道：「我們也是你能自稱的嗎！」

簾子後面一陣窸窸窣窣的聲音，像是攤開了疊在一起的紙張，那道溫潤的聲音再度響起。「無妨，沈立言一家跟你們是什麼關係？」

大全子這會兒完全不知道該怎麼自稱，剛剛被人打了也完全不敢反抗，只能哆嗦著答道：「回大老爺的話，沈立言是草民的族兄。」

「那沈立言一家可有異於常人的地方？」簾子內的聲音漫不經心地問道。

大全子支支吾吾了半天，也想不出沈立言一家與常人有何不同，倒是張氏緩過勁來，意識清醒了不少，插嘴道：「有件事倒是挺奇怪的。」
簾子內的聲音說道：「說來聽聽。」
大全子瞪了張氏一眼，這婆娘太不知輕重，哪能隨便在貴人面前胡扯呢?!
張氏有些後悔自己嘴快，卻來不及了，遲疑了起來。
簾子那頭的人等急了，輕輕地「嗯？」了一聲。
方才那個搧大全子耳光的蒙面男子便凶神惡煞地走上前來，張氏駭得立刻叫道：「我說，我說！」
「沈立言的閨女丹年有些奇怪，他們家剛到沈家莊時，按沈立言他們的說法，丹年才四、五個月大；可那會兒我記得很清楚，她都會滿地跑了，話說得也很明白，身形根本不像那麼小的孩子，還用繩子狠狠把我絆了一跤……」張氏憤恨地說著。
簾子後面的人很長一段時間沒反應，張氏不敢再多說什麼。
良久，簾子後面的人才帶著笑意說：「那妳看她像多大的孩子？」
張氏說道：「怎麼也有一歲大了，不過那時候沒人在意，我也是因為覺得這丫頭實在是精明得太邪門了才留意到的。那丫頭從小就是個禍害，大老爺您不知道，她……」
還未等張氏說完，蒙面男子就不耐煩地打斷了張氏的話。「揀重要的來說！」
張氏惴惴不安地瞧了簾子一眼，猜測幕後的人肯定跟沈立言家有過節，便壯著膽子說道：「那沈丹年看我閨女和兒子老實，從小就欺負他們，沒個女孩家的樣子……」
簾子後的聲音響了起來。「這麼說來，沈丹年不是在沈家莊出生的了？」

張氏答道：「不是。聽沈立言說，他們半路回了趟妻子的娘家，在那裡生了沈丹年，過了幾個月才回來。」

沈默了一會兒，簾子後那個聲音說道：「帶下去吧。」

說完，便有幾個身強力壯的小廝將他們蒙上眼睛抬了出去。

大皇子府的暖閣裡，九龍吐珠金色香爐冒著裊裊的輕煙，榻邊的火盆燒得正旺，大皇子一雙指節分明的手無意識地敲打著香爐的外殼，面前還放著一摞寫滿字的紙張。

金慎站在一邊，往大皇子面前的茶盅裡續上一杯熱水，水蒸氣浮動在空中，大皇子原本俊雅的面容也變得有些模糊。

金慎忍了半天，終於按捺不住，小心地說道：「殿下，如今正是緊要關頭，切不可為了一個女子耽誤正事啊！」

大皇子回過神來，閒適地笑道：「怎麼，孤看起來像是會因美色誤事的人嗎？」

金慎立刻狗腿起來。「哪是呢！再說，沈丹年那小丫頭，哪裡稱得上是美色了！」

一提起沈丹年，大皇子便輕輕笑了起來，面容有如冬天裡開了花朵般璀璨。

金慎內心禁不住吶喊，還說自己不會因美色誤事，一提起那丫頭，殿下就沒往正事上想！

大皇子似乎瞧出金慎心中所想，慢悠悠地說道：「金慎啊，你是不是覺得我今天在那兩個人身上浪費了時間？」

金慎低下了頭，恭謹地答道：「奴才不敢，殿下做事肯定有道理。」

大皇子微微抿了口茶。「照那婦人所說，沈丹年的出生時間不對，可沈立言為何要隱瞞她的出生時間呢？」

不等金慎回答，大皇子又自言自語道：「說起來，丹年和沈家人長得可是沒半分相似呢！」說到這裡，他呵呵笑了起來。

金慎不解地說道：「沈立言只是個武夫，也許是他收養了孩子，又不想被人知道不是他親生的，所以才這麼說吧？」

大皇子笑得眉眼彎彎，可眼中卻閃著精明的光芒。「金慎，在沈丹年出生那年，可是發生過一件了不得的大事！只可惜，這件事當時沒有多少人知道。」

金慎疑惑地看向大皇子，大皇子壓低聲音說道：「父皇是太后娘娘借助了娘家的勢力，殺掉當時的太子才登基的。登基前一天，太后娘娘讓當時身為京畿防衛營副統領的張格殺掉剛出世的太子遺孤，那可是個女孩……」

金慎頓時緊張起來。「殿下，您是說，您懷疑沈丹年是太子遺孤？」

大皇子搖頭道：「不能完全肯定，只是曾有小道消息說，張格溺死小公主那口井裡並沒有浮屍，而張格早就死了，可說是死無對證。」

「前段日子，我們不是查到御史陶正和蘇晉田父子有來往嗎？蘇允軒暗地找陶正幫助沈丹年，可是因為沈丹年的身分？」金慎忽然聯想到了什麼，急切地問道。

大皇子低低地笑出聲來。「金慎，你腦子不笨嘛。說起來，宮變後沒兩天，年少英才的蘇允軒蘇郎中就出生了啊！」

「這……」金慎忽然意識到自己觸碰到一個巨大的疑團，而這個疑團的重要性，壓得他心頭沈重，喘不過氣來。

大皇子隨意地將茶盅放到榻上的小几上，像是回憶往事般，語氣閒適。「還記得小時候，我和母親躲在儲秀宮的洗衣房裡，遠遠見過當時的太子和太子妃的車駕。人人都說太子妃是京城第一美人，我曾偷偷爬到房簷上看過一眼，她確實是個美人，只可惜紅顏薄命！」

金慎摸不著頭緒，試探性地問道：「殿下，前太子妃都已經香消玉殞了，這，不關她的事情吧？」

大皇子笑了笑。「窈窕淑女，君子好逑。蘇晉田當時可是太子妃父親的得意門生，發生什麼事情都不奇怪。更何況，在勒斥圍困木奇鎮的時候，蘇晉田原本是中間派，絲毫不參與皇后娘娘和雍國公兩派的鬥爭，又為何突發善心，力主向邊境派兵派糧？」

金慎想了想。「唇亡齒寒，莫非蘇晉田想通了這個道理？」

大皇子譏諷道：「莫非你以為是你家主子長得太俊，蘇晉田忽然捨不得孤死了?!」

金慎不好意思地笑道：「殿下本來就長得俊啊！」

大皇子不理會他的恭維，只說道：「孤猜測的是，蘇晉田原本打算做壁上觀，戰事成敗對他來說沒什麼影響，但後來發生了某件事情，讓他不得不插手這場戰事。」

此言一出，金慎就憤憤地說道：「肯定是沈丹年他們搞的鬼，那婦人說得沒錯，那丫頭從小就是個禍害！」

大皇子輕聲笑了。「金慎啊，當禍害去禍害別人，總比被別人禍害來得好！」

金慎費了很大的勁才理清大皇子話裡的意思，雖然說得有理，但對象是他一直看不順眼的沈丹年，他還是氣呼呼地揚著臉表示不滿。

大皇子低低嘆道：「只可惜，我們能信任的人還是太少，否則即便我們不在京城，還是能查出這件事情的真相。」

看著大皇子略顯失望的面容，金慎動了動嘴皮子，卻不知道該說些什麼。

自從沈鈺公開地在京兆尹衙門的公堂上露臉之後，京城裡的人都知道小沈副統領回家過年了。

這幾日往丹年家中送禮的人絡繹不絕，李慧娘根本不必再操心置辦年貨的問題，更有不少是乘機相看沈鈺和丹年的，打著各種小算盤。

沈鈺歷經磨練，早就是接待應酬的個中好手，他人長得儒雅俊逸，待人接物又彬彬有禮，早就贏得京城上下一致好評。軍營就是個小社會，並不如外人想像的那般高風亮節，若是連最基本的為官之道都不懂，只能被上級軍官當作去戰場上送死的炮灰。

昨日上午廉茂親自來宣讀聖旨，沈立言和沈鈺父子兩人，戰場上退敵有功，特封沈立言為護國將軍，正三品，沈鈺為鎮遠將軍，從三品。

一時之間，一門父子雙將軍，丹年家的門檻都要被人踏破了。

只不過，錦上添花的人雖多，雪中送炭的人卻很少。

丹年覺得世間的人情便是如此，當初沈立言與沈鈺無功名之時，家裡只有她和李慧娘兩人相依為命，大伯父還想把她送給白振繁當小妾，沒人幫忙不說，還都在看笑話；現在他們有了軍功在身，成了炙手可熱的人物，一個個都趕來巴結了。

臘月二十八日那天，一家人隨便吃了頓飯，丹年想著還遠在邊境的沈立言，心裡有些悶悶的。

吃完飯沒多久，天空便飄下了雪花，丹年和李慧娘、沈鈺關了大門，窩在堂屋的小火爐旁烤起火。京城地處北方，這是丹年頭一次在這麼冷的地方過冬，整天嚷著好冷，恨不得鑽進被子裡不出來。

沒多久便有客人來敲門，讓李慧娘很是意外。年關將近，要拜訪也是大年初一之後，這個時候有誰會過來？

等到打開院門一看，來人穿著厚重的皮裘披風，待他把頭上戴的長毛皮帽摘掉後，李慧娘和沈鈺、丹年慌忙跪下去行禮，來人正是大昭的大皇子，齊衍修。

大皇子臉上沒什麼血色，手指關節也凍得有些發白，他身材高大卻並不壯實，似乎要支撐不起那身厚重的皮裘了。他客氣地扶了眾人起來，朝丹年溫和地笑了笑，隨後遞給沈鈺一張燙著金字的朱紅請柬。

原來大年初二那天，皇上在宮裡設宴，宴請二品以上京官以及家眷，由於沈立言父子護國有功，破格允許參加宮宴，然而因為沈立言還沒回到京城，便由沈鈺作為代表。

大皇子和沈鈺說了幾句話，便要離開。

丹年跟在李慧娘和沈鈺後面，送大皇子到了巷子口的馬車停放處，與之前的微服私訪不同，這次齊衍修是以大皇子的身分前來，周圍圍了一圈身穿銀甲、配著刀劍的侍衛。

就在大皇子上車時，他回過頭朝丹年笑了笑，用充滿希冀的口吻問道：「剛才忘了問，沈小姐這次會去吧？」

「啊？」丹年覺得喉嚨彷彿被堵住了，眼前的男人眼睛亮晶晶的，就像琉璃珠子一般，雖然知道他是個危險人物，但他那麼俊秀溫柔，讓她拒絕的話一句也說不出口。

丹年在迷迷糊糊的狀態中送走了大皇子，直到他的馬車走遠了，才覺得四周寒氣逼人，也從迷糊狀態中凍醒了，回想起剛才的情景，她只覺得臉上發燒。

回到家裡，沈鈺意味深長地笑道：「丹年也長大，到了春心萌動的年紀了啊！」

這一句話讓丹年尷尬不已，她最討厭的便是「春心萌動」之類的詞語，感覺就像她多麼饑渴一樣……

臨睡前，李慧娘進了丹年的房間，她坐在丹年床前，拉著丹年的手，語重心長地說道：「娘不知道妳和大皇子殿下之間發生過什麼事情，雖然娘不懂朝政，可娘看得清楚，到處都有人想要殿下的命，他也未必是那麼好的人，身為皇家子孫，以後女人肯定不只一個，更何況……」李慧娘欲言又止。

「總之，娘從來沒要求過妳什麼，我只要妳答應我一件事，就是絕不能跟大皇子殿下有什麼不合宜的感情，於理於情都不合。」李慧娘有些著急地說。

好。

丹年心裡有些酸酸的，李慧娘從來沒要求過她什麼，現在要她遠離大皇子，也是為了她好。

而且，李慧娘沒說出來的話，丹年也能猜得到。李慧娘只知道丹年是前太子的女兒，卻不知道蘇晉田調換過孩子的事情，在她眼裡，丹年和大皇子是堂兄妹，沒有結婚的道理。

丹年從被窩裡爬起身，抓住李慧娘的手說道：「娘，我知道，您都是為了我好。女兒知道殿下並非良人，請娘放心，丹年心裡清楚明白。」

李慧娘見丹年說得誠懇，便放下了心，要她趕緊回被窩裡去。

等李慧娘吹熄了油燈，關上門離開後，丹年長嘆了口氣。沈立言與沈鈺在戰場上拚命，還不是為了能護她周全？她又怎麼能辜負親人的一片心意？

第二天一早，雪花跟紙片似地落了一地。

小石頭從外面回來了，他先是在門口抖了抖帽子上的雪花才進了屋子，一張臉被寒風吹得發紅。

搓了搓手，小石頭對丹年說道：「丹年，找到大仝子和張氏了，他們昏倒在京郊一處雪地上。我要夥計把他們抬到馥芳閣關了起來，威脅了幾句話就問出原因，他們果然是被人指使的！」

丹年並不覺得奇怪，他們才剛從鄉下一路乞討進了京城，哪有膽子在京城裡惹事，背後肯定有人指使。

「可知道是誰？」丹年沈聲問道。

「就是洪定號的夥計，背後應該是洪定號的東家。」小石頭憤憤地說道。

丹年的手無意識地敲打著身旁的小几，洪定號背後是二皇子老師的妻弟，被陶正處理過都還不肯死心，看來硬碰硬行不通。

沈鈺早就聽說過洪定號做過的齷齪事，便笑呵呵地說道：「小事一樁，晚上我摸進他們庫房裡面，一把火把東西燒個精光就得了，眼下邊境還處於封鎖的狀態，進不了貨，看他們如何得瑟！」

丹年抽著嘴角，哭笑不得。「哥哥，你以為這是在打仗，燒了對方的糧草就萬事大吉了？」

沈鈺見丹年終於有了精神，笑道：「那妳可有什麼好計策？」

丹年笑道：「若只是燒了他們的庫存，不過是拖垮他們這段時間的生意，只要我們和勒斥不打仗，等過完了年，他們又能捲土重來。洪定號是老店鋪了，不會因為一時斷貨就生存不下去。」

小石頭上前一步問道：「妳想怎麼做？」

丹年撫平了衣服上的褶縐。「先不說這個，小石頭，你可了解洪定號的掌櫃是個什麼樣的人？」

小石頭皺著眉頭說道：「洪定號的老掌櫃好像跟少東家鬧翻了，現在是新掌櫃當家，聽說相當貪錢。」

「貪錢？那事情就好辦了。」丹年道。

小石頭嘆了口氣，說道：「丹年，他為人是貪錢了些，可他畢竟是洪定號的掌櫃，若只是送禮，斷不可能讓他為了那一點小錢，葬送自己的大好前途。」

丹年呵呵笑道：「我是要送給他一份大禮，讓他銘記終生！」

第五十七章　年前設局

洪定號的新掌櫃江永捧著一壺熱茶，坐在二樓靠窗的位置上，心中頗為不快。自從馥芳閣開業後，洪定號的生意比往年少了很多，年底查帳時，東家都沒給他好臉色看。

前幾日江永得了信，想從小石頭的出身下手，徹底絆倒他，可沒想到事情竟峰迴路轉。不過他還是很有信心，沈家二房哪裡比得上雍國公和皇后娘娘尊貴，將來二皇子要繼承大統，東家的身分自然會水漲船高，到那時想搞垮一個馥芳閣，就跟踩死一隻螞蟻一樣簡單。

江永得意地想著，東家是二皇子老師的妻弟，只要自己盡了本分，二皇子登基後，自己也會跟著雞犬升天。

就在江永沈浸在美好的想像中時，有夥計急匆匆地跑上了二樓，喊道：「掌櫃的！」

江永的幻想被打斷了，他不悅地罵道：「什麼事慌慌張張的！」

夥計掛著諂媚的笑容說道：「掌櫃的，樓下來了條大魚！」

「大魚」是香料界的行話，意思是不懂行情，也不懂得分辨香料等級的有錢人，這種人一般都是暴發戶，只買貴的，不選對的。

江永先是一喜，隨即警惕起來。「明天就是年三十了，怎麼這個時候來買香料？」

夥計連忙說道：「小的都問了，他說主家在南邊做生意，昨日剛攜家帶眷地到京城親戚家過年。」

江永一聽，趕忙把手中的茶壺放到桌子上，提起長袍下襬便要下樓，剛走到樓梯口，就拍了拍腦袋，笑道：「你快些去沏壺茶來，記得用櫃子裡紅漆皮盒裡的茶葉，不要搞錯了！」

夥計笑得眼睛瞇成了一條縫，他諂媚地說道：「小的知道！」

紅漆皮盒裡的茶葉是上等茶，只有在招待上等客人時才會拿出來用。

江永下樓後，將站在大堂裡的人不著痕跡地上下打探了一番。來人二十來歲，羊皮襖裡穿著簇新的寶藍色錦緞袍子，手上戴著好幾個金戒指，只是靴子上沾著泥水，手上和臉上的皮膚也暗黃晦澀，完全不同於那些精心保養過的大戶人家管事，簡直是標準的暴發戶打扮。

見到江永，那人先是呵呵笑了兩聲，江永連忙迎上去，笑道：「在下是洪定號的掌櫃江永，不知您怎麼稱呼？」

來人先是在店裡左顧右盼了一圈，江永見那人如同沒見過世面般，眼珠子黏在洪定號裝飾用的漂亮瓷器古董上，不禁暗自鄙夷，越發確定心中的猜想。

江永不留痕跡地輕咳了一聲，來人才回過神來，不好意思地搓手笑道：「俺剛跟著主家來京城，想買些香料，點起來賊香的那種。」

江永得體地笑了笑，點頭道：「成，來我們洪定號就算來對地方了，不瞞兄弟說，我們洪定號可是京城最大、最齊全、價格最公道的香料鋪子。」

那人一聽這話，連忙搖手道：「江掌櫃，錢不是問題，關鍵是東西要好，主家只要好的！」

江永心中樂開了花，臉上卻只是掛著淡淡的笑意，拱手問道：「不知這位兄台如何稱呼？」

來人彷彿受寵若驚，連忙擺手道：「俺鄧問哪裡當得起兄台啊，叫俺鄧問就成！」

江永點點頭，領著鄧問到了大堂左側的木架子旁，木架上擺放的都是精雕細琢的紅木盒，稍微靠近，就能聞到一股濃郁的香氣。

「鄧兄看看這些，都是上等貨，等會兒我讓夥計點上一撮給您聞聞，看您滿意不滿意。」江永笑道。

鄧問卻沒耐心，手一揚便說道：「俺主家還在家裡等著呢，這些多少錢？江掌櫃您報個價吧！」

江永激動得一顆心都要跳出來了，他本以為自己定能比老掌櫃做得更好，哪知不知從哪兒冒出來一個馥芳閣，導致銷售額反而不及老掌櫃在的時候，讓東家給他不少臉色看。

原來這世上壞運走完了，好運終究會到來啊！上天終究眷顧自己，臨到年三十了，給了自己一個翻身的機會……江永樂呵呵地想著。

強壓下自己激動的情緒，江永誇獎道：「鄧兄果然是個英雄豪傑，大方爽快！」

鄧問被誇得似乎有些得意忘形了，插著腰說道：「你們這裡的人也不見得多好啊！多得是一家十幾口擠在三間小瓦房裡，過年都整不出啥像樣衣服的人，還跩得二五八萬，看不起俺們這鄉下來的，真他娘的掉價！」

江永臉上的笑容頓時有些掛不住，鄧問這才意識到自己把江永也罵進去了，連忙補救道：「俺是說那些自以為是的京城人，不是說江掌櫃您啊！」
江永掛著笑臉說道：「哪裡！我也看不慣那些人，覺得自己是京城人就了不起了！」
鄧問一見江永附和自己，頓時安心不少，口沫橫飛地說道：「可不是，俺們主家想給俺家少爺在京城裡尋個京城閨女做媳婦，主家的一個表姨帶著她閨女來了，一會兒嫌俺們的衣服不好看，一會兒嫌俺家少爺沒進過私塾，認字不多，一會兒又嫌房間裡沒點香，味道不好。啊呸！宮裡的皇帝老爺衣服好看、學問高，皇宮裡肯定香噴噴，有本事她們去做皇后娘娘啊！」
江永笑著拱手。「鄧兄是個直爽的人，在下和鄧兄投緣，也不耐煩那些嘰嘰歪歪的臭娘兒們！」
鄧問樂得眉開眼笑，哈哈笑著說道：「江掌櫃是個好人！咱兄弟倆就不說外道話了，這些香料多少錢，你開個價吧！」
「這樣一個紅木盒裡裝的是一斤香料，全都是一等一的正宗西域香料。至於價格嘛，我看兄弟是個實在人，我也不多要，一斤香料二十兩銀子。」江永笑咪咪地說道。
「什麼！」鄧問驚叫了一聲。「二十兩銀子！抵得上五頭肥豬了！」
江永皺了皺眉頭，語氣有些不悅。「鄧兄，香料是風雅之物，怎能同那些骯髒東西相比？」
鄧問不說話，眼裡閃著肉痛的光芒，小眼睛一眨也不眨地盯著那些漂亮的紅木盒。
江永再接再厲說道：「鄧兄若是覺得價錢太貴，可以看看右邊這些架子上的，一盒只要十兩銀子。」

鄧問黃牙一咬，跺腳說道：「俺們可不是那些窮酸！這種二十兩的，給俺來六十盒，那種十兩的，也給俺來六十盒！」

江永哈哈笑道：「鄧兄果然是個豪氣的人物！」

鄧問被江永拍馬屁拍得心花怒放，他插著腰，指著店裡的紅木盒豪氣地說道：「這些盒子都給我裝起來吧！」

江永聞言，知道鄧問又上鈎了，便笑道：「鄧兄，等等。」

鄧問奇怪地問道：「還有啥事啊？」

江永拱手笑道：「鄧兄沒買過香料，有所不知，這香料盒子和香料是分開來賣的，方才我說的只是香料的價錢，鄧兄想要這些盒子的話，可是要另外算錢。」

鄧問頗為肉痛地抽了抽眼角，指著紅木盒問道：「多少錢？」

江永笑道：「盒子是上等紅木做的，這二十兩銀子一斤的香料盒子，一個十兩銀子；那十兩銀子一斤的香料盒子，我就當人情送給鄧兄了。」

鄧問瞇著小眼睛算了算，從懷裡掏出一個藍粗布荷包，聽聲響，裡面裝了不少銀子。抖著荷包，鄧問滿懷歉意地說道：「江掌櫃，我來得匆忙，沒想到買個香料要那麼多錢，您派個夥計送貨到俺家裡，順便取錢吧。」

江永原本興奮熾熱的心一下子涼了一半，語氣也不那麼和善了。「來買香料的，怎麼會帶不夠錢呢？」

鄧問滿腹委屈地嘟囔道：「誰知道這麼貴！擱俺們那，這錢夠買幾百口大肥豬了！」

江永頭疼地聽著那一聲聲的「肥豬＝香料」論，而且方才吩咐去泡茶的夥計竟還沒過來，不由得怒道：「阿丘，茶呢?!」

阿丘的聲音從二樓傳來，聽起來有些手忙腳亂。「來啦！」

緊接著一陣下樓的腳步聲響起，阿丘端著茶杯和茶壺下來了，他諂媚地笑著用雙手端給了鄧問一杯茶水。「您嚐嚐，這可是上等的君山銀針！」

鄧問小心地揭開蓋子，用蓋子撇去了水面上的浮沫，將茶盅舉到自己面前，深吸了一口氣，面上的表情不以為然。

江永驚訝地發現鄧問居然會品茶，姿勢還頗為專業。這君山銀針雖然品質不算優等，可也不是一般人家能喝得上的，鄧問明顯不滿意這茶的品質，讓他一時之間有些捉摸不住鄧問的身分。

鄧問喝了口茶，隨即說道：「沒泡好，這是第一遍泡出來的茶水。」

江永立刻狠狠地瞪了阿丘一眼，阿丘瑟縮地退到了牆角，不敢吭聲。

鄧問只喝了一口，便把茶盅放到一邊，嘆氣回味道：「江掌櫃，可別怪他，一般人也不清楚泡茶的講究！」

江永只得尷尬地苦笑，說不出話來。

鄧問抱著拳問道：「江掌櫃，怎麼樣，送貨拿銀子吧？」

江永心念急轉，雖然他興奮激動，可並沒有打消內心的疑慮，他先請鄧問在雅間裡坐下，笑說這麼大筆買賣，還要請示一下東家，便出去了。

阿丘原本被罵得躲在角落裡，此刻見江永猶豫不定，走上前來擔心地說道：「掌櫃的，原本存貨就不多，要是過年時再有人來買可怎麼辦？」

江永不耐煩地罵道：「過年前大戶人家早儲備好了，哪還會有人來買？」

阿丘委屈地說：「掌櫃的，您做掌櫃的時間不長，還不知道行情。」

無視江永要噴出火的眼睛，阿丘補充道：「這是老掌櫃吩咐的，他說您沒經驗，要我們提醒您一下。」

江永的怒火徹底爆發了，誰說他不能做大筆生意?!

他一把推開阿丘，衝到雅間外面，原本猙獰的臉在推開雅間的門那一瞬間，掛上了笑容。

鄧問正在閉目養神，嘴裡還哼唱著小曲兒，見江永推門進來，他連忙站了起來。「江掌櫃，東家要是不願意，俺再找下家就是了，江掌櫃別為難！」

說著，鄧問就要往外走，江永立刻拉住了他。

江永生怕這麼一條「大魚」跑掉，連忙說道：「鄧兄，沒問題！東家身體不舒服，不方便來見鄧兄，還吩咐我好好招待您呢！」

鄧問這才放下心來，笑著看了江永一眼，說道：「俺們住的地方離這裡不遠，江掌櫃不如雇輛馬車跟俺去？」

此時院子裡正好停著一輛馬車，由於接近年三十，好的馬車都被夥計們借去買年貨了，剩下那輛馬車不但車廂不結實，馬也是匹瘦弱的老馬。江永覺得雖然貨品有些多，但京城裡到處都是石板路，應該沒問題，於是痛快地答應了，轉身讓阿丘去套好馬車出來，順便叫了另外一個夥計來搬香料。

阿丘不死心，仍苦苦哀求道：「掌櫃的，您可得聽老掌櫃的話啊，老掌櫃說過，這些東西不缺人來買，您就別賣給他了。」

江永幾乎要吐血身亡了，腳一抬，把阿丘踹到了一邊。

鄧問站在洪定號的大門外，一臉認真地清點香料的種類和數量，江永淡淡笑道：「鄧兄可真是謹慎啊！」

鄧問答道：「做生意可得謹慎些，之前有人賣給俺豬，不是灌了水的就是有病的，成習慣了，江掌櫃可莫要笑話俺！」

江永聞言，更是瞧不起鄧問，不過是個在鄉下發了橫財的豬販子！

馬車破舊得厲害，江永不敢讓人坐到馬車上，只是牽著馬車往前走，鄧問則跟在旁邊指路。

鄧問不停對江永說自己在鄉下販豬的事情，吹噓一次生意都能販上千頭肥豬，還說自己主家有多大方豪爽。走了約莫半個時辰，鄧問還在口沫橫飛地解說豬的前腿肉和後腿肉有什麼分別。

江永有些不耐煩了，已經走了這麼久，都快要出京城西門了。

鄧問不好意思地笑了笑，說道：「江掌櫃，可別怪俺，俺主家住在京郊，不過不遠，出了城門就三里路，還是官道，俺就是怕你們看不起俺們，才說俺們住京城的。」

江永忍不住把鞭子一扔，斥道：「到底有多遠？」

鄧問拍著胸脯保證，說道：「就三里路，還是官道！若是走了三里還沒到，江掌櫃就把俺的腦袋擰下來當球踢！」

江永輕哼了一聲。「以後可不能這樣了，你們住這麼遠，我們送貨可是要另外收錢的！」

鄧問賠笑道：「江掌櫃莫惱，到了莊子上，叫俺家婆娘給您整治一桌好酒席，俺也知道俺這事幹得不地道。」

江永擺了擺手。「算了，收完貨款，我還得趕回家，鄧兄家的酒席，只能等以後有機會再吃了！」

京郊的莊子不少，離京城這麼近，想這群土財主也玩不出什麼鬼花樣！

說著，一行三人已經出了城門，沿著官道向前走去。寒冬臘月，地上早就結了厚厚一層冰，走在上面直打滑，三人不得不小心翼翼地往前挪，尤其是江永，生怕馬車出什麼閃失，更是謹慎。

出了城門，就有一條護城河蜿蜒而過，橋上鋪滿了厚厚的冰層，江永先停下馬車，到橋上反覆踩了幾圈，又用力跺了幾下，才放心地回來。

等上了橋，江永便不再說話，而是全神貫注小心拉著馬在橋上挪動，馬本身又瘦又老，在這麼冷的天，早就凍得瑟瑟發抖，馬腹上的肌肉不停顫動，嘴裡噴著白氣，早已經筋疲力盡。

橋下全是花白一片，護城河結成了冰，雪花又在冰上鋪了厚厚一層，馬也有些膽怯，任憑江永怎麼拉，都不敢再往前走，四條腿顫抖不已。

江永本來就擔心，此刻見馬不配合，更是火冒三丈，對著馬就是狠狠一鞭，罵道：「造反了你！」

豈料那馬也有脾性，揚著蹄子一陣嘶鳴，江永和那夥計慌忙拉住韁繩，想要將馬安撫下來。

混亂中，馬突然腿一彎，跪在橋上，隨即倒了下去。車廂的木板本就破敗不堪，此時又遇到這麼大的衝擊，車輪散了，車廂裡的香料盒子都飛到了橋下的冰面上。

橋面到冰面有將近二十公尺的落差，巨大的衝擊力使這些中看不中用的香料盒子全散了架，裡面的高等香料撒了滿滿一河面，香料與雪粒混在一起，散發出一陣陣濃郁的香味。

江永頓時傻眼，連爬帶滾地趴到橋欄杆邊，看著橋下一片狼藉，不禁呆住了——這可怎麼辦！

站起身，江永笑得很是溫和。「鄧兄，真是對不住。您稍等一下，我這就下去把香料幫您拾回盒子裡去，少了多少，就免去多少銀子，香料盒子也不收錢，權當送您了。」

鄧問拍了一下大腿，站了起來，罵道：「拉倒吧！那香料和雪混在一起，教俺們怎麼點啊？」

江永一張臉頓時僵住，慌忙上前去拉住鄧問。「鄧兄，小弟是為了您才冒險拉這麼一車貨過來的，您可不能就這麼不買了啊！」

鄧問一把將江永甩了出去，插腰罵道：「怎麼，還賴上你鄧爺爺了？哪有送貨到半路，把貨弄壞了，還要買家賠錢的道理！」

江永看著鄧問猙獰的臉，硬著頭皮叫道：「我們東家可是二皇子老師的親戚，你個刁民敢在太歲頭上動土？」

鄧問哈哈一笑，倏地扯開自己的羊皮襖，裡面的束腰上別了把明晃晃的尖頭殺豬刀，鄧問把刀抽了出來，獰笑著一步步朝江永與那夥計走去。

江永嚇得一屁股坐到了地上，驚恐地擺著手。「你想做什麼？你別過來！」

鄧問哈哈笑著看著江永的拙樣，將刀插回了束腰裡，罵道：「老子到處走南闖北，想坑老子的，海多了去，要沒兩把刷子，能混到今天？敢訛爺爺，爺爺我保管殺你跟殺豬一樣，白刀子進紅刀子出！」

江永戰索索看著鄧問的背影慢慢消失在前方，才敢與夥計爬下橋去，將散落在雪裡的香料用手捧著放回了盒子裡，而撿回來的香料，不可避免地混雜著泥土和雪粒。

就在江永與夥計忙著撿回香料時，他不經意抬起頭，便又看到鄧問大剌剌地走了回來，敞開的羊皮襖裡還露著明晃晃的殺豬刀。

鄧問在馬車附近蹲下身子轉了一圈，像是在找什麼東西似的，沒過一會兒，就得意洋洋地走了，看都沒看江永一眼。

江永鬆了口氣，等他與夥計爬了幾趟，終於把能挽救的香料撿齊全了。江永與夥計走回馬車旁，那匹瘦馬已站直了身體，可馬腿上有了一些傷口，馬車一側的車輪輻條也斷了好幾根，不禁大嘆倒楣。

第五十八章　了卻心事

臘月二十九日的黃昏時分，丹年坐在京郊自家置辦的莊子裡喝著熱茶，和沈鈺及小石頭有一搭沒一搭地說著話。

沈鈺看出了丹年的緊張，笑道：「妳擔心什麼，哥哥出手，哪有失誤的道理？更何況我們都看到香料翻出馬車撒了出去，才回來的。」

丹年捧著茶盅暖手，皺著眉頭說道：「我不是擔心這個，我是怕肥腸被江永看出破綻來。」

沈鈺笑了，說道：「他娘傷得重，要是停了藥，熬不過三天，就衝著這點，他也會賣力的。」

就在此時，院門被人推開了，一個身上覆滿雪花的身影走了進來。

那人先是在屋簷下抖了抖身上的積雪才進了屋，臉上露出拘謹的微笑。「丹年小姐，您和鈺少爺交代的事情，我都辦妥當了。」

來人赫然就是到洪定號買香料的鄧問，也就是大全子和張氏的兒子沈暢。

丹年審視著沈暢，問道：「江永可曾懷疑你的身分？」

沈暢低著頭答道：「沒有。我照馮老闆的吩咐，一直跟他說我走南闖北收豬、殺豬的事情，他沒起疑心。」

就在此時，又有兩個人進了院子，趙福帶著沈小桃，躬身進了堂屋。

沈小桃雖然低著頭，可眼尾餘光一直停留在沈鈺身上，沈鈺今天穿著白色錦袍，外面罩著一件翻毛的玄色大氅，襯著他高大的身材，俊逸瀟灑。

丹年注意到小黑桃的表情，不禁暗暗嘆了口氣。她爹娘都變成那樣了，她卻還不安分，既然他們一家和趙福已聚在一起，盼歸居也上了軌道，不如就讓他們回沈家莊過日子去吧。

「趙先生，我家原來在沈家莊還有百來畝地，你就和沈暢他們一家回去替我們照看一下吧，分成的事情稍晚再議。」丹年說道。

趙福聽了，微微一愣。他好不容易讓盼歸居的營運上了軌道，有些不明白丹年的用意，可一想到他來京城的目的已經完成，而自己的外甥與外甥媳婦又惹出不少麻煩，不禁覺得去沈家莊安然度日也好，便點頭應下了。

沈小桃扭捏地看著丹年，心想自己若是能留下來，不知該有多好。雖然她知道自己的身分配不上沈鈺，可若能做個小妾也很好啊！

「丹年小姐，我可以讓您做丫鬟，我什麼活都能幹！」沈小桃急切地說道。

沈暢大吃一驚，罵道：「胡說些什麼！」

「妳想到我們家做丫鬟？」丹年溫和地問道。

「是啊！」沈小桃猛點頭說道。

沈暢急了，走上前去一把抓住沈小桃的手臂，喝道：「桃子，妳在發什麼昏？好好的姑娘家，做什麼奴才！」

沈小桃扯開了沈暢的手，不高興地說道：「哥，你亂叫什麼啊，別驚擾了小姐！」又轉過頭，堅定地對丹年說道：「小姐，我願意賣身。」

丹年點了點頭，朝小石頭示意了一下。小石頭很快就寫好了一式三份的賣身契，丹年給了沈小桃二十兩銀子的賣身錢，沈小桃看丹年如此大方，更是喜不自勝，作夢也沒想到自己能值這麼多錢。

小石頭拿著擬好的賣身契，交給了沈小桃，她看也不看，就在上面按了手印，沈暢和趙福痛心地看著她，她也不為所動。

丹年小心地拿起賣身契，吹乾了上面的墨痕，對沈小桃笑道：「如今，妳就是我們沈家的奴才了。」

沈小桃內心憧憬著未來的美好生活，連連點頭道：「小姐放心，小桃一定盡心盡力伺候小姐和少爺。」

丹年搖了搖頭，笑道：「如今妳爹娘與哥哥、舅舅都要回沈家莊了，妳也一塊兒回去吧，這些銀子，應該足夠清償妳爹在家鄉欠的賭債。」

沈小桃聞言，如同晴天霹靂，她跌坐在地上哭叫道：「我不走，明明說好要留我在京城裡做丫鬟的！」

沈暢忍不住嘆息。這是丹年使出來的計策，為的就是有個箝制他們家人的辦法。跟著他們回沈家莊，是沈小桃最好的選擇，丹年要的目的只有一個，就是他們一家將來不再到京城鬧事。

沈暢垂下眼睛，低聲說道：「請丹年小姐放心，我保證我們一家以後永遠都待在沈家莊，不會踏入京城半步。」

丹年滿意地笑了笑，看來大仝子一家，還是出了個講道理的人。

沈小桃哭得唏哩嘩啦的，現在可好，她被沈丹年騙成了他們家的奴才，家裡人還不幫忙自己。

沈鈺與丹年領著沈暢到了隔壁院子裡，進屋後，沈暢驚喜地發現，趴在炕上哀嚎的正是養傷中的大仝子和張氏。

「已經上了藥，也找大夫瞧過了，你父親腿上的傷有些問題，大夫說會落下殘疾。」丹年說道。

沈暢有些感激丹年，她不但找到了被人扔在雪地裡的爹娘，還幫他們治了傷，但一想到她剛才騙自家妹妹簽下賣身契，還用爹娘要脅自己去洪定號騙人，終究有些介意。

丹年指著院子裡的馬車，說道：「你們現在就啟程吧，天黑之前還能趕到投宿的地方。」

趙福先回去一趟收拾東西，回來之後跟沈暢將大仝子和張氏抬上馬車，便坐到駕駛座上。他只帶了一個小布包袱，因為他的錢大部分都拿去贖那位盧小姐了，還幫她打點嫁妝，才會落到這個地步。

沈小桃還抽噎著蹲在地上不肯走，沈暢徹底失去了耐心，連拉帶扯地把她推上了馬車。明明是年紀差不多大的女孩，為什麼沈丹年就那麼懂事，而自己的妹妹就這麼蠢！

趙福鞭子一揚，馬車便往前進，駛出了院子的大門。

丹年轉身向沈鈺和小石頭說道：「我們也該回去了。」

小石頭追問道：「如今趙福走了，莊子上沒個管事可不行啊！」

丹年輕巧地跳上馬車，笑道：「把那個劉寶慶叫過來，讓他暫時當管事吧，要是做得好，就讓他繼續做下去。」

小石頭看丹年那副滿不在乎的樣子，不禁打趣問道：「那若是做不好呢？」

丹年歪了歪腦袋，笑道：「那就讓他帶著他老娘哪裡涼快待哪裡去，本小姐這裡不養閒人！」

沈鈺哈哈笑著跟了上去，他在邊境時一直很擔心丹年和娘兩個女人在家裡會被人欺負，現在他完全放下了心，這個妹妹就和以前一樣，活得頑強，活得勇敢！

大年初一的早晨，丹年是被鞭炮聲吵醒的，丹年在睡夢中怒氣沖沖地扯下枕頭砸了出去，雖然知道年年都是如此，可她就是想不通放鞭炮哪裡喜慶了?!

這個枕頭被進來叫丹年起床的沈鈺敏捷地接住了，他看著埋頭在被子裡、睡得如同小豬一般的丹年，很不厚道地將自己略顯冰涼的手貼到丹年臉上。

丹年大叫一聲，從被窩裡跳了出來，她向來要睡足時辰的，否則起床氣就很大。丹年睜著微帶血絲的眼睛，雙眼噴火地看著罪魁禍首沈鈺，吼叫道：「沈鈺，你給我等著！」

沈鈺絲毫沒有半分罪惡感，笑嘻嘻地指著門外說道：「是娘要我叫妳起床的，拜年的客人都來了，最好還是別讓妳貪睡的名聲傳得滿京城都是吧。」

「拜年？有誰會來跟我們拜年啊？」丹年奇怪地說道。沈家大房風頭正健，不太可能會來拜年，這京城裡也沒有他們熟悉的朋友。

沈鈺雙手一攤，無奈地說道：「都是京城官家的親屬，大過年的，總不能把人往外攆。妳快起來，都什麼時辰了還睡懶覺，懶婆娘的名聲一傳出去，看妳怎麼嫁人！」

丹年一聽又要應付那群官夫人和小姐，忍不住一頭栽回床上，死賴著就是不肯起來。見沈鈺又張牙舞爪地要上前來，丹年連忙討饒。「好了好了，我保證起來。」

此時碧瑤端了盆熱水進來，笑嘻嘻地催促丹年快些起床，沈鈺見丹年要換衣服，便轉身出了門。

丹年無奈地穿好了衣服，打扮妥當，才在碧瑤帶領下去了前院，前院人聲喧譁，看來似乎來了不少人。

丹年今天穿的是碧線閣出品的衣服，西瓜紅的小褂，下身是條銀紅色的裙子，看起來喜慶卻又不張揚，胸前的裝飾採用了西式小洋裙風格，做成了層層疊疊的褶縐樣式，腰間還縫著一個輕紗做成的蝴蝶結，蝴蝶結底下綴了顆雪白的珍珠，華麗又低調。

本來碧瑤要幫丹年梳個繁複的髮髻，被丹年否決掉了，最後只是簡單地挑了幾縷頭髮盤成髻，插了根金簪了事，耳朵上則各戴了一只米粒大小的珍珠耳釘。

丹年一出場，所有人的目光都發直了。俗話說得好，三分長相、七分打扮，丹年盛裝之後，也不比那些所謂的「官家小姐」差多少。

來拜年的人看沈立言家的房子差，以為他們不過是靠著軍功起家的窮酸戶，現在看李慧娘說話行事彬彬有禮、沈鈺儒雅俊朗，最後出場的沈丹年打扮頗為新潮漂亮，一時之間，這些被家裡男人逼出來跟沈家套交情的官夫人與小姐們，對他們一家的看法完全改變了。

丹年滿意地看著在座的小姐們羨慕嫉妒的眼神，馬上就有不少人來問丹年的衣服是請哪家裁縫做的了。丹年乘機推銷了一下碧線閣，輕描淡寫地說看碧線閣的師傅手藝還不錯，就買回來了。說完以後，丹年一顆心樂得就要飛上天，她已經可以預見到，等過年後開業，碧線閣的訂單紛至沓來的美好場景了。

臨近中午時，來訪的人都走得差不多了，丹年長吁了口氣，李慧娘也連聲叫累，不停捶著自己的腰。

吃完中飯，沈鈺體貼地叮囑丹年去好好睡一覺，明天還要去皇宮裡向皇上拜年。

丹年對於皇宮有種說不出的畏懼感，這源自於她還是個毫無抵抗能力的小嬰兒時，差點命喪後宮的井中。不過這種事當然不能同李慧娘或沈鈺說，畢竟一個剛出生的嬰兒，哪可能知道這些……

第二天一早丹年便起了床，碧瑤和李慧娘兩個人幫她梳妝打扮，不同於昨日一身紅，今日丹年穿的是同款的淡藍色衣服，整個人顯得拔高了不少，卻又不會太引人注目；頭髮梳成了繁複的墜馬髻，耳朵上也掛了金絲絞成的耳墜，整個人看起來增色了不少。

丹年此行要求自己務必低調，不要引人注意，皇宮那種吃人不吐骨頭的地方，太出挑了可不是什麼好事。

小石頭早就準備好了馬車與沈鈺等在院子裡，丹年出來時，他們兩人都情不自禁地在心中叫了聲好。

如果說丹年昨天的打扮是個活潑可人的小姑娘，今日她便呈現出穩重的閨秀氣質了。沈鈺穿著白色錦袍，繫著繡有金絲的腰帶，腰間綴了一個翠綠的玉環，顯得尊貴了不少。沈鈺原就身形高大、面容俊雅，不需要過多裝飾就很賞心悅目。

就在沈鈺一臉讚賞地看著丹年時，她已經走到了他跟前，不耐煩地插腰說道：「愣在那裡做什麼啊？當衣服架子嗎？」

丹年一邊說著，一邊撩起裙角，就要手腳並用地往馬車上爬，嚇得碧瑤和小石頭連忙衝過去扶著丹年上馬車。

沈鈺痛心地撫額，無力地說道：「丹年，到了宮裡妳可不能這樣啊。」

丹年笑嘻嘻地看著沈鈺，很不厚道地說道：「我就是故意這樣嚇嚇你，到了外面自然不會這樣。」

幾個人一聽，都笑了起來，原本有些緊張的氣氛放鬆了不少，李慧娘一直提在喉嚨的心也稍稍放下了。她就怕丹年說不定會長得像當年殞命的太子和太子妃，進宮後被人認出是太子遺孤，可大皇子已指名了要丹年去，如果不去，說不定還會引發更大的猜疑。

馬車載著李慧娘的擔憂慢慢駛離，這天天氣放晴，地上的雪還沒融完，明亮的陽光照在雪地上，反射出耀眼的光線，陰暗處依然有不少厚重雪堆，房簷上也垂著尖尖的冰柱。

沈鈺看著丹年，不知道該說些什麼，可他又不想讓丹年知道他已經曉得兩人不是親兄妹的事情。既然丹年的身分是不能公開的秘密，那就讓兩人永遠都是兄妹吧。

「丹年，到了宮中，說話行事都要小心。」想來想去，沈鈺也就只說了這麼一句話。

丹年點點頭，拉著沈鈺的衣袖說道：「哥哥放心，什麼該做、什麼不該做，我心裡有數。」

沈鈺微微頷首。「大伯父一家想必也在，沈丹荷對妳一向有成見，她若是有心挑釁，妳先忍住，切莫在皇宮裡讓人抓住把柄，日後哥哥一定幫妳報仇！」

丹年笑嘻嘻地安慰沈鈺道：「那沈丹荷可有在我面前占過便宜？她要是跑來挑釁，儘管來好了，我會裝作沒看到她。」

兩人說話間，已經到了皇宮東門口，因為是皇上設宴，所以不必那麼正式從南門進入皇宮，但也不許馬車進入。

沈鈺囑咐小石頭先回家去，等吃了午飯再過來等他們，接著便遞交了請柬。待禁衛軍的士兵檢查無誤後，又有太監和宮女過來檢查兩人身上是否有凶器等物。

負責檢查他們的太監和宮女未檢查到什麼可疑的東西，恭敬地朝兩人行了個禮，沈鈺便拉著丹年昂首向前走去。經過第一道宮門時，便有早已等候在那裡的小太監帶著兩人往設宴的地方前去。

丹年記不清自己走了多久，大昭的皇宮遠遠比不上她在現代時看到的故宮，但也相當巍峨壯觀。到了一處高大的宮殿門口時，領路的小太監謙卑地朝沈鈺和丹年行了個禮，接著就靜靜躬身離去。

這個宮殿的面積相當大，中央是一個高臺，高臺北側是一個黑木紅紋的案几，坐在案几後面，可以俯視全場。高臺四周放滿了長方形的朱漆小几，雕刻著卷雲花樣，小几上放了一些果盤、點心，大殿角落裡則燃著四個熊熊的火爐，插空布置著冬季罕見的鮮花，整體布局相當緊湊。

守候在門口的太監立刻上前招呼丹年和沈鈺，指引他們坐到大殿西側稍微靠後的小几處。

在丹年他們到達之前，大殿裡已經坐了不少人，其中大部分的人丹年都沒見過，除了坐在東側首位的蘇允軒父子，和那位有過一面之緣的「新」蘇夫人。

丹年暗自思忖著，高臺上的位置想必是留給皇上的，愈靠近那個位置的人，想必身分愈尊貴，看來蘇晉田這幾年在朝廷中過得相當不錯，很得皇上信任啊！

丹年隨沈鈺在指定位置坐下，賓客或靜靜坐著品茶，或小聲地交談，整體來說很有秩序。

正當丹年越過坐在他們前面的中年男子，悄悄打量起對面的蘇允軒時，蘇允軒也瞧見了丹年，兩人目光交會時，丹年能明顯感覺出他的驚訝。

然而蘇允軒只是在剛開始看到自己時稍微震驚了一下，隨後便淡淡扭過頭去，彷彿不認識她一般。丹年看他這副樣子，大概能猜到他並不想讓人知道他們兩人認識，便也撇過頭去，和沈鈺小聲聊著。

只不過，就算丹年看向別處，感覺還是怪怪的，似乎有人時刻盯著她的一舉一動般。丹年再看向對面時，只見蘇允軒仍舊像個沒事的人一樣。她盯著蘇允軒，企圖從他臉上看出什麼破綻來，可他照舊把目光掃向了別處。

丹年不舒服的感覺愈來愈強烈，這討厭的蘇流氓！這就好像在公車上被色狼肆無忌憚地亂摸，等妳怒氣沖沖地回過頭去時，卻發現罪魁禍首在摸了妳一下以後，裝無辜地看向別處一樣。

就在丹年低著頭，在心中把名為蘇允軒的小草人以十八般酷刑伺候過一遍的時候，坐在他們前面的那個中年官員終於坐不住了，他朝旁邊的案几傾斜了一下身子，似乎有話要對旁邊的人說。

丹年也盡力往前靠了靠，只聽見那中年官員都快哭出來了，小聲地對身旁的官員說道：「蘇郎中是怎麼回事？他一直看著我，那眼神……」

旁邊的人也丈二金剛摸不著頭腦，悄聲問道：「你最近沒犯什麼事吧？」

那中年官員戰索索地掏出帕子，抹了把頭上的汗。「哪有什麼！都快要過年了，誰敢在這節骨眼上出錯啊！」

那個人聽了，頗為同情他。「蘇郎中手段向來嚴厲，比蘇尚書狠多了，你肯定有什麼地方得罪他了，不如趁宴席還未開始，去道個歉吧。」

中年官員瞅了眼前方，認命地嘆了口氣，站起身來走到了對面，拱手對蘇允軒和蘇晉田父子說了幾句話。

由於離得遠，丹年並沒聽到他到底說了些什麼，不過蘇允軒聽到以後，一張俊臉黑得如同鍋底一般，讓丹年很是開心。

蘇晉田也注意到了丹年他們這邊，他意味深長地看了她一眼，而那位蘇夫人看到了丹年，才剛要開口，就被蘇晉田一個眼神給瞪了回去。

沈鈺剛才一直同鄰桌的人相談甚歡，並沒有留意這些情況，現在看丹年低頭傻笑，忍不住好奇地問道：「妳在偷樂什麼？」

丹年擺了擺手。「你們男人不懂的！」

沈鈺聽了，不禁有些悻悻然。

此時一旁的人也注意到了丹年，他向沈鈺抱拳道：「沈老弟，這位是……」

沈鈺笑道：「這是我妹妹，沈丹年。丹年，這是黃震，是禁衛軍統領。」

丹年看那年輕人身材魁梧，雖然坐著，身形卻依然挺直，眉眼有些粗獷之氣，左眉上方還有道小小的疤痕，更增添了男子漢的風采。

丹年立刻從他身上感覺到了一種自律自強的軍人氣質，她對黃震印象很好，乖巧地笑道：「黃統領好！」

黃震笑了一下，擺手道：「沈小姐不用這麼客氣，黃某虛長了你們一些，如果不介意，就稱在下一聲黃大哥吧！」

黃震和沈鈺談話的內容都是關於軍隊的，丹年插不上話，正在無聊之際，忽然想到廉清清說過，被沈鈺打下臺的張濤，正是黃震的表弟；而沈立言也說，那不敵沈鈺的使劍男子，正是黃震的弟弟黃襄！

這、這……丹年幾乎是反射性地回頭看了黃震一眼，依然是一副笑意盎然的樣子，他應該不會對打垮了他兩個弟弟的沈鈺懷恨在心吧?!

丹年笑著對黃震說道：「黃大哥，聽說您兩個弟弟也參加了上次的秋闈，還和我哥哥交過手呢！」

沈鈺微微有些吃驚，不禁等待著黃震的反應。

黃震爽朗一笑。「是啊，都被沈老弟打下了臺！這兩個小子心比天高，沈老弟正好殺殺他們的傲氣，才能讓他們知道人外有人，天外有天！」

見黃震說得真誠，丹年暗暗讚嘆，這才是世家子弟的風度，若連這點氣量也沒有，何以年紀輕輕就登上了禁衛軍統領的位置！

沈鈺笑嘻嘻地問道：「黃大哥可有家室？怎麼只有一個人過來？」

黃震臉上浮現了一抹紅暈，略帶靦覥地說道：「你嫂子害喜得厲害，不方便過來。」

沈鈺聞言，帶著些失落與遺憾說道：「這是喜事啊，恭喜黃大哥了。」

丹年心中不禁起了一陣惡寒。她用腳趾頭想都知道沈鈺和黃震臭味相投，又見黃震家世不錯，便打起了小算盤，想把自己推銷給他。

這個臭哥哥！

第五十九章　宮宴挑釁

臨近中午，參加宴席的客人都陸陸續續到場了，廉清清是跟著廉茂和廉夫人過來的，坐在西側第一排的位置。

沈立非帶著沈丹荷和沈鐸出場時，幾乎所有的人都站起來歡迎他們，阿諛奉承的話飄得滿大殿都是，無非是恭喜沈丹荷即將嫁入雍國公府，而沈立非也將成為雍國公世子的丈人。

看著沈丹荷他們臉上掩飾不住的得意，丹年深深覺得這件事是福也是禍，若白振繁出了什麼事，沈立非一家未必撇得清關係，這個時代的株連、連坐罪名，可不是好玩的。

廉清清抓了個機會跑到丹年這裡來了，有了感情歸宿的廉清清，恢復了以往的開朗，看到沈鈺後也不覺得尷尬，熱情地和沈鈺打了招呼，反而是沈鈺有些放不開。

廉夫人見到快要開席了，便朝廉清清招了招手，要她坐到她身邊，廉清清卻嘟著嘴，非要跟丹年坐到一處不可。廉夫人有些不悅，反被廉茂拉了回去，廉茂還朝丹年和廉清清笑著擺了擺手，要她們好好玩。

「妳這是怎麼了？」丹年打趣道。

廉清清嘟囔道：「我這段時間跟坐牢一樣，門都不許出，我娘和我祖母天天逼著我在家繡花做衣服。」

「做衣服？妳一個堂堂尚書千金要自己做衣服？」丹年奇怪地說道。

見廉清清紅著臉不答話，丹年便恍然大悟地揶揄道：「是喜服吧？紅蓋頭上打算繡什麼啊？」

廉清清面紅耳赤，拉著丹年像是哀求一般。「好丹年，等過了年，妳來我家看看不就知道了？妳要是再嚷嚷，所有人都聽到了！」

丹年笑得前仰後合，廉清清表面上是個潑辣的小丫頭，可內心卻是個羞澀的新娘子。

就在兩人竊竊私語說些私房話時，客人差不多都到齊了，丹年和廉清清還看到許久不見的許蕾，許蕾身旁坐著一個四十歲上下的女人，兩人都穿著相當正式的金絲朝服，看來那中年女人想必就是榮英長公主了。

許蕾也看到了丹年和清清，隔著高臺朝她們溫和地笑了笑，招了招手。

沒過一會兒，一個小太監上了高臺，扯著嗓子高聲叫道：「有請皇上、皇后娘娘、大皇子殿下、二皇子殿下出場！」

所有人一聽，全都離開座位，跪倒在地上，口中呼喊「吾皇萬歲萬歲萬萬歲」。

皇上走上了高臺，等到他坐下來之後，便擺了擺手，小太監又高聲叫道：「陛下有旨，平身！」

眾人忙不迭地坐回座位上，立刻就有宮女和太監如流水般穿梭在案几之間上菜。

丹年趁這個機會看清楚了在高臺上的皇上，他雖然身材高大，但很是瘦弱，顴骨突出，臉色有些病態的蒼白。坊間甚至有皇上身體不好，隨時可能駕崩的傳言。

皇上身邊坐著皇后，身穿鳳袍、頭戴鳳冠，加上濃厚的妝容，整個人看起來如同雕塑一般，筆挺地坐在皇上身旁。丹年看著她，直覺這是個剛強又強勢的女人。

大皇子和二皇子不能坐在高臺上，早在皇上和皇后上高臺之時，他們兩個便被安排到了東側頭一個案几處。二皇子不過十二、三歲，一臉稚氣；大皇子則是一身青色的正裝，顯得有些清冷羸弱。

皇上趁著上菜的間隙開了口，聲音溫和平緩。「眾愛卿，過去一年大昭戰禍不斷，是靠著眾愛卿齊心協力，才使大昭平安過了這一年。」

此時眾人又俯身跪拜，口中說了些歌功頌德的話。

皇上露出了笑意。「在正式開宴之前，朕想嘉獎兩個人，一個是沈立言，他還在邊境為我大昭鎮守領土，另一個則是沈鈺，少年英才。」

丹年聽到皇上提及了父兄的名字，一顆心便不由自主地狠狠跳了起來。

皇后依然面無表情，聽到皇上誇讚朝臣時，還是那麼莊嚴肅穆，連眼皮都不動一下。

等皇上說完，沈鈺適時站了起來，走向前去，磕頭跪拜道：「微臣代父親領了皇上的誇獎，國家興亡，匹夫有責，微臣和父親只是做了自己該做的事。」

一番話說得有情有義，皇上高興不已，撫掌笑道：「好一個國家興亡，匹夫有責！你們沈家果然人才輩出！」

沈鈺笑得頗為得意，這「國家興亡，匹夫有責」是他在丹年練字時看到的，現在也算是用對了地方。

說罷，皇上在高臺下的人群中搜索了一番，他找到了沈立非，笑道：「立非愛卿也不錯，兒女個個都是好樣的！」

原本沈丹荷聽到皇上讚賞沈立言父子時，心中有些不快，可又聽到皇上說起了自家，雖然沒有指名，但沈家大房嫡女就她一個，沈丹年的父兄再出色，她在眾人眼裡也只是個鄉下來的土丫頭，這麼一想，沈丹荷內心頓時暢快了不少。

沈立非在聽到誇獎後，臉上並未有多大喜色，帶領著兒子與女兒叩拜謝恩後，便坐回座位上。他看著沈鐸，再想想沈鈺小小年紀已經是名震天下的將軍，越發覺得自己的兒子不成器。

宴席開始沒多久，一個坐在東側的年輕人出來向皇上行禮，笑道：「皇上，久聞小沈將軍不但武藝了得，琴棋書畫也是樣樣精通，考上武狀元之前還是舉人出身，小侄和幾個朋友想藉著此次宴會，向小沈將軍討教討教。」

丹年聞言立刻放下了筷子，廉清清在她耳邊說道：「那人是裕郡王的兒子齊衍冰，按輩分是皇上的侄子，他是去年的新科狀元，會寫兩句酸詩，人挺傲氣的。」

既是狀元又是皇親國戚，這小子必定是從小活在各種光環之下，乍一看到「武夫」出身的沈鈺搶了他們的風頭，必定心存不滿，想要沈鈺出醜。

「要比也是比武藝，這群手無縛雞之力的弱雞書生瞎叫些什麼，居然要比琴棋書畫，還有沒有廉恥！」丹年低聲罵道。

這話罵到廉清清心坎裡了，她笑道：「可不是，跟沈丹荷那個什麼菡萏詩社一樣，他們成立了個清流詩社，號稱京城雙社，自稱除了這兩社之外，大昭再無文人。」

放屁！丹年在心裡恨恨地罵道。你皇上叔叔也沒參加那勞什子詩社，照那理論，皇上也是粗人一個了？

齊衍冰話一出口，便立刻招來不少人附和，甚至還有人叫道：「讓小沈將軍給我們耍上一段，不然宴會豈不是過於單調了！」

這分明是把沈鈺看成街頭耍刀槍賣藝的了！

一時之間，所有人的目光都集中到沈鈺這個地方，就看沈鈺如何應答了。

就在此時，一直冷著臉未說話的蘇允軒開口了。「既然世子如此仰慕小沈將軍的武藝，不如親自上場領教一番，印象豈不更深？」

蘇允軒話一出口，原本一心想看好戲的圍觀者立刻安靜了下來，他們怎麼可能是沈鈺的對手?!

坐在西側上首的大皇子也發話了，他溫和地笑道：「蘇郎中言之有理，冰弟如此崇拜小沈將軍的武藝，如今正好有了機會……」

皇后看到大皇子居然為了沈鈺而站出來說話，不著痕跡地看了他好幾眼，見大皇子依舊微微勾著唇角，神態穩重祥和，好像剛才的話不是他說的一般，而他身旁的二皇子，卻是一臉畏懼地看著眼前有些混亂的景象，皇后不禁有些心煩。自己的兒子如此怯弱不成器，如何爭得過大皇子？又如何鬥得過如狼似虎的雍國公?!

被眾人指指點點的沈鈺臉上依然掛著閒適的笑意，皇上也微微笑著，兩人彷彿都沒聽到眼前的論戰一般。

一旁的黃震卻大笑了起來，他知道齊衍冰平時鬥雞走狗，是個無賴，若沈鈺得罪了他，日後沈夫人和沈小姐必定會受到那潑皮的騷擾。

皇上微微瞇了瞇眼睛，笑道：「黃愛卿有何事？」

黃震抱拳朝皇上低頭道：「微臣也聽說過小沈將軍武藝了得，早就想和小沈將軍切磋一番，既然世子想要看，那正好藉這個機會，一圓微臣的心願。」

丹年感激地看了黃震一眼，有黃震這種身分的人參與，這場比試的性質就從表演躍升為兩個武者之間的切磋了，而黃震的意思，也是在警告齊衍冰。

齊衍冰果然不安分卻膽小，聽到了黃震的話，便縮下頭去了。

有人鋪好了臺階，皇上豈有不下的道理，他立即吩咐人鋪上了厚厚的地毯。太監們送來的兵器，利刃上都包著浸了石灰水的厚布，不會傷人，如果被砍到，身上會留下白色印記，作為判斷勝負的標準。

沈鈺和黃震已經走上中央的場地，雖說是點到為止，但丹年心裡清楚，沈鈺表面上玩世不恭，實際上一等一的驕傲，他絕對不會允許自己輸掉這場比試。

不出丹年所料，沈鈺選的是他最拿手的長槍，看來他一開始就沒打算放水。

此時整個宴會廳寂靜無聲，所有人的目光都集中在他們兩人身上。

黃震原本的想法是兩人上去過幾招，最好是握手言和，既能全了彼此的面子，也能堵住那些富貴草包們的嘴。然而他看到沈鈺前幾招攻勢凌厲，便明白沈鈺不打算就這麼糊弄過去。

等黃震重新擺開架勢，也接收到了沈鈺眼神傳來的訊息，意思是剛才只是熱身，接下來便要全力以赴了。

沈鈺的長槍彷彿靈蛇一般，方向與角度詭異，不停朝黃震刺去，而黃震使劍也很有氣勢。

就在丹年以為兩人要打成平手時，沈鈺舉槍一個翻轉，黃震的劍便直直刺入了沈鈺的胳肢窩，丹年雖然知道劍上包了布，不會傷到沈鈺，卻還是緊張得差點叫了出來。

就在丹年捂住自己的嘴，拚命抑制著自己的尖叫聲時，沈鈺的長槍已經刺到黃震的喉嚨處，只要再伸上前去半寸，黃震的咽喉就會被刺穿，而沈鈺本人只是在胳肢窩處留下一道淺淺的白色水痕。

一切都是在電光石火之間完成的，周圍的人還未能看清楚發生了什麼事，就看到了眼前靜止的一幕。

皇上率先反應了過來，拍手大笑道：「兩位愛卿真是好武藝，各有千秋，不分上下！都是我大昭的棟梁之材，有賞！」

明眼人都看得出來，獲勝的人其實是沈鈺，皇上此舉也是為了和稀泥，判成平手，好顧全兩家的顏面。

黃震對實際上是自己輸了這回事，並沒太過在意，他本來就是個胸襟開闊的人，在他看來，如何懂得做人最重要，武藝則是次要。

等兩人謝恩領賞後回到了座位上，廉清清興奮地越過丹年，朝沈鈺和黃震說道：「鈺哥哥、黃大哥，你們可真厲害！」

黃震笑了笑，搖搖頭，說道：「沈老弟才真的厲害，我這身武藝，上了沙場能夠自保就不錯了，哪像沈老弟，還能領著萬軍殺敵。」

廉清清驚奇地說道：「到了戰場就不一樣了嗎？不都是打架殺人嗎？」

沈鈺慢慢喝了口水潤嗓子，才低聲說道：「在比武場上，把對手扔到臺下就算勝利了，在戰場上，任憑你武藝再強，只要陷入敵人的包圍，就算能砍幾個人，可再來就沒有力氣去砍下一個了，如何保存體力讓自己不死，才是真正的勝利者。」

在沈鈺的解釋中，廉清清只覺得自己似乎看見了到處是斷肢殘骸、如同修羅場一般的戰場，不禁打了個寒顫，頓時覺得還是秦智靠譜，至少不用時時刻刻擔心他會在戰場上送命。

丹年輕輕嘆了口氣，對沈立言與沈鈺越發心疼。冷兵器時代的戰場更加殘酷，他們從軍隊底層一步步打拚到今天的地位，都是賭命換來的。

沈鈺第一次從邊境回來時，洗澡、換衣服都不讓人進去，丹年也能猜得到，肯定是身上有疤痕，怕家人看了傷心。

此刻眾人已拋開對剛剛那場比武的震撼，對他們來說，能安逸享樂才是重點，戰爭什麼的與他們無關，那場比試不過是餘興節目。

沒過多久，齊衍冰又跳了出來，似乎是方才沒看到沈鈺出醜，有些不甘心。「皇叔，方才小侄和清流詩社的朋友們商量了一下，都想領略小沈將軍的文采。」

此次皇上並未理會，然而一直在旁邊沈默著看熱鬧的皇后卻發話了。「皇上，既然衍冰都提出來了，不如讓他們比一比，也好讓小沈將軍展現一下我大昭將士的風采，證明他們絕不是只曉得打打殺殺的莽夫！」

皇后的聲音並不高亢，卻帶著不容置疑的威嚴，皇上垂著眼睛，並未看向皇后，也沒有接話，宴會廳裡的氣氛頓時微妙了起來，所有人都屏住了呼吸不敢說話，皇后卻不依不饒地盯著皇上看，眼神銳利。

半晌後，皇上突然笑道：「既然皇后這麼說了，那就比吧。」

皇上終於發了話，底下的人也鬆了口氣，丹年心驚膽顫地看了一場皇上夫妻冷戰的好戲，不禁覺得這皇上當得也太憋屈了！

丹年偷偷瞧了皇上一眼，他的臉色越發蒼白，幾乎看不到血色，卻還強撐著笑意，她看這皇上身體不好，多半是鬧心的結果。

沈鈺的詩詞歌賦並不差，但他已經很久沒摸過書本，也沒那個閒情逸致去吟詩作畫，若和這群文人相比，恐怕沒多少勝算。更何況，評判誰文采好，還不是他們說了算？

就在丹年擔心之時，皇上淡淡發話了。「琴棋書畫都要比的話，未免過於耽誤時間，不如只比畫吧。」

琴棋書畫，尤其是棋，很容易就能判斷出高下，只有畫不好說，各花入各眼，很難有個標準判斷哪幅比較好，皇上此舉已是相當幫著沈鈺了，大概也是存了和皇后較勁的意思。

沈鈺整了整衣服就要到前面去，對他而言，有人來挑釁，豈有退縮的道理？

丹年拉住他的衣袖，有些擔心地問道：「你會畫畫嗎？」

沈鈺輕鬆地笑了笑。「作畫有何難？畫出心中所想就是了。」

丹年聽了，便放下心來，能畫什麼，就畫什麼。畢卡索畫的那什麼抽象畫，打死她都看不懂，不是照樣有一大票人追捧？說不定畫得太好看，還會被這幫文人批鬥沒文化呢！

原先比武的場地上，已有太監搬來了兩張桌子和筆墨紙硯，還有各種顏色的顏料。

沈鈺率先上前去選了西側的桌子站定，朝皇上所在的高臺處行了禮，便躬身執筆，在早已攤開的雪白宣紙上龍飛鳳舞起來。

至於齊衍冰那一方幾個人，一直湊在一起低聲爭論到底該誰上，誰都不想放過這麼個露臉出風頭的好機會。

他們的想法很簡單，沈鈺只是個粗鄙的武夫，打架贏不了他，畫個畫難道還贏不了他？肯定不管誰去都能贏！

齊衍冰見詩社裡的人在這節骨眼上還在爭名奪利，那邊沈鈺卻已經開始下筆作畫了，心裡一急，把這幾個人拉到大殿角落裡，跺腳低聲罵道：「都什麼時候了還爭這個！陸明，你去！」

其他人很不滿意，有人還嘟囔道：「陸明畫畫得最好，對付那個武夫，何必要陸明上場！」

還有人乾脆說：「就是、就是，殺雞焉用牛刀啊！」

齊衍冰氣得眼前發黑，低聲罵道：「皇后娘娘給了我們天大的面子，要我們殺殺這武夫的勢頭，讓他知道誰說的話分量才重，好早點讓他認清形勢，歸順娘娘。要是畫得不如人家，日後皇后娘娘和雍國公大人會如何看待我們？你們這群目光短淺的蠢貨！」

沈鈺畫了一會兒，清流詩社那邊才終於決定了人選，被人稱為陸明的青年男子，施施然走到了東側的桌子處。

陸明面色白皙、眼角細長，整個人走起路來如同弱柳扶風一般，有股說不出的韻味，然而一個大男人有這種韻味，著實讓丹年彆扭。

丹年看陸明站到了桌子前，先是隨意掃視了一下筆墨紙硯，然後抬起右手，左手則熟練地將右手的袖子捲到手腕上方，動作優雅從容。

等陸明一拿起筆，丹年就笑不出來了。有句話說得好，行家一出手，便知有沒有。就像丹年寫了多年的字，只要一拿起筆來，那種沈澱多年的氣質便自然而然流露出來了。

如果說陸明捲袖子只是從小養尊處優、高貴的家教使然，那麼他這次提筆，就是他多年來浸淫畫藝的證明了。

丹年只盼望沈鈺畫得不要差對方太多，反正本來就很難有人文武雙全，只要皇上再說幾句好聽話，兩邊就都顧全了面子。

第六十章 大出風頭

沈鈺與陸明都專心致志地作起畫，皇上便舉杯朝下面的人說道：「來來來，他們年輕人作畫，我們繼續喝酒！」

一時之間，氣氛又被帶動了起來，觥籌交錯，誰也不去看那兩人究竟畫了些什麼。

就在此時，許蕾端著酒杯，來到了丹年和廉清清這邊。

見許蕾來了，丹年頗為不好意思，論年齡、論身分，都應該由她去拜見許蕾，向許蕾敬酒還差不多。

許蕾見丹年和廉清清站起來要向她行禮，笑著按下兩人，拉了拉丹年的手，端起酒樽來和丹年與廉清清分別碰了一下，便大大方方地轉頭回去了。

等許蕾走回東側的宴席上，丹年就撫摸著額頭，一副不勝酒力的樣子，歪倒在案几上。

原來剛才許蕾和丹年握手時，將一個紙團塞給了丹年。等許蕾走了一段時間之後，丹年才裝作酒喝多了的樣子，廉清清心領神會，側身擋住身後的人。

丹年展開紙條，上面的內容讓她大吃一驚，廉清清湊近一看，頓時也傻了眼。

字條上是歪歪扭扭的小字，很明顯是用左手寫的，上面寫著——

「蘭芝欲嫁沈鈺，同丹荷向聖上獻藝，以求賜婚。」

丹年看完以後，用力將字條揉成一團，塞進了自己的靴子裡，問道：「蘭芝是誰？」

廉清清小聲說道：「就是齊衍冰的妹妹，被封為泰安郡主的齊蘭芝。」說完，她朝東側努了努嘴。「就那個同沈丹荷說得正歡的女孩。」

似乎嫌丹年聽到的不夠刺激，廉清清又補了一句。「刁蠻程度全京城聞名。」

先別說齊蘭芝刁蠻與否，就憑她那個極品的哥哥，丹年也絕不接受。

皇后明顯支持齊衍冰，若齊蘭芝嫁給了沈鈺，他們家就會被貼上皇后一黨的標籤。也許皇后也是想藉這個機會，拉攏贏得大昭人民讚賞、在軍隊裡有了威信的沈家二房入夥。

丹年偷偷瞅著對面和沈丹荷談笑如同親姊妹一般的小姑娘，她沒辦法想像有個和沈丹荷一個鼻孔出氣的嫂子，這簡直是滅頂性的災難啊！

廉清清看丹年皺著眉不吭聲，有些焦急，聲音不自覺地大了起來。「丹年，妳可不能讓妳哥娶了齊蘭芝啊，到時候可有妳受的！」

丹年連忙拉住廉清清，手指放唇間噓了一聲。「小聲點，妳想讓人知道是蕾姊姊告訴我們的嗎？」

廉清清老老實實地閉上了嘴，眼裡的擔憂之情卻不減。

丹年腦子亂糟糟的，輕嘆了口氣。「我擔心沒用，哥哥肯定也不願意接受這樁婚事。」

廉清清附在丹年耳邊輕聲說道：「妳哥若當眾拒婚，豈不是讓皇家臉上難看嗎！」

沈立言和沈鈺在京城沒有根基，有皇室郡主肯下嫁沈鈺，又是皇上保媒，那可是天大的榮耀。沈鈺要是當眾拒婚，連原先向著他們的皇上都會被掃得老臉無光，這可就同時得罪皇上和皇后了。

然而依沈鈺那高傲的性子，他絕不會認同這個「榮耀」，更不可能受得了這樣的氣。

丹年看著仍在認真作畫的沈鈺，暗暗下定了決心，她手握拳頭，重重地擊在身下的繡墩上，把廉清清嚇了一跳，趕緊勸道：「丹年，妳別衝動，這裡是皇宮，跟她們打架，妳占不了便宜的！」

「誰說我要打架了？老娘這回要豁出去，寧死也絕不讓那個什麼蘭草的給我當嫂子！」丹年低著頭，咬牙切齒地罵道。

廉清清裝作沒有聽見「老娘」那兩個字，丹年表面上看起來妥當規矩，可內心卻熱情澎湃，看來這次是真的惹怒她了。

「就是，禍害誰不好，非要禍害鈺哥哥！」廉清清也相當不開心。

沈鈺身材高大壯實，臉龐雖被曬得有些黝黑，可五官俊逸，一笑起來便有種痞痞的感覺，想來十五、六歲的小女孩最愛這個調調。

加上方才那場和黃震的比試，更展現出沈鈺的武藝高強，若日後能平安從戰場上回來，便是大昭功臣，有享不盡的榮華富貴，齊蘭芝見慣了京城那些年輕文人的弱雞樣，傾心沈鈺也是情理之中。

就在此時，沈鈺率先畫完，瀟灑地放下了畫筆，甩袖回到座位上，他看丹年臉色不對，立即關切地問丹年怎麼了。

廉清清剛要說些什麼，卻被丹年暗中拉了一把，若讓沈鈺知道還不氣瘋了？他不但會拒絕這樁婚事，甚至還會想方設法羞辱那個郡主一番，到時事情不砸也得砸。

丹年笑道：「剛喝酒喝上了頭，趴在清清肩膀上歇了一會兒，清清剛才還嘟囔著要找你告狀呢！」

沈鈺關切地用手貼了貼丹年的額頭，罵道：「不會喝酒還喝什麼酒，看妳額頭都發熱了。」

就在此時，陸明站直了身體，滿意地瞅了自己的作品一眼，不同於沈鈺只用了一支筆，陸明桌子上用過的筆足足有十支之多。

陸明朝沈鈺這邊輕蔑地看了一下，朝高臺拱手道：「皇上，微臣畫完了。」

皇上聞言放下了酒樽，幾個太監便抬了畫，小心翼翼地走上高臺呈給皇上。

丹年看不到畫上到底畫了些什麼，廉清清坐在座位上張望了半天，也只能看得出沈鈺畫的是黑白水墨畫，而陸明的畫卻是色彩繽紛。

廉清清禁不住埋怨沈鈺道：「鈺哥哥，你怎麼不用點顏色上去，光看這點，那個陸明的畫就比你的畫好看。」

丹年笑道：「也不能這麼說，有人喜歡繁複華麗的，也有人喜歡淡雅乾淨的。」

等太監們將畫作呈上去之後，皇上和皇后先看了陸明的畫，皇上不禁摸了摸下巴，讚賞道：「好畫，好筆力！」

就連一直不苟言笑的皇后也禁不住露出了笑容，讚道：「陸明的畫真當算是大昭一絕了。」

等皇上和皇后欣賞完畢，太監們便舉著畫在東側和西側的宴席上慢慢展覽了一遍，所到之處無不發出驚嘆聲。

丹年第一眼看到那幅畫時，只覺得這世上竟有如此精妙之畫，淡粉色的牡丹開得正豔，金黃的花蕊似乎還在微風中微微抖動，葉子則是翠色欲滴。

沒想到在這麼短的時間內，這個陸明居然畫出了這麼精妙的工筆牡丹，丹年不得不佩服，陸明的確是個高手。

等陸明的畫展示完畢，輪到沈鈺的畫，丹年小心觀察著皇上與皇后的表情，一顆心咚咚直打鼓。沈鈺水準如何，丹年心裡很清楚，雖比一般人要好一些，但有了陸明的工筆牡丹震撼在前，不管沈鈺畫什麼，眾人都不會覺得好了。

等沈鈺的畫呈到皇上和皇后面前，丹年就看到他們兩人的眉頭雙雙皺了起來，丹年心下大驚，沈鈺究竟畫了什麼，讓兩人如此不高興?!

皇上拿著畫看了很久，而皇后只是掃了兩眼便別過頭去，絲毫不感興趣。

在眾人的翹首引領中，皇上終於欣賞完了，他輕輕嘆了口氣，擺了擺手，立刻有太監拿了畫作到高臺下，從東側開始，舉著讓宴席上的人觀賞。

看到的人或是不屑一顧，或是沈思不語，更加引發還沒看到畫作的人的興趣與好奇。

當沈鈺的畫傳到丹年這邊時，丹年頓覺一股蒼涼悲壯之氣迎面撲來。

幾筆濃淡交錯的筆墨勾勒出了一座絕壁，絕壁上一個身著盔甲的將軍背身而立，頭上束髮的帶子隨著北風揚起，絕壁上長著一棵小樹，幾乎要被風壓彎了枝幹。將軍頭頂不遠處盤旋著一隻孤鷹，一人一鷹就這麼對峙著，遺世而獨立，空曠而蒼涼。

丹年還沈浸在這畫作的悲壯氛圍中，廉清清卻小聲嘟囔了起來。「鈺哥哥畫的是什麼啊，好歹畫個花啊、鳥啊、美人圖什麼的啊！」

丹年微微嘆氣，大昭整體文化氛圍都偏向浮華，只追求精雅、細緻、漂亮，像沈鈺這種不求畫功、純粹以意境取勝的畫作，估計沒多少人看得上眼。

果然，沈鈺的畫作一展覽完，底下頓時一片竊竊私語。

此刻丹年的重點已經不在沈鈺究竟能不能贏得了陸明，而是皇上評論完兩人的畫作後，沈丹荷和齊蘭芝那兩個二貨組合就要登臺了！

依照皇帝和稀泥的個性，豈有說不好的道理？到時齊蘭芝乘機說出賜婚一事，不管皇上有沒有存著讓沈鈺攀上皇親的心思，都會迫於壓力准了這門親事。

皇上在兩張畫作都展覽完後，笑道：「陸愛卿的畫作精巧細緻，而沈愛卿的畫重在意境，兩張畫作都是上品，各有千秋。來人啊，將這兩張畫作裝裱後收入宮中，作為珍品收藏！」

皇上這麼一說，底下的人也不好說些什麼，皇后則是微微眯著眼，並不言語。

此時宴席上的人紛紛跪地，大呼「皇上聖明」，丹年也跟著跪拜，心中醞釀出一個大膽的想法。她已經沒時間研究這個方法失敗以後會怎麼樣了，她只知道，如果皇上答應了齊蘭芝的請求，那麼最先發飆的必然是沈鈺，內心如此驕傲的人，怎麼能忍受這種羞辱？她一定得想辦法阻止才行！

待眾人重新坐下，丹年忽然站起身來，在眾人或驚訝或看好戲的眼神中，慢慢走到宴會廳中間，朝皇上跪下，恭敬地說道：「皇上，民女有話要說。」

皇上饒有興致地看著跪伏在地上的丹年，一旁早有機靈的太監湊到皇上跟前小聲說道：「這是沈鈺的妹妹沈丹年。」

蘇允軒在看到丹年走出來時，眼睛都要瞪直了，這丫頭嫌自己家還不夠危險嗎？可他剛要起身，就被身旁的蘇晉田不動聲色地按住了。

蘇允軒又坐了回去，默默地看著跪在那裡的丹年，幽深的眸子裡不知道在盤算些什麼。

沈鈺眼都不眨地盯著丹年，他知道她不是魯莽的人，而廉清清早就傻住了，她沒想到丹年為了阻止沈丹荷和齊蘭芝上臺，把自己推上臺去了。

沈丹荷和齊蘭芝則是又驚又怒，原本按照計劃，接下來她們就要請求上場表演的，誰知半路突然殺出一個程咬金。

以齊衍冰為首的那群人稍稍有些慌亂，齊衍冰輕聲喝止清流詩社成員的小聲議論，沈丹年這丫頭不過是個鄉下來的村野姑娘，應該翻不出什麼浪來。

大皇子則一副事不關己的模樣，他品著美酒，笑看眼前的一切，彷彿是在看戲一般，暗地將所有人的表情看在眼裡。

「妳有什麼話要說？」皇上對丹年問道，語氣中有說不出的溫和。

丹年跪在地上的腿已經開始打顫了，只有跪倒在地上，面對著高處那象徵著皇權的明黃色，才能清楚感受到最高權力帶給人的壓抑和恐慌。

見丹年不說話，底下的人又開始竊竊私語，沈丹荷幾乎要笑出聲來，這次丹年可算是丟人丟大了，她剛開始還以為這鄉下丫頭能玩出什麼花樣來呢！正當她準備以長姊的身分去「救人」時，一直跪伏在地上的丹年開口說話了。

「剛剛聽聞皇上要將哥哥的畫作列為珍品收入皇宮，丹年感激皇上對哥哥的賞識，也為哥哥感到高興。」丹年揚起小臉說道，白皙的面孔上布滿了紅暈，眼裡還閃著光芒，十足以哥哥為榮的小女孩模樣。

「不過，丹年以為，哥哥的畫作有小小的瑕疵，仍有待完善。」丹年鼓起勇氣說道。

丹年話一說完，四下一片寂靜，所有人都沒想到，本來小沈將軍的畫作無法與陸明嬡美，皇上不過是為了顧全他們的面子，將兩方都誇獎了一番，如今這小丫頭是瘋了不成，偏偏要在這上面作文章！

皇上沈默地盯著丹年，良久，他才笑道：「那妳覺得妳哥哥的畫，有什麼地方不好呢？」

丹年鄭重地說道：「皇上，哥哥的畫缺了詞搭配，丹年不才，想補上一闋詞，否則不能奉上一幅不完美的畫作給皇上！」

沈丹荷瞪圓了眼睛，齊衍冰更是覺得驚奇，聽說沈丹年不是連字都不會寫嗎?!怎麼突然會作詞了？

只有白振奇毫不意外，他興高采烈地選了個舒服的姿勢坐好，端著酒準備欣賞丹年帶來震撼的詞作，全場就數他最沒壓力了。

蘇允軒攥在案几下的拳頭幾乎攥得發白，沈丹年行事一向低調謹慎，她從骨子裡不想與皇室接觸，如今居然自己跑到皇上跟前要作詞，必是發生了讓她不得不這麼做的事情。

皇上頗為意外，帶著笑意勸慰道：「沈小姐，妳哥哥畫的是邊境的將軍，妳一個閨閣女子，可有把握寫出應景的詩詞？」

丹年堅定地說道：「父親一直苦心教導哥哥武藝和學問，丹年自幼也耳濡目染，知道身為大昭子民，窮則獨善其身，達則兼濟天下，國家安定，才有小家的幸福。身為大昭男兒，更是應該在國家有難時挺身而出，即便殞身沙場，馬革裹屍也是死得其所。丹年還記得父親的教誨——『生當做人傑，死亦為鬼雄！』」

一番正氣凜然的話，說的人慷慨激昂，聽的人鴉雀無聲，只有沈鈺，他面容嚴肅，像是被丹年說出了心裡話，可內心其實相當狐疑，自家老爹啥時說過這些話了?!

皇上聽完，沈默了片刻，才大聲說道：「好！好！好！」

一連三個好字，讓丹年鬆了口氣，這代表皇上已經認可了她的說法，父兄的高風亮節形象，已經被她成功建立。

「大昭有妳父兄這樣的良才，實乃大昭之福！」皇上緩緩說道，又吩咐道：「準備好筆墨，將畫呈給沈小姐。」

丹年先叩首謝恩，才慢慢站起身來。

等到了桌子前，丹年熟練地挽起了寬大的袖子，觀察了一下。沈鈺的畫左下方留有大片空白，正適合填詞上去，她粗略地估計了一下範圍，暗暗計算字體的大小和高度。

就在此時，丹年突然朝沈鈺的方向看了過去，沈鈺微笑著回望丹年，讓她心中頓時有了把握，至少自家哥哥很支持她。

沾好了墨，多年來的練字習慣，讓丹年的心一下子就靜了下來，東西兩側的紛擾嘈雜似乎都從耳邊消失了，眼裡、心裡都只剩下面前這幅畫。

沒多久，丹年便收了筆，小心地吹乾了墨汁，恭恭敬敬遞給一旁的大太監。

這一次，皇上看到詞之後，居然激動地站了起來，撫掌大嘆道：「好字！好詞！」連連讚了幾聲後，皇上便叫來剛才的大太監。「德福，拿下去給眾愛卿看看。」

底下的人早就好奇不已，等德福舉著畫經過東側時，白振奇率先跳了出來，一把搶過德福手中的畫，自己先看了起來。

德福一臉驚訝，回頭看向皇上。「這、這……」

皇上心情好得不得了，只是笑呵呵地擺了擺手，表示沒關係。

白振奇先默看了一遍，接著便手舞足蹈、欣喜若狂地喊道：「好字！好詞！」說罷竟然樂顛顛地跑到宴會廳中央，大聲將詞給唸了出來。

前世唸過的詩詞中，丹年唯一完整記得的，就是岳飛的〈滿江紅〉。只不過丹年留了個心眼，將詞稍稍改動了一下，更符合大昭的實際情況。

大昭這些高官貴族、才子佳人過慣了歌舞昇平的日子，乍一聽到如此威武雄壯、大氣磅礴之詞，一時之間全都沈寂了下來。

白振奇唸完之後，眼中竟然溢出了淚花，大叫道：「好男兒就當如此！」

德福在皇上的眼神示意下，接過已經近乎於癡迷的白振奇手中的畫，舉著畫在宴會廳中展示了一圈。

丹年對自己的字頗有信心，這次她特地選用了行書，字體乾淨漂亮、行雲流水，還不失端莊穩重，和詞、畫相互襯托，一個絕世而獨立的將軍形象，頓時更加鮮明。

這下子，原本叫囂著要丹年出醜的人也啞口無言了，詞非常好，字也是一絕，要是再叫嚷要跟丹年比字，那就成為笑話了。

蘇允軒是第一次看到丹年的字，他本以為丹年就像她自己當初說的那樣，字認不得幾個，學問也不怎麼樣，但他萬萬沒想到，丹年不但會寫字，而且她的字還如此磅礴大氣。

大皇子悄悄掩住了唇邊的驚訝之意，從很早以前開始，他就知道沈丹年並不是表面上裝出來那樣的無知和幼稚，她每次都能帶給他出乎意料的驚喜。

丹年見沈丹荷滿臉通紅，自然不會以為她是替自己高興。

果然，沈丹荷說道：「女子賢慧溫柔才是最重要的，那些什麼吃人肉、喝人血的詞，哪裡該是一個女孩寫出來的，好嚇人！」

此話一出，立刻得到鄰座幾個女孩的支持，她們本來就是閨中密友，自然知道沈丹荷看沈丹年不順眼。

「大姊姊此言差矣！」丹年頂了回去，這會兒可不是忍讓的時候。

「妳可知道，勒斥鐵蹄踐踏了大昭多少良田，殘害了多少大昭百姓，有多少忠肝義膽的大昭男兒殞身沙場？」丹年站起身來，走向東側的宴席，朝沈丹荷逼問道。

沈丹荷頓時傻眼，若你問她京城最流行的頭花、髮飾是哪種，最受人追捧的詩詞是哪些，她都能如數家珍；可你問她離了十萬八千里遠的戰場，她才懶得關心，反正死的又不是她家的人。

「勒斥人在我大昭胡作非為，甚至擄了年輕的婦人和小孩充作軍糧，那些還活著的人肉軍糧，被他們稱為『兩腳羊』，妳可知道？」丹年繼續說道。

沈丹荷被問得面無血色，氣勢上完全被丹年壓倒了，一句話也說不出來。有些膽小的閨閣小姐，聽到丹年說勒斥人居然還吃人肉時，當場嚇得渾身顫抖。

「我只恨自己不是男子，不能和父兄一樣上戰場殺敵，為國出力。大姊姊是不是認為，身為女子就應該無知，就不用關心家國百姓是否受辱，只需抹抹胭脂水粉，費心打扮就行了？」丹年追問道。

沈丹荷完全說不出話來，原本諷刺丹年的理由，竟成了刺向自己的利刃。然而沈丹荷是個八面玲瓏的人，她立刻明白最好的解決之道就是道歉，辯解是沒用的，只會愈描愈黑。

於是她站起身來，朝丹年恭敬一拜，嚴肅地說道：「丹年妹妹說得是，姊姊受教了。」

丹年見沈丹荷居然低下了頭，雖然大感意外，但面子還是要做足，便立刻回拜，微笑道：「妹妹方才有些激動，衝撞了大姊姊的金貴之軀，還請大姊姊諒解！」

沈丹荷心中火大不已，原本隱匿在沈立言父子身後的沈丹年，現在已光芒四射地出現在眾人面前，不再是她能任意設計、欺侮的鄉下丫頭了。

方才沈丹荷收到了清流詩社的數枚白眼，明明沈丹年字寫得堪稱一絕，詞也做得好，可她這個做堂姊的，居然一點都不知道，還告訴他們她是個什麼都不會的粗野丫頭。

沈丹荷有苦說不出，是她疏忽輕敵，太小看沈丹年了。

就在此時，原本一直未說話的皇后開口了。「丹荷自幼乖巧，一直生活在京城裡，大門不出、二門不邁的，哪裡接觸過這些，不知道也是理所當然。」

皇后話音剛落，丹年與沈丹荷就跪了下去，丹年趕緊說道：「皇后娘娘說得是。」

聽到皇后這麼說，皇上便開口了，語氣聽來頗為不悅。「怎麼，皇后也認為女子不該寫出這樣的詞？」

皇后強忍著一口氣，笑道：「皇上多慮了，臣妾也相當欣賞沈小姐的佳作。」

皇上聽了以後，不再理會皇后，丹年和沈丹荷則跪在地上，不敢看皇后的臉色。皇上當眾讓皇后丟臉，想必她的臉色一定「很好看」，看起來皇上並非完全沒有脾氣。

皇上深吸了一口氣，揮了揮手要沈丹荷起身回去，接著便語氣溫和地對跪在底下的丹年說道：「妳叫丹年是吧？」

丹年頭埋得更低了，答道：「是。」

皇上溫柔地笑了。「妳有個好父親、好哥哥，想來妳母親對妳的教育也很成功。妳字寫得好，詞也好，讓朕開了眼界。朕許妳一個願望，妳說吧。」

第六十一章　驚天請求

皇上話音剛落，宴會廳上就吵雜成一片，皇上可從來沒說過要許誰一個願望的。

丹年將頭埋得低低的，她現在頭腦清醒得很，皇上這麼大方，多少也存著和皇后作對的意味。他們夫妻倆吵架鬧彆扭是他們的事，她可不想被當成槍來使喚。

沈丹荷和齊蘭芝應該不會上臺表演了，彈琴、唱歌都是普通的節目，無法超越她的詞和字帶給大家的震撼，自然不好說要皇上賜婚的事情，既然達不到目的，何必出來獻醜。

不過，丹年還不放心，沈丹荷不是輕易放棄的人，她還沒嫁到雍國公府，就急著幫自己增添籌碼，往雍國公的勢力範圍裡拉人，不會輕易放過有大好前程的沈鈺。

丹年想到這裡，決心豁出去試一試，既然已經走到了這一步，自然要做到最好。

她抬起頭來，眼底一片澄明，說道：「啟稟皇上，丹年確實有個小小的心願。」

在皇上的眼神示意下，丹年看向了沈鈺，繼續說道：「哥哥已經要二十歲了，至今仍是孤身一人，丹年希望能有個嫂子來關心、照顧哥哥，成為我們的家人。」

沈丹荷和齊蘭芝聽到這裡，驚怒交加，沈丹年分明是要以這個願望為要脅，讓皇上賜婚沈鈺，不管賜婚的對象是誰，都不可能是齊蘭芝！

皇上聽到這裡，輕笑了一下。「妳想讓朕為妳哥哥賜婚？倒是個為哥哥著想的好姑娘。」

丹年鼓足勇氣，繼續說道：「回皇上的話，丹年並不是請求皇上為哥哥賜婚，丹年很想讓哥哥有自己的家庭，享受天倫之樂，然而哥哥總是說勒斥未滅，何以為家！」

皇上似乎感到有些震驚，看向沈鈺的眼神更多了幾分讚賞。「好一個勒斥未滅，何以為家！」

丹年打鐵趁熱，在眾人或憤怒、或焦慮、或看熱鬧的目光中說道：「丹年懇請皇上下旨，將來哥哥娶妻全憑自願，任何人不得干涉！」

此言一出，震驚四座，眾人原以為沈鈺已經看中了某個千金小姐，沈丹年鬧了這麼一齣，就是為了幫自家哥哥討一道賜婚的聖旨，沒想到居然只是想讓他的婚姻不受干涉。

沈鈺沈默地看著這一切，心中翻騰不已，他已經從廉清清那裡得知齊蘭芝想嫁給他，丹年所做的一切，就是為了斷絕齊蘭芝和沈丹荷之流的想法。

皇后的臉色沒什麼變化，但是臉部肌肉卻微微抖動。相處了這麼多年，皇上自然知道皇后已經憤怒至極，他可以猜到，必定是皇后想在沈鈺的婚事上插一腳，卻失敗了。

皇上不由得暗暗搖頭嘆氣，雍國公權勢滔天，皇后不願意讓二皇子日後受雍國公掣肘，想拉沈鈺入夥和雍國公對抗，可她就不怕沈鈺成為下一隻駕馭不住的猛虎？

丹年說完以後，不見皇上有任何回應，沈鈺急忙站起身來，走到丹年身邊，跪了下去，說道：「皇上恕罪，丹年年幼，又從小在鄉野長大，不懂規矩，微臣懇請皇上原諒她這踰矩之舉。」

皇上還未答話，皇后卻先開口了。「小沈將軍，你家未出閣的女孩竟如此關心哥哥的婚事，可真是兄妹情深啊！」

丹年何嘗聽不出皇后話中的諷刺意味，然而她只能裝作沒聽出來，默默地跪在地上。

皇上則是嘆道：「果真是兄妹情深！朕還記得，當年朕小的時候，和兩個妹妹感情也很好，都恨不得將最好的東西留給對方，真是人生中最美好的回憶啊！」

皇上這麼一說，便把丹年維護沈鈺的舉動，提升到自己與兩位公主的感情高度，皇后只能乾瞪眼，卻不好再說什麼。

感嘆過後，皇上袖子一揮，豪氣地說道：「沈小姐為了哥哥能做到這個地步，又為朕做了好詞、寫了好字，朕豈有不答應的道理？沈小姐，妳的請求朕准了！今後，沒人能插手妳哥哥的婚事！」

丹年直到聽見耳邊震耳欲聾的「皇上聖明」謝恩聲，才後知後覺地知道皇上答應了自己的請求，心中彷彿放下了一塊大石頭般，鬆了口氣。

回到座位上後，廉清清笑嘻嘻地對丹年說道：「丹年，可真有妳的！」

丹年偷偷吐了吐舌頭。「哪有，我嚇得腿都軟了，妳沒看是我哥把我拖回來的！」

就在兩人小聲說笑之際，一直含笑沈默獨飲的大皇子突然站了出來，走到中央，恭敬地跪下，朗聲對皇上與皇后說道：「父皇，您命兒臣重新編纂的《大昭文典》已經全部審核完畢。兒臣斗膽，想將其命名為《平輝字典》。」

這個時代沒有圖書館，很多珍貴的文集不是失傳了，就是被持有者當成傳家寶，概不外借。要重新編纂、整理典籍，是非常浩大繁重的工作。

編纂字典和重修典籍都是利國利民的大功勞，而「平輝」乃是現任皇上的年號，大皇子此舉，無疑是將功勞全部讓給了皇上，後世都會記得這個皇上主持編纂了《平輝字典》。

皇上果然龍顏大悅，蒼白的臉上也浮現出興奮激動的紅暈，誇讚道：「好！」接著又說道：「皇兒最近身體不好，可有找御醫瞧過？」

大皇子淡淡笑道：「謝父皇關心，老毛病了，不礙事。」

皇上微微笑著點了一下頭，很是滿意地說：「皇兒真是貼心，朕不過隨口說了一句，皇兒馬上就做好了，明知自己身體不好，還這麼拚命。」

大皇子叩首道：「為父皇做事是兒臣的本分，也是榮幸，父皇若再這麼說，可就羞煞兒臣了。」

皇上還未接話，皇后就一臉擔憂地勸慰道：「皇上，修兒說得對，為皇上分憂乃是做兒子的本分。倒是皇上最近幾天一直茶飯不思，還是要多注意一下自己的龍體才是。」

皇后不愧是老手，簡單幾句話就完全把話題的重心轉移到皇上的身體上，宴會廳上的眾人也紛紛跪地，大呼要皇上保重龍體。

丹年偷偷瞥了跪在中央的大皇子一眼，他臉上依舊帶著淡淡的微笑，不辨喜怒，隨著眾人跪拜。

皇上微笑著擺了擺手，眾人便適時止住了跪拜，紛紛回到座位上。

丹年不禁有些不爽快，從進宮到現在，她不記得自己到底跪了多少次，前後兩輩子加起來都沒今天跪得多。

皇帝看著仍然跪在中央的大皇子，和藹地笑道：「皇兒，你主持編纂字典有功，朕想要獎賞你，你可有什麼要求？」

一語既出，皇后立刻微微扭過頭看向皇上，見他態度堅決，不由得垂下了眼睛，轉而看向跪在地上的大皇子，有些緊張地瞇著眼睛。

大皇子笑了起來，帶著期盼和希冀開了口。「父皇，兒臣已經快要二十歲了，想娶個媳婦成家，懇請父皇為兒臣賜婚！」

在眾朝臣眼中，說得好聽點是溫潤如玉，說得難聽點是怯懦的大皇子，泰半時間都保持沈默，沒想到不說則已，一說便一鳴驚人，居然跟皇上要媳婦了！

說真的，大皇子快要二十歲了，別說大老婆，就連小老婆都沒一個。想到這裡，大夥兒的眼光不約而同偷偷看向正襟危坐、一臉威嚴肅穆的皇后。大皇子沒老婆，說穿了還不都是皇后不給娶！

皇上有些意外，喃喃說道：「你都快要二十歲了啊，早該娶親了……朕明天就命禮部給你挑個好姑娘！」

大皇子依舊跪在地上不動，朗聲說道：「兒臣已經有了中意的對象，還請父皇成全！」

這下子眾朝臣紛紛竊竊私語，驚恐地相互打探，是不是自己沒留神，悲劇地被大皇子看中了自家的姑娘，只要一被賜婚給大皇子，馬上就會被皇后和雍國公列為敵對勢力，再過不久，就等著全家死翹翹……

皇上來了興趣。「喔？是哪家姑娘啊？」

「回父皇的話……」大皇子笑得溫潤如玉，丹年卻有了非常不妙的預感。

果然，大皇子堅定、清楚，帶著磁性的聲音傳遍了宴會廳的每個角落。「兒臣喜歡上的是沈鈺將軍……」

丹年幾乎抓狂到要跳起來了，沈鈺這孩子上輩子做了什麼缺德事啊，這造的是什麼孽啊！她剛才冒著掉腦袋的風險送走了一個郡主，這會兒又來了個皇子，她再神通廣大也沒辦法啊?!

就在眾人屏住呼吸，大氣也不敢喘一下的時候，大皇子緩緩說道：「兒臣喜歡上的，是沈鈺將軍的妹妹——沈丹年。」

丹年這會兒不知道是該鬆口氣，還是該把一顆心重新提到喉嚨上去。她覺得大皇子為人溫厚、長得俊美，她也很心疼他有那麼淒慘的童年，可這一切都不能讓她愛上他。

丹年始終記得他是大昭的皇室血脈，還是個不受待見的皇子，隨時都有可能喪命在暗潮洶湧的皇宮中，嫁給他，說不定到最後連自己是怎麼死的都不知道。

可現在的情況是，若皇上心疼起兒子，就這麼把自己賜婚給他，那要怎麼辦?!按照身分，自己充其量只能做個側妃，用通俗一點的話來說，就是伺候皇子的小妾。

不，她寧死也不當妾！

眾朝臣見大皇子看上的不是自家姑娘，紛紛鬆了口氣。

蘇允軒低著頭，手握成拳，用力攥著衣袍下襬，關節使勁到發白；蘇晉田表面上事不關己，笑意盎然地端著酒樽，跟周圍的人互相敬酒，另一隻手卻在底下死死按住蘇允軒。

皇上聽見大皇子的要求，只是沈默不語，出人意料的是，皇后突然離開了位子，朝皇上跪拜。

「皇上，都是臣妾疏忽，為修兒選妃之事，本應該是臣妾的職責，懇請皇上降罪於臣妾。」她這一席話情真意摯，萬分悔恨。

皇上不禁有些發愣，沈鈺則悄悄抓住了丹年的手，貼近她的耳邊，低聲說道：「妳放心，哥哥就是造反，也不會讓妳嫁入皇室！」

丹年勉強笑了笑，先前自己臉上充血，熱辣一片，這會兒又是臉色慘白，話都說不出來。

過了半晌，皇上才笑道：「皇后宅心仁厚，萬萬不必為了皇兒的事情苛責自己，說起來，朕也有責任。皇兒的婚事，讓禮部的人去籌備就成了。」

丹年一顆心頓時沈了下去，皇上這個意思，明顯是同意了大皇子的請求。

沈鈺坐不住了，大皇子到底是不是真心要娶丹年，他不知道，但皇上答應賜婚，明顯是為了壯大大皇子的勢力，為的是他日後不在時，還有他們沈家父子保駕護航，能讓大皇子在皇后手中贏得一條生路。

就在沈鈺忍不住要站出來拒絕時，皇后忽然站起身來，笑著說道：「來人啊，宣欽天監的人！」

聽到這裡，皇上的眉頭一下子就皺了起來。

沒多久，一個鬍子花白的老先生顫顫巍巍地走進了宴會廳裡。所謂欽天監，就是大昭的官方占卜機構，隸屬於禮部，職責是觀察天象、替皇上選定良辰吉日什麼的，象徵意義遠大於實際意義。

這個時候還在過年，欽天監的人也都暫時休息，這位老先生還是被特地找進宮的，全然不知剛剛發生的事情。

皇后溫和地笑道：「吳大人，你是欽天監的老人了，整個大昭再也找不到比你更精通命理之術的人。」

吳大人乍被皇后這麼一誇，就是「受寵若驚」這四個字也沒辦法解釋，因為寵沒感受到，倒是驚得連話都說不出來了。

「如今大皇子要娶親了，你來算一算，這兩人的生辰八字可合？事關重大，千萬要用心算啊！」皇后笑著說道。

她最後一句話，聲音銳利而尖刻，整個宴會廳都清晰可辨。

大皇子臉上依舊是一派和煦，教人看不透他內心所想。

吳大人跪在地上惶恐得要命，只覺得腦袋馬上就要搬家了，立刻說道：「為了皇上和皇后娘娘，微臣一定竭盡所能，鞠躬盡瘁、死而後已！臣夜觀天象，帝王星正盛，又有將星輔佐，昨夜又有文曲星下界，看來我大昭盛世……」

未等吳大人逢迎拍馬完，皇后便微笑著打斷了他的話。「吳大人，還是快些為大皇子算算吧，也好早日訂下娶親的良辰吉日。」

吳大人快哭了，他到底該說適合呢，還是不適合呢？說適合，會得罪皇后；說不適合，可能會得罪皇上……

「這……」吳大人慘白著一張臉，實在不知道該說什麼才好。

皇后眯著眼睛看向他，剛要發怒，突然有人朗聲說道：「皇后娘娘，吳大人年紀大了，精力不足，微臣斗膽替吳大人算上一算。」

所有人的目光瞬間集中到那個人身上，他正是前途大好、一向保持中立的禮部郎中，蘇允軒。

看到他站出來的那一刻，丹年狂跳不已的心瞬間安定了下來，她不禁呆呆地看著他。燈火燭光中，他的身影是那麼高大，那麼教人信任、安心。

蘇晉田臉上還掛著笑，袖子裡的手卻已經捏成了拳頭，內心翻江倒海，一片沸騰，他只覺得多年來的苦心經營，瞬間都化成了泡影。

皇后笑了起來，翹著嘴角點頭道：「原來是蘇郎中，既然你有這個心，就替本宮算一算吧。」

蘇允軒臉上表情依舊淡淡的，背挺得筆直，他不卑不亢地行了個禮，問道：「吳大人，您可知道大皇子殿下的生辰八字？」

吳大人巴不得有人出來頂缸，連忙要來紙筆，寫下大皇子的生辰八字。

蘇允軒垂眸看了一眼，接著轉向沈鈺，說道：「有勞小沈將軍寫下令妹的生辰八字。」

沈鈺盯著蘇允軒笑了笑，上前寫下了一行字——平輝元年七月二十八日，卯時。

蘇允軒拿著兩個人的八字，沈默地看了一會兒，才拱手說道：「皇上，兩人八字不合。」

皇上笑了笑，問道：「蘇愛卿說說看，怎麼個不合？」

蘇允軒語氣平穩。「殿下生於臘月子時，屬性帶寒，五行缺水；沈小姐是七月卯時出生，屬性帶熱，五行正好與殿下相剋。而且殿下屬雞，沈小姐屬虎，湊在一起，就是雞入虎口。」

丹年一直埋著頭，聽到蘇允軒這段話，悄悄吁了口氣，鬆開緊握的拳頭。好不容易劫後餘生，她居然還莫名其妙地想著，蘇小壞蛋什麼時候會看八字了？夠有才的啊！

皇后帶著遺憾的聲音響了起來。「修兒，沈小姐是好，可惜你們終究有緣無分，母后定會再為你找一門好親事的。」

停頓了大約幾秒鐘的時間，丹年才聽到大皇子低沈的謝恩聲。

鬧劇結束後，丹年只覺得宴會廳裡悶得很，便和沈鈺說了一下，自己悄悄退到了大殿外。

殿內熱鬧滾滾，殿外卻是寂靜無聲，寒冬乾冷的空氣刺激著丹年的肺部和呼吸道，讓她一顆心慢慢沈靜了下來。

丹年心中對大皇子有憐憫、有欣賞，可他冷不防當著那麼多人的面求皇上賜婚，讓她挺不舒服的，有種不被尊重的感覺。

這次蘇允軒挺身而出幫她解圍，丹年實在分辨不出他到底是喜歡自己，不想看她嫁給別人，還是怕她身分特殊，嫁給別人後對他不利。

丹年覺得臉上熱辣辣的一片，忍不住將冰涼的手掌貼向了自己的臉頰，這才覺得好受了一些，輕輕嘆了口氣。

「妳嘆什麼氣？」一個沙啞的嗓音在丹年身後響了起來，把她嚇了一跳。

丹年猛然回頭，來人居然是白振奇，他的臉包裹在狐裘裡，笑嘻嘻地看著她。

白振奇笑道：「妳是因為剛才沒能嫁給殿下，心裡不痛快吧？別太傷心了啊！」

「二少爺誤會了，我沒想過。」丹年沒想到會被這樣誤會，不禁有些頭疼。

白振奇卻不管不顧地自言自語下去。「殿下這麼一求親，就算不成，妳日後也很難嫁得出去了，可真夠狠的！」

丹年嚇了一跳，問道：「這是為什麼？」

白振奇雙手一攤。「這不是明擺著了嗎，誰敢娶妳就是在跟皇家作對啊！」

丹年傻了眼，怎麼會這樣?!

白振奇無限同情地看了丹年一眼，像是痛下決心一般，以壯士斷腕的語氣說道：「那個，若妳將來真嫁不出去，我就娶妳好了。」

丹年滿臉黑線，白了白振奇一眼。「謝謝你喔！」

白振奇看到丹年對他不屑一顧，不覺得受辱，反而認為她性情特殊，於是一臉真誠地說道：「我是說真的，到時候必定沒人敢去妳家提親，我過兩、三年也到娶親的年紀了，若妳還未嫁出去，我就娶妳吧。」

丹年翻了個白眼，也很真誠地說道：「我也是說真的，謝謝你喔！」

說罷，丹年站起身，頭也不回地往大殿走去，只留下白振奇對著丹年的背影感慨。「真是個好姑娘，可惜了！」

第六十二章　陰錯陽差

丹年回去沒多久，宴會就宣告結束了，沈鈺和丹年不想引人注意，跟在廉家人的身後走出了大殿。

自從大皇子當眾求親之後，沈鈺臉上再無笑容。

快要到宮門口時，沈鈺拉過丹年，小聲而堅定地說道：「丹年，妳放心，哥哥一定不會讓妳捲進這是非當中的。」

丹年心頭暖洋洋的，眼角泛淚，剛想要說話，卻發現喉嚨像被堵住了一般。過了半晌，她才小聲說道：「哥，我相信你！」

未等丹年和沈鈺再說些什麼，旁邊一個披著斗篷的太監走了過來，他朝兩人行了個禮，將帽子一掀，露出臉來，旋即把帽子戴了回去。

丹年和沈鈺齊齊吃了一驚，這太監分明是皇上身邊的貼身太監——德福。

德福的聲音從斗篷中傳了出來。「皇上想跟沈小姐說說話，特地遣了奴才來接沈小姐。」

丹年心中有些七上八下，皇上要見她？莫非沒當成他的兒媳婦，讓他心底有了怨念？

沈鈺有些著急，剛要說些什麼，就被德福一個手勢制止住了。「皇上還說，知道小沈將軍放心不下沈小姐，請小沈將軍與沈小姐一同前去，在殿外等候即可。」

沈鈺和丹年聽他如此安排，便不再吭聲。

沈鈺和丹年隨著德福走到了一處偏殿，沈鈺等在殿外，丹年則單獨走了進去。空蕩蕩的偏殿中，只有皇上一個人背著手站在那裡。

輕微的腳步聲，驚醒了似乎正在沈思的皇上，他回過頭來，溫和地朝丹年笑了，似乎是對認識多年的老朋友說話一般。「妳來了。」

丹年有些忐忑，若是只憑著一闋好詞外加一手好字，絕對不可能有這種待遇，萬一自己的身世被他知道了，自己還能活著出去嗎？

皇上似乎看出丹年很緊張，於是擺了擺手笑道：「這裡沒有別人，妳不用緊張。」

丹年看著皇上瘦削的臉龐，一時之間竟不知道該說些什麼。

「妳長得不像我哥哥。」皇上端詳著丹年，緩緩說道。

這話像一道驚雷，炸得原本一直垂首的丹年猛然抬起頭來，自己保守了十幾年的秘密一下子就被皇上輕描淡寫地說了出來，緊張之下，丹年有些語無倫次。「我、我……」

皇上笑著輕輕拍了拍丹年的肩膀。「別怕，除了朕、德福和妳的養父母，再沒其他人知道了。」

「朕沒有女兒，知道妳是朕的姪女後，朕就把妳當成女兒了。」皇上感嘆道，又像是想起了什麼一般，搖頭笑道：「朕那個混帳大兒子，腦袋發昏，妳不要放在心上，哪有堂兄妹成親的。」

丹年悄悄鬆了口氣，她總算弄明白皇上為何會如此維護著自家哥哥和自己了，他以為她就是前太子的遺孤，可惜他只知其一，不知其二。

皇上也許對他的哥哥有感情，而且他認為哥哥留下來的孩子是女孩，對他不構成任何威脅，若他知道其實前太子妃生下來的是兒子，還那麼優秀，知情的人恐怕都會被秘密處死，當然也包括無辜的沈立言一家。

「妳肯定很好奇朕是怎麼知道的。」皇上笑道：「朕畢竟是一國之君……只是一個皇帝做成這樣，朕著實沒臉去見齊家列祖列宗。」

丹年看著皇上苦笑著的臉，那與大皇子有幾分相似的面容，此刻顯得那麼頹然，忍不住輕聲安慰道：「皇上，您已經做得很好了。」

皇上笑著擺了擺手，似乎不想談論這個問題。

「朕無能，給不了妳應得的尊貴和榮耀。朕只有竭盡所能，保住沈立言和沈鈺的富貴，只要他們過得好，妳自然過得也好。這麼多年來，他們對妳可好？」皇上關心地問道。

丹年點了點頭，發自內心地笑道：「皇上放心，他們對我很好，把我當親生女兒一樣疼愛。」

皇上點了點頭，感嘆道：「這樣也好，妳遠離了皇家的是是非非，過著悠閒的日子，不需要勾心鬥角。」

見丹年不吭聲，皇上也不再說話，丹年抬眼看著那個明黃色的背影，似乎和沈鈺畫中那個孤獨而落寞的背影重疊了，一樣絕世而獨立。

只可惜，眼前的人終其一生，都被困在這吃人的皇宮裡面。

過了不知多久，皇上略顯乾澀的聲音傳了過來。「回去吧，身世的事情，萬不可對他人說起，再也別回到這裡了。」

丹年跪在地上，向他認認真真地磕了三個頭，才起身悄悄退了出去。

見丹年出來了，沈鈺趕緊上前拉住丹年的手，上下檢查了一番，剛要說些什麼，瞥見德福在場，便改口道：「可有什麼事？」

丹年笑了笑。「和皇上在一起能有什麼事？哥哥想多了。不過是皇上對我的詞和字感興趣，與我聊了很久。」

聽見丹年這麼說，德福臉上露出了笑容，心想這小姑娘可真是懂事。

沈鈺自然不相信丹年所說的，與德福互相行了個禮之後，沈鈺便拉著丹年匆匆往外走。

到了東門口時，官員們的馬車還在排隊等著出去。

沈鈺正要帶著丹年去找自家的馬車，丹年眼尖地瞧見了離她不遠處的馬車上掛著蘇府的標幟。鬼使神差之下，丹年掙開沈鈺的手，往那輛馬車走了過去，攔住對方的去路。

「等一下……」丹年開口說道，卻不知道該對蘇允軒說些什麼，要是直接說道謝的話，又有點彆扭。

車簾猛然被人大力掀開了，然而車窗裡出現的人，卻不是蘇允軒。

蘇晉田沈著一張臉，目光冷冷地掃向丹年，眼神既憤怒又嫌惡，像在看一個該千刀萬剮的「紅顏禍水」。

沒等丹年開口，蘇晉田便冷哼了一聲，狠狠摔下了車簾，馬車立刻從丹年面前駛離了。

丹年心頭憋著一股說不出來的悶氣，她原本是想好好謝謝蘇允軒的，沒想到他完全沒出來看她一眼。

討厭的蘇小壞蛋，虧她還覺得以前對他太刻薄了，今後要跟他和平共處來著！

正當丹年準備轉頭回去時，又有一輛漆黑的馬車停到她面前，丹年抬眼看去，蘇允軒正從車窗沈默地看著她。

「你怎麼在這裡？」丹年驚訝地問道，原來他沒有和蘇晉田共乘一輛車啊！這一瞬間，丹年有些雀躍，方才的氣惱和不快跑得一乾二淨。

蘇允軒也很高興，宮燈下，丹年白淨的俏臉格外動人，他握緊了拳頭，努力讓自己的聲音聽起來像往常一樣平靜。「妳在這裡做什麼？」

丹年剛要張口，沈鈺便陰著一張臉大步走了過來，他抓起丹年的手，拖著她就往回走。

丹年要說出口的話就這麼嚥了回去，回頭看見燈火下，蘇允軒一雙幽深的眸子正定定地看著她，她就這麼回看他，一直到再也看不到為止。

等上了馬車，沈鈺才恨恨地揪了丹年的耳朵一下，罵道：「妳瘋了啊？找蘇允軒做什麼?!」

「我只是想謝謝他。」丹年辯解道：「人家到底幫了我。」

沈鈺嘆了口氣。「謝就算了，今晚即便不是他，也會有別人站出來順應皇后娘娘的意思，說妳和大皇子殿下八字不合的。」

初十那天，李慧娘和一位官夫人聊天時，才知道沈鈺和丹年在皇宮上演了多麼「精彩」的一幕，她表面上微笑，內心卻氣得發抖，這兩個孩子也太不懂事了！

送走了客人，李慧娘怒氣沖沖地去後院找到了沈鈺和丹年，喝道：「給我跪下！初二那天，你們、你們……」

沈鈺立刻跪倒在地上，他萬萬沒想到李慧娘會氣成這樣，丹年則委屈地跟著沈鈺跪在後面。

沈鈺見李慧娘氣得話都說不出來，連忙小聲辯解道：「娘，您不知道，當時沈丹荷一個姊妹淘看上了我，兩人商量在賓客面前表演才藝，以求得皇上的賜婚。」

李慧娘聞言，吃驚地抬起頭問道：「真是這樣？」

沈鈺見李慧娘把話聽了進去，打鐵趁熱地說道：「真的！再說了，娘啊！」他拉著李慧娘的手臂搖了兩下。

這個舉動看得丹年一陣惡寒，對沈鈺鄙視到底，一個快二十歲的男人，還跟個小女孩一樣對母親撒嬌，也不嫌噁心。

沈鈺自然看到了丹年不屑的表情，他匆匆甩了丹年一個白眼，繼續撒嬌道：「娘，兒子娶媳婦是為了伺候您，要真娶了那個什麼郡主，刁蠻不講理，還養著一屋子男寵，那還不氣死您啊！」

李慧娘被嚇到了。「那樣的皇家貴女，咱們可娶不得！」還養男寵？簡直就是在挑戰她的道德底限！

丹年鬆了口氣。「娘，您最近多找找，看有沒有合心意的女子，趁哥哥在家，把親事訂了就好了。」

李慧娘揮揮手要他們兩個起身，接著點了點頭。「也只有這樣了。」

沈鈺瞇著眼，剛想說些什麼，就聽到李慧娘嘆道：「阿鈺是男孩，親事怎麼樣都好說，不過丹年要怎麼辦？聽說大皇子殿下居然當眾請皇上賜婚，可有此事？」

丹年點點頭，猶豫了一下，說道：「不過皇后娘娘請人算過了，八字不合。」

下意識的，她隱瞞了蘇允軒替她出頭的事情，沈鈺看了丹年一眼，既然她不說，他也不開口。

李慧娘雙眼濕潤地看著丹年。「殿下都求過親了，日後還有誰敢來提親？丹年要怎麼辦啊！」

沈鈺雙拳緊攥，眼裡幾乎要噴出火來。「不怎麼辦！有我們在，還怕不能護她一世周全？大不了我和爹帶著邊境大軍打到皇宮去！」

李慧娘嚇得連忙捂住了沈鈺的嘴，低聲罵道：「你胡說些什麼，這麼大逆不道的話也能亂說?!」

丹年拉著李慧娘勸解道：「娘，哥哥說得對，如今我們不是剛入京城那樣了，不必怕他們。」

李慧娘嘆道：「丹年，姑娘家都是要嫁人的，哪能一輩子和爹娘還有兄弟住在一起？」

「為什麼不能？若哪天礙了娘的眼，我就搬出去，立個女戶單獨過日子好了！」丹年笑道。

李慧娘急了。「那怎麼行！」

就在丹年和沈鈺你一言我一語地輕聲勸慰李慧娘時，碧瑤進屋說小石頭來了。

丹年和沈鈺乘機逃離後院，堂屋裡，小石頭正一臉笑意地等著他們。

丹年笑道：「今天有什麼喜事啊？看你高興的！」

「還記得那個被我們整過的江永嗎？」小石頭問道。

「他怎麼了，又想鬧騰什麼新花樣了？」沈鈺頗有興致地問道。

小石頭搖搖頭，眉開眼笑地說：「那倒不是，過年時總有他得罪不起的客人來買香料，給他十個膽子，他也不敢把那些混了雪粒和髒東西的香料賣給人家，他只能跑到別的鋪子買，再賣給別人。」

丹年瞬間明白了，笑道：「這麼說，是求到馥芳閣來啦？你在原價上提了幾成啊？」

小石頭眉開眼笑地說：「四成。他不願意我就不賣，只是他那裡沒什麼存貨，不得不買。」

丹年也樂了。「那也不能賣給他太多，不然豈不是便宜他了！」

小石頭笑道：「沒賣給他多少，剩下那些髒掉、受潮的香料，他還會賣給普通客人，能坑一個是一個。過完年，去洪定號鬧事的人肯定不少，到時你們就看好戲吧。只可惜，我要去進貨，看不到了。」

碧瑤雖然不捨，卻沒再多說什麼，轉身去幫小石頭整理行李。

丹年看著碧瑤遠去的身影，笑咪咪地打趣道：「小石頭，等你這次回來，就把我們碧瑤娶走吧！」

小石頭沒想到丹年突然提起這件事，先是愣了一下，隨即鄭重地點了點頭，說道：「好！」

過完了年，碧線閣如同丹年預料的那般，果然有很多新顧客過來指明要訂製衣服，碧瑤每天接訂單接到手軟，又招了兩個繡娘進來做衣服。

丹年覺得碧瑤是個人才，只可惜她行事過於謹慎，又不如小石頭那般能言善道，要把碧線閣發揚光大，看來還需要一段時間。

沈鈺正月二十日就要去邊境，元宵節過後，天氣稍微回暖，沈鈺便在十七日那天拉了丹年，要她陪他到郊外騎馬轉一轉。

丹年這段日子幾乎都沒出過門，早就悶壞了，沈鈺這麼一說，她豈有不答應的道理？離沈鈺出發去邊境只剩三天時間，李慧娘哪會不如沈鈺的意，她準備了一個裝著點心的小包裹交給丹年帶著，丹年又另外灌了壺開水，一副春遊踏青的架勢。

騎馬的頻率比以往減少了很多，丹年身手生疏了不少，在京城裡面，沈鈺自然不敢放馬奔馳，等出了城門往西，沈鈺的馬便撒了歡，馬蹄一揚就跑得老遠，丹年則黑著一張臉在後面苦追。

沈鈺只得先策馬跑一陣子，再停下來牽著馬來回走走，幫馬順順氣，等丹年追上來了，再讓馬繼續跑。

跑了一會兒，丹年便瞧見前方已經沒什麼農田了，取而代之的是山嶺，這些地方她從來沒來過，想必離京城已經相當遠了。

丹年再追上沈鈺時，沈鈺便大笑著要再往前跑，被丹年上氣不接下氣地叫住了。「哥，這裡離京城太遠了，我們還是回去吧！」

沈鈺不是很高興，連在邊境他都沒機會在外策馬狂奔，因為不知道什麼時候會迎面遇上勒斥的騎兵，現在有這個環境，他當然不肯放過。

「再跑一會兒吧，這裡是京城地界，不會有什麼危險的。」沈鈺說道。

丹年見沈鈺不想回去，也不願掃了他的興致，她瞧見山頂上有處涼亭，山路雖然陡峭，但馬能跑得上去，便笑道：「你同我比賽，誰先跑到涼亭處誰就贏，好不好？」

沈鈺上下打量了丹年一眼，懷疑地說道：「妳想要什麼花招？妳怎麼可能贏得了我？」

丹年不屑地白了他一眼，撇了撇嘴說道：「隨便你，愛比不比。」

沈鈺早就覺得一個人跑沒意思了，他見丹年不高興，連忙討好道：「比，一定要比！我讓妹妹先跑一會兒如何？」

「不用，一起跑！」丹年斷然拒絕，橫豎跑不過沈鈺，要是他讓步了她還輸，豈不是更丟臉?!

沈鈺的好意被拒，哼了兩聲，率先騎馬上了山路。

丹年在後面拚命追趕，她認為沈鈺的馬跑了這麼久，體力上肯定已經消耗了不少，比不上她的馬。只不過，沈鈺的馬長期在戰場上奔馳，身體素質與耐力都比一般的馬好上一些。

剛過完年，又是荒郊野外，山路上連個影子都沒有，偶爾只有幾隻鳥嘰嘰喳喳從頭頂飛過。

丹年努力策馬往山上奔，突然間，她看到沈鈺慌慌張張地騎著馬迎面朝她跑來，丹年莫名其妙地問道：「你又在做什麼……」

話還沒說完，沈鈺就連忙叫道：「丹年，快跑！」說著，他抓住丹年就往回扯。

第六十三章　強行娶親

丹年被他拽得生疼，兩匹馬就這樣卡在狹窄的山路上，丹年剛要發火，就看到前方有五、六個彪形大漢騎著馬、舉著大刀，殺氣騰騰地狂奔而來，而領頭的竟是一個身著紅衣的窈窕女子！

看這陣勢，丹年可不覺得他們是來請自己去喝茶談心的，當下迅速調轉馬頭，跟著沈鈺狂奔下山。

丹年一邊跑一邊恨得牙癢癢的，肯定是沈鈺闖了什麼禍，惹得這夥人追上來鬧事了。這地方遠離京城，沒有謀生的農田，又挨著進京的要道，靠山為匪什麼的，再正常不過了。

一想到可能遇到了土匪，丹年一顆心就直打鼓，自己辛辛苦苦開店賺了那麼多錢，要是綁匪獅子大開口，自己就白幹了。

沈鈺苦著一張臉，他也沒想到事情會變成這樣，偷偷瞄向丹年如寒冰般的冷臉，當下也不敢停留，以稍稍落後於丹年一個馬身的距離，緊跟在丹年身後。

然而，丹年和沈鈺的馬跑了太長一段時間，體力早已不支，沒多久，就在下山的地方被那紅衣女子帶領的幾個大漢給團團圍住了。

丹年環顧了一周，頓覺可疑，方才離得遠，看得並不清楚，眼前這些人在身高、體型、相貌上都不像大昭人，反而像勒斥人！

至於那個紅衣女子，二十歲上下，身形窈窕、高眉深目、肌膚雪白，眼珠還泛著幽幽的藍色，眼神如劍一般看向沈鈺和丹年。

「妳是他什麼人？」紅衣女子發話了，聲音有種說不出的冷硬。

「啊？」好一會兒，丹年才意識到她是在跟自己說話，連忙撥馬離開沈鈺一段距離。

周圍舉著大刀的大漢見狀，緊張地拿刀對著他們。

「我不認識他！」丹年無比堅定地回答道。

「啊？」這回輪到沈鈺傻眼了。

紅衣女子疑惑地說道：「妳不認識他，為什麼我們追他時，妳也跟著跑？」

丹年訕笑道：「我偷偷騎馬跑出來玩，就看到你們一夥人殺氣騰騰地朝我跑過來，我好害怕，還以為碰上壞人了呢！」

好哥哥啊，你就先待在土匪窩裡吧，我這就回去拿贖金來贖你，順便看能不能請朝廷發兵來救你這個惹是生非的朝廷命官，到時就不用花我的錢了——丹年默默想著。

丹年本來就長了張娃娃臉，今天打扮又簡單，像極了十三、四歲又不諳世事的純真小姑娘，讓人頓時信了三分。

果然，那紅衣女子爽朗地笑道：「小姑娘，妳若不認識他，那就算了，此事與妳無關，妳走吧！」

說著，紅衣女子策馬讓出了一條通道來，丹年心中一喜，臉上卻不敢有多餘的表情，身後的沈鈺自然是咬牙切齒，暗罵丹年不夠厚道。

沈鈺強撐著笑臉，對紅衣女子笑道：「姑娘，我們素不相識，剛才也只是誤會，若是在下有對不住姑娘的地方，姑娘大人有大量，別跟在下一般見識就是了。」

丹年靜靜策馬從紅衣女子讓出的通道慢慢走了出去，回頭就看到沈鈺微笑著拱手……「求饒」！

沈鈺本就長得俊逸，微微一笑，便有說不出的風流韻味。

丹年原本以為，大概沒幾個女子能狠心拒絕沈鈺，只可惜，那紅衣女子用清脆的聲音大罵了一句。「呸！羞辱了本……本小姐，還想跑？哪有那麼簡單！」

丹年見沈鈺脫身無望，便要策馬狂奔回家搬救兵，此時卻聽到紅衣女子身邊有一大漢說道：「小姐，那女子也不可放回去，大昭人向來詭計多端，放回去必定後患無窮。」

丹年不禁暗叫不妙，狠狠一甩馬鞭，可是沒跑幾步，便被兩個大漢追上了，他們牽著丹年的馬，又將她帶了回去。

丹年沒好氣地盯著一臉笑意的沈鈺。都這個時候了，還在幸災樂禍，萬一這些土匪還兼職人牙子，該怎麼辦?!

紅衣女子看到一臉陰鬱的丹年，和藹地朝她點頭說道：「小姑娘，先委屈妳一下，等我們辦完事就送妳離開，不會傷害妳的。」

丹年聽完以後，稍稍放了心，既然領頭的人這麼說，自己也算有了安全保障。可是……他們說「辦完事」，這說法並不像大昭人，莫非真是勒斥派來的奸細?!

丹年一想到這裡，渾身打了個激靈，下意識地轉頭看向了沈鈺。若是普通的土匪，給些錢財就能了事；可如果是勒斥奸細，又認得沈鈺，那沈鈺的命……

丹年一顆心咚咚跳了起來，看著前方策馬前驅的紅衣女子和三個大漢，身後還有兩個大漢騎馬跟著，如果只有沈鈺要逃還有可能，帶著她，絕對逃不出去。

丹年用眼神暗示了一下身邊的沈鈺要他先跑，沈鈺趁後面的大漢不注意，微微搖了搖頭，並示意丹年不要亂動。

丹年心急如焚，又看到沈鈺氣定神閒，完全不當一回事，只得老老實實地跟在後面。

過了一會兒，一行人便到了山頂上，在身後大漢的示意下，丹年不情不願地下了馬，跟著沈鈺走進涼亭裡。

紅衣女子穿著高筒的靴子，手持馬鞭，雖然衣著簡單，但眉宇間有著掩蓋不住的貴氣。丹年仔細打量著她，她的皮膚雖然不如大昭女子那般膚如凝脂，但也是白皙細膩，普通勒斥女人整日在草原風吹日曬，肯定不是這個樣子，這女子的身分，非富即貴。

紅衣女子走到沈鈺面前，面色不善地盯著他，她拿起馬鞭，用馬鞭末端抬起了沈鈺的下巴，插著腰笑道：「現在落入我手中，有什麼想法？」

沈鈺似乎不覺得自己堂堂男子漢被一個女人如此輕慢是種羞辱，仍舊氣定神閒，彷彿與眼前的人在一起喝茶般閒適。

「若小姐是因為剛才在下無心冒犯而生氣，那在下再次向您道歉。」沈鈺笑著說道。

從丹年的角度，明顯能看到紅衣女子白皙的臉上飄起了紅暈，拿著鞭子的手也微微有些放鬆，旁邊一個大漢見狀，焦急地說：「小姐，不可心軟，方才這廝還出言不遜，羞辱過您啊！」

紅衣女子一愣，手不由自主往前送了送，聲音清亮地喝道：「你方才羞辱女人，女人哪點不如男人了?!」

丹年連忙附和道：「就是啊，女人哪點不如男人了？」

紅衣女子看著丹年笑道：「還是這位小姑娘懂事！」

丹年乾笑著不說話，事情怎麼會牽扯到男女平等問題上？莫非剛才沈鈺和她討論的是如此深奧的話題？

紅衣女子看著沈鈺的笑臉，一時之間有些羞惱，她朝丹年說道：「小姑娘，妳可知這廝方才說了些什麼？」

丹年知趣地搖了搖頭。

「這山已經被我們占了，我要他下山，結果他居然對我說，要我的男人出來跟他說話！老娘說話，男人都不敢說個不字，他居然這麼羞辱我！」紅衣女子憤憤說道。

丹年驚訝不已，怎麼會這樣？沈鈺也不是個會拿雞蛋碰石頭的人啊?!

沈鈺在旁邊眨著眼，一臉無辜地說：「姑娘，妳可不能冤枉好人啊！妳攔住我的時候，就妳一個人，其餘這些好漢們可一個都沒出來。」

紅衣女子不耐煩地說道：「那又怎麼樣？」

沈鈺雙手一攤。「禮教有云：『男女授受不親』。姑娘孤身攔住我一個男子，已經與禮教不合了，在下又怎麼能同姑娘說話呢？這豈不是壞了姑娘的名聲！況且看姑娘年歲也不小了，想必已經嫁了人，叫妳男人出來跟我說話，這才是合情合理的作法啊！」

沈鈺巧舌如簧，把責任統統撇到對方那邊去了，丹年原以為那紅衣女子會聽進去，放他們離開，哪知沈鈺這番話，竟徹底惹惱了紅衣女子。

那紅衣女子狠狠將手中的鞭子摜在地上，插著腰罵道：「男人、男人！非得有個男人才行嗎？不就是沒男人而已，老娘為什麼要被人看不起！」

丹年心驚膽顫地看著美人發火，這火……可來得真是莫名其妙。

紅衣女子的手下慌忙上前拉住她，好聲好氣地勸道：「雅拉……小姐，您消消氣，想想您弟弟……」

原來她叫「雅拉」……丹年在心裡默默想著，名字也不像大昭女子，她大昭話說得這麼流利，她還猜想過她是大昭和勒斥的混血兒呢！

雅拉輕哼了一聲，深吸了兩口氣，一臉審視地盯著沈鈺，沈鈺也一臉坦然，任憑雅拉看個夠。

忽然間，雅拉拍手笑道：「不就是瞧不起我沒男人嗎？現在不就有個自己送上門來的？」

丹年頓時有了很不妙的預感，驚恐地和沈鈺互望了一眼，果然，雅拉指著沈鈺，歡快地說道：「本小姐的男人，就是你了！」

丹年瞠目結舌，有種想哭的衝動。自己前些日子擔驚受怕，冒著被砍頭的危險，為沈鈺求了個婚姻自主的旨意，到底是為了什麼啊?!早知道就讓沈鈺娶了那什麼郡主，再接一個女土匪進門，讓兩個潑悍的女人鬥法去，她負責看戲就好了！

沈鈺依然是一副淡定的模樣，他瞧向雅拉的眼神似乎只是在看一場鬧劇般，完全不放在心上，令雅拉更覺得羞惱。

丹年結結巴巴地說道：「妳、妳要嫁給他？」

雅拉丟了個白眼。「誰要嫁給他？是我要娶他！」

等丹年眼睛蒙著布條，渾渾噩噩地被關進一間茅草屋後，才後知後覺地意識到，自己的哥哥真的要「嫁人」了……

隔壁茅草屋關的正是沈鈺，丹年一把扯下布條，透過牆壁的窟窿，焦急地對正在閉目養神的沈鈺小聲說道：「外面應該沒什麼人看守，你快些逃出去！」

要是真讓沈鈺「嫁人」，爹和娘知道了，恐怕會立刻自殺，去向列祖列宗請罪！

沈鈺閉著眼睛不吭聲，從地上撿起一塊石頭，用力從茅草屋的小窗戶扔了出去，丹年馬上就聽到雜亂的腳步聲和說話聲。「是誰？」

看樣子外面人不少啊……丹年頓時洩了氣。

之後，沈鈺被帶出去很長一段時間才又被帶回來，等到了晚上，有人朝丹年和沈鈺所在的茅草屋分別扔了個包袱，吆喝著。「快換上！」

丹年打開包袱一看，居然是件大紅色衫子，又寬又大，披在身上活像袍子一般。

「你們搞錯了吧，給我紅衣服做什麼？」丹年乘機拍著門板叫道。

外面傳來了不耐煩的回應。「小姐說了，來參加婚禮的都是客人，要穿得喜慶！」

丹年皺著眉頭換上了衣服，心想只有從這裡出去，才有逃走的可能性。

透過窗窿，丹年可以看到隔壁的沈鈺已經穿上了紅色的新郎裝，比一身白衣的他又多了幾分熱烈和張狂。

換好了衣服，丹年就被帶到山上一處房屋裡，夜色昏暗，丹年看不清周圍的環境，只隱約曉得自己所在的位置已經是在另外一座山頭上了，幾處房屋是普通的農戶住宅。

屋裡布置了龍鳳喜燭，椅子和桌子上都鋪上了紅布，一派喜氣洋洋，幾個大漢開心地吃著花生，等待新郎與新娘進場，偶爾有一個人不小心說出勒斥語，立刻被其他人瞪了回去，以更高的音量掩蓋過去了。

丹年惶恐地坐在客位上，說不定這就是勒斥在大昭的據點，她闖過軍營，萬一有人認出了自己，下場比沈鈺好不了多少。更何況，丹年看了看這些又凶又壯的漢子，知趣地閉上了嘴巴，到時候……乾脆自己拿匕首給自己一個痛快好了！

就在丹年胡思亂想之際，有人高聲在門口叫道：「新郎、新娘入場！」

接著就聽到雅拉喝斥的聲音。「誰在前誰在後啊？憑什麼擋在我前面？」

過了一會兒，明顯弱勢了很多的聲音重新響起。「新娘、新郎入場！」

丹年淡定地瞧向門口，有如此歡樂的開端，這個婚禮想必不會太過無聊。

雅拉還是一身紅色裝扮，臉上似乎塗了些脂粉，在燭光照射下，像大昭女子一般，皮膚晶瑩玉潤，雙眼發亮。她手裡拽著一條紅繩子，繩子的另一頭——丹年望了過去，正是被捆得結結實實，卻一臉笑意的沈鈺。

丹年頓時痛苦地捂住了臉，這是什麼畫面啊！

就在兩人經過丹年身邊要拜天地時，門外又進來了幾個一身匪氣的大漢，為首的那個土匪臉色不善地看著雅拉和沈鈺，惡狠狠地說道：「雅小姐，可真有妳的啊！我胡八倒是小看了妳！」

雅拉插著腰，得意地笑道：「胡八爺可是來喝喜酒的？小女子可要先謝謝胡八爺捧場了！如今我娶了男人，算是落了戶、安了家，胡八爺對我占據這個山頭，可還有意見？」

胡八爺一臉獰笑，指著被捆成粽子的沈鈺，輕蔑地笑道：「就憑他？一個小白臉書生？老子兩根手指就能捏死他！」

雅拉變了臉色，厲聲道：「老娘的男人自然是最好的，輪不到你來評說！他打不過你，老娘打得過你就行！」

說著，她拔出腰間的匕首，猛然刺入丹年身旁的小桌子上，刀身完全沒入桌面，只留下刀柄還在顫抖。

好凶悍的姊姊啊！

丹年嚇得整個人縮了起來，沈鈺看丹年被嚇得不輕，臉色陰鬱地瞪了雅拉幾眼。

胡八顯然對雅拉也頗為忌憚，他哼了幾聲之後，悻悻然帶著手下走了。

婚禮繼續進行，誰都沒看到原本一直笑咪咪的沈鈺臉上一閃而過的狠戾。

丹年白著臉繼續觀禮，雅拉用繩子牽著沈鈺，有模有樣地拜了天地，接著在眾大漢的歡呼聲中入了洞房。

就在丹年惴惴不安、擔心自家哥哥清白不保時，雅拉又出現了，此時酒菜已經上齊。

雅拉一把拔出插在桌子裡的匕首，拍了拍丹年的肩膀，笑道：「小姑娘，沒嚇到妳吧！」

丹年搖了搖頭，心想——雅拉女王，您嚇到我的可不只這個……

雅拉見丹年搖頭，只當她沒事，繼而豪氣干雲地端起酒碗，朝眾人笑道：「來來來，弟兄們，今天本小姐娶親，各位儘管吃、儘管喝啊！小姑娘，妳是我們的客人，不要客氣！」

丹年滿臉黑線，雅拉行為豪爽俐落，說話充滿了身為上位者的驕傲，完全不同於大昭閨閣女子的溫柔小意，竟然「娶個男人」做壓寨相公，未免太霸氣了。

雅拉瞧見丹年目瞪口呆地看著他們豪飲，不禁奇怪地說道：「小姑娘，怎麼不喝酒？妳放心，等過了今夜，一定送妳回家。」

丹年囁嚅道：「我、我一個未婚女子，在荒郊野外失蹤了一夜，名節已毀，哪還喝得下酒？就算回家去，我爹娘也必定不會認我！」

雅拉頓時放下酒碗愣住了，她從來沒想到後果會這麼嚴重，當初順手擒了丹年上山，不過是怕她回去報官，現在害人家小姑娘淪落到這個地步，大昭的規矩可真是要人命。

「這有何難？小姑娘，妳將來可以跟我們回草原，草原男兒隨便妳挑！」一個喝多了的大漢口齒不清地拍著胸脯說道。

雅拉把酒碗砸了過去，插腰罵道：「胡說什麼?!」

她轉頭對丹年說道：「明日我便同妳一道去妳家，就說妳迷了路，跟我住了一夜，要是妳爹娘不相信，不要妳了，那妳就跟我回家，姊姊包妳後半輩子無憂無慮！」

丹年將原本醞釀很久的眼淚收了回去，這個雅拉心地倒是不壞，要不是勒斥人，自己和她倒是很合拍。不過一想到雅拉拿著繩子綁著自家哥哥拜堂，她就百般不是滋味。

待雅拉喝得臉頰泛紅之際，旁邊有大漢勸道：「小姐，還是快些洞房吧，莫讓新郎等急了！」

丹年聽見這話，心中無比糾結。

一旁立刻有人起鬨道：「小姐手下留情，別讓新郎明天起不了床！」

雅拉這才想起還有個夫君等待自己去「臨幸」，於是擺了擺手說道：「也是，你們先繼續喝，我先去了。」

在眾人的歡呼聲中，丹年驚恐地看著雅拉頭也不回地走了出去。

完了，沈鈺要貞操不保……現在丹年滿腦子盤旋的，都是這幾個大字。

雅拉進去找沈鈺後，眾人又鬧了一會兒才逐漸散去，丹年曾想過乘機逃跑，可這些人即便是喝酒，也時刻輪流盯著丹年。而且丹年觀察到，這些人雖然看起來粗魯莽撞，但喝起酒來卻很有節制，門口還站著兩個站崗的人，分工明確、訓練有素。

說這些人是草寇，丹年怎麼都不相信，怕就怕他們是知道了沈鈺的身分，故意演這麼一齣；但若是只為了取沈鈺小命，又何必大費周章舉行一個荒唐的婚禮？

丹年百思不得其解之際，又被兩個大漢看著，送回方才待過的茅草屋裡。

大概是覺得丹年一個瘦弱的小姑娘也鬧騰不出什麼，送丹年回來的人扔給了她一床被子，把茅草屋的門一鎖，便離開了。

丹年垂頭喪氣地聽著那兩個人遠去的腳步聲，要她把門踹壞跑出去不難，難的是怎麼找到馬、找到下山的路。

她躺到草堆上，透過屋頂的窟窿看著星空，這麼黑燈瞎火的，萬一看不清路，失足掉了下去，可就得不償失了。

沈鈺是個男人，被女人強了……一夜風流，也不算吃虧吧？丹年自欺欺人地想著。

既然眼下沒辦法，丹年便扯開被子蓋在身上。現在天氣還很冷，晚上不蓋被子會凍死人的。

到了後半夜，丹年迷迷糊糊睡著時，便感覺到有人把自己扶起來揹到了背上，她嚇得剛要張口大叫，那人就伸出手把丹年的嘴巴捂了個嚴嚴實實。

熟悉的聲音在丹年耳邊響了起來。「是我！」

丹年幾乎激動得要流出淚來了，被看守得這麼嚴密，沈鈺是怎麼跑出來的？丹年還想到一個嚴重的問題，她小聲對揹著她就要往外跑的沈鈺問道：「哥，你有沒有……」

沈鈺自然明白丹年要問什麼，他一邊不停往外跑，一邊沒好氣地說道：「沒有！」

丹年訕訕的，不敢再多說什麼。

後半夜空氣中寒意逼人，清冷的月光掛在空中，照得路上明晃晃一片。沈鈺先摸著路找到了馬廄，此刻他們兩人的馬還在馬廄裡拴著，似乎還被餵了草料。

丹年翻身上馬，卻看到沈鈺又朝有房子的地方摸去，她嚇得小聲叫道：「你要做什麼？還不趕快逃命！」

沈鈺頭也不回，只比了個手勢要丹年稍等一會兒。沒多久，丹年看到不遠處的屋頂上有火光燒起，這兩天被太陽一曬，屋頂上的茅草早就曬乾了，延燒得很快。

沈鈺彷彿是惡作劇得逞的小孩子一般，飛速跑了回來，翻身上了丹年的馬，帶著丹年一路往山下飛奔，沈鈺的馬則乖乖地跟在後面。

還沒等沈鈺和丹年跑出去幾步，就聽到山上聲音吵雜，敲鑼聲、叫喊聲亂成一片，大多是丹年聽不懂的勒斥話。

丹年忽然轉頭看向沈鈺，剛要著急地說些什麼，沈鈺就說道：「他們是勒斥人。」

丹年鬆了口氣，她都看得出來，更何況是沈鈺這七竅玲瓏心的。

「那你為何要燒人家房子？」丹年想不明白，若是不燒，還可以多拖延一會兒，那些勒斥人也不至於這麼快就發現他們逃跑。

沈鈺輕描淡寫地說：「那紅衣瘋女人嚇到妳了。」說完便不再言語。

丹年心頭暖暖的，卻不知道該說什麼才好。

「其實那女人心地倒是不壞，只可惜是個勒斥人！」過了半晌，丹年才訥訥說了這麼一句。

在丹年身後的沈鈺，只是彎了彎嘴角，並未答話。

等到了半山腰的三岔路口，追兵的馬蹄聲已經能在他們身後聽到了。

兩人下馬之後，沈鈺拍了拍馬屁股，兩匹馬便飛快向前跑去，沈鈺則拉了丹年悄悄鑽進山坡上低矮的灌木叢中。幸好現在天氣很冷，沒什麼蟲子之類的小生物攻擊他們兩個。

不一會兒，便有幾個人騎著馬氣勢洶洶地奔來，在這個三岔路口停住了腳步，與從另外一個路口過來的人會合，領頭的人正是一身喜慶新娘裝的雅拉，只是她面色不善，不復之前的爽朗俐落。

丹年嚇得連大氣都不敢出，緊緊捂住了自己的口鼻，生怕自己呼吸一重，會被不遠處的勒斥人聽到。沈鈺見狀，笑著拿開丹年的手，示意她不要緊。

此時，丹年看到有個勒斥人下了馬，耳朵貼著地聽了一會兒，十分肯定地指著兩匹馬跑掉的方向對雅拉說道：「小姐，他們肯定是往那個方向跑了。」

雅拉臉色陰沈，漂亮的大眼睛裡全是陰霾，手裡的皮鞭甩得啪啪作響，她咬牙切齒地吩咐道：「追！臭男人，敢耍老娘，不要命了，看到就給老娘打死！」

說完，一群凶神惡煞的大漢就在雅拉女王的帶領下浩浩蕩蕩往前飛奔而去。

等他們離開了一陣子，沈鈺才不敢置信地扭過頭，對丹年問道：「她說要把我怎麼樣？」

丹年好心地告訴他。「她說見了你就打死你！」

沈鈺悻悻然地轉過頭，嘟囔道：「女人就是善變，前一刻還跟你海誓山盟，轉眼就要你的命了，果真是最毒婦人心！」

丹年滿臉黑線，扯著沈鈺的衣角問道：「你對人家做什麼了？先前我看那女子也不是這麼不講理的人啊！」

沈鈺揮了揮手，拉著丹年大步往另外一條山路上走。「小孩子不要管這麼多，哥哥帶妳逃出了虎口才是真的！」

說罷，沈鈺又像是想到什麼一般，回頭嚴肅地對丹年說道：「回家誰都不許說，尤其是娘！」

他怕丹年不聽話，又嚇唬道：「妳若是不聽哥哥的話，將來哥哥就把妳嫁到勒斥去和親！」

「好啊！」丹年倒是無所謂。「去勒斥也不錯，天天有肉吃！」

沈鈺徹底沒了脾氣，拉著丹年匆匆就走。

一路走來，全是些羊腸小徑，七彎八拐的，大半個時辰之後，兩人終於走到了山腳下。明亮的月光下，那兩匹馬靜靜地等在那裡，而那群勒斥人卻不知所蹤，不知道追到哪裡去了。

第六十四章　敬謝不敏

回到家以後，兩人被焦急等候的李慧娘罵了一頓，沈鈺厚著臉皮又撒了一次嬌，只說想看看寬廣的星空，才跑得遠了一些。李慧娘心疼這個兒子即將前往邊境，加上丹年在一旁不住安撫，很快地氣就消了。

正月二十日那天，沈鈺在家吃了早飯，便帶著行李，磕頭拜別李慧娘，踏上了去邊境的旅程。

一個月後，丹年和李慧娘搬進了皇上御賜的將軍府中，說是將軍府，也不過是一處三進的院子，簡單得很。

新房子和丹年租的房子格局布置上差別不大，京城寸土寸金，雖然沒有丹年那個時代那麼誇張，但也不是尋常人家買得起的。

丹年攢了將近一年的錢，買間小宅子不成問題，可皇上都賜了院子，就算所有權不是自己的，但不必交租金，傻子才會自己掏空了腰包去買房子。什麼時候不給他們住了，再搬出去就是，又不像是現代，買了房子的，提心弔膽怕房價跌；沒買房子的，提心弔膽怕房價再漲。

靠著馮老闆和盼歸居幾個知根搭底的夥計，丹年和李慧娘手忙腳亂了幾天，總算把新家安置好了，回到了表面平靜的生活中。丹年閉門不出，跟著李慧娘為沈立言還有沈鈺做針線，可閒下來時，她卻會情不自禁地想到蘇允軒，愣上好一會兒。

早春時節，院子裡已經開了幾朵桃花，粉嫩嫩的，李慧娘看見那桃花，便想讓丹年出去走走。「妳們小姑娘就該一塊兒玩，等嫁了人，做了人家媳婦，就沒這麼好的機會了。」李慧娘笑道。

丹年心知李慧娘是怕自己整日陪著她不出去，有好男兒的人家也相看不到自己，可她只是笑笑，並不吭聲，手中繼續忙針線活。

丹年懂李慧娘的心思，只不過大皇子當眾求親後，眼下她還真嫁不出去了。

經歷了一連串事情，哥哥又離開以後，丹年覺得自己好像一下子穩重了不少，原本耐不住性子去做的女紅也漸漸上手了。

不過人的天分有高低，丹年的手工充其量只是能看，補件舊衣服、做個簡單的荷包還成，繡花製衣這種高級裁縫技能，丹年覺得她這輩子是沒希望了。

李慧娘別過頭去看了看丹年手中的針線活，眉頭情不自禁地挑了一下。好在她們現在是將軍府的女眷，丹年自己手裡也有不少錢，不管將來嫁到哪裡，都不需要丹年親自動手。

只是李慧娘從小受禮教教育，女子婦德、婦容、婦工三者一樣都不能少，才對丹年的要求嚴格了一些。

「娘中午想吃些什麼？待會兒讓小雪買些菜去。」看李慧娘一直注意自己的手工，丹年便想轉移她的注意力。

小雪是幾天前馮老闆帶過來的，盼歸居附近有個人牙子的聚集點，馮老闆挑了幾天才選中了小雪。小雪不過是個十三歲的女孩，家裡還有五、六個弟妹，爹娘實在養不下去了，只得賣了大的，好顧著小的。

馮老闆見小雪雖然面黃肌瘦，但好在口齒清晰，從小長在鄉下地方，做家事很在行，而且從小就護著弟弟妹妹不讓人欺負，性子也不怯懦，便領來給丹年。

丹年和李慧娘倒沒什麼要挑剔的，只要人老實、肯幹活就行。煮飯之類的活同樣由李慧娘負責，真要這麼小的女孩伺候她們兩個，丹年還真狠不下心，總有種壓榨童工的感覺。

小雪原本沒名字，爹娘喚她叫「大丫」，領來將軍府那天天色陰沈，已經初春了還飄了一陣零星小雪，丹年便隨口取了「小雪」這個名字。

「人老了哪還有什麼胃口？昨兒個妳馮叔叔送來的一隻雞只炒了半隻，今天把剩下半隻炒了，妳們吃吧。」李慧娘笑道。

丹年知道李慧娘已發誓今後吃素，為沈立言和沈鈺祈福，便叫來站在門外的小雪，遞給她十個大錢，要她去買些新鮮時令的蔬菜。

吃過午飯後，老鄭就過來了，遞了正式的請柬。

沈丹荷出嫁的日子訂在三月初三，丹年看著大紅的請柬笑了笑，上下左右打量了一番，才對李慧娘笑道：「大伯母家到底財大氣粗，您看這一張請柬，紙是上好的不說，又是燙金、又是描銀，沒五、六個大錢，還真做不出來。」

李慧娘輕哼了一聲，她以為丹年心裡不痛快，便安撫道：「妳放心，等妳出嫁時，娘發的請柬肯定要比她的好！」

丹年頓時哭笑不得，連這也要比啊！

「不過人家都把請柬送來了，我們要是不去，反倒顯得我們沒禮數了。」李慧娘摩挲著請柬嘆道。

丹年回想起沈丹荷的家就覺得厭惡，那裡充滿了不好的回憶。想到這裡，丹年眉頭便皺得緊緊的。「娘不願意去就算了。說起來，我們這一房是庶出，原本大房嫁女也不一定要我們出席，如今送來了請柬，不過是想人前人後做足了顏面，再炫耀一番罷了。」

李慧娘點了點頭，隨即又嘆道：「妳爹這輩子就是栽在一個『庶』字上面了，若是老夫人生的，哪裡輪得到他去戰場賣命！」

丹年見勾起了李慧娘的傷心事，連忙勸慰道：「爹和哥哥憑自己的本事掙下了功績，比那些靠祖宗庇蔭、靠裙帶關係往上爬的有出息多了，等戰爭結束，爹和哥哥回來，我們一家人不就又團聚了嗎？」

李慧娘也不想讓丹年擔心，便扯出了一個笑臉。

二月底的某一天，有人上門求見，未等小雪過來通報，來人就大搖大擺地自己走了進來，他張望了一下，看不到人，便扯著嗓子喊了起來。「丹年！丹年！」

丹年從後院匆匆趕了出來，就看到白振奇一副自家人的模樣，站在院子裡叫著自己的名字，臉當下便黑了一半。和白二少爺講什麼男女禮教、禮防，還不如找隻牛去彈琴。

見到丹年出來了，白振奇大喜，不知是不是最近白振繁管得嚴，白振奇竟穿得規規矩矩，身上也沒酒味。

丹年有點不習慣大白天不瘋癲的白振奇。

白振奇走上前，喜孜孜地拉著丹年就要往外走，丹年嚇了一跳，連忙站在原地問道：

「二少爺，您有什麼事？」

白振奇興沖沖地說道：「一個朋友最近得了本好詩詞，我們一同去看看。」

丹年不著痕跡地掙脫了白振奇的手，笑道：「是什麼好詩詞，讓二少爺來了興致？」

聞訊而來的李慧娘看到有個陌生公子站在院子中，又和丹年拉扯不清，頓時有些著急。

「我也不知道，去了不就知道了？」白振奇說道。

丹年手在背後朝李慧娘擺了擺手，意思是讓她先回去，自己會處理。李慧娘雖然擔心，但看對方是富貴人家公子，想必不會亂來，便悄悄退到一邊，仔細觀察事態發展。

「我們剛搬家不久，二少爺怎麼找到這裡的？」丹年裝作不經意地問道。

沒心眼的白振奇老老實實地答道：「這有什麼難的？是大哥告訴我的，我們馬上就是一家人了，多走動走動也好。」

丹年表面上笑得和煦，心中早把白振繁和沈丹荷千刀萬剮了一遍。

白振奇是什麼人，跟他混在一起的沒一個好東西，自己若加了進去，哪還會有什麼好名聲？到時雍國公府就會「不情不願」地來提親，既把不成器的白振奇婚事解決了，又能把護國將軍和鎮遠將軍拉入陣營。

她要是真的過去，就是腦殘到家，要她嫁給白振奇這樣的紈袴子弟，還不如去給白振繁當小妾呢！「你都不知道是什麼詩詞，還要我去啊？」丹年有些不滿，耍起了脾氣。

白振奇愣住了，隨即耐著性子說道：「據說是前朝流傳下來的孤本，字和詩都不比妳的差！」

他雖然不明白為何大哥特地叮囑他帶丹年過去，但丹年和別的女孩不一樣，帶過去也無妨。

正當丹年思考著如何拒絕白振奇時，站在一旁的小雪突然大叫起來，朝李慧娘的方向跑了過去。「夫人！」

丹年緊張地回過頭一看，李慧娘已經軟綿綿地倒在牆角處的地上。丹年大吃一驚，飛奔了過去。

丹年跑到李慧娘身邊，看到她臉色發白、牙關緊咬，不知道是中風還是怎麼了，也不敢搬動她，只抓住她的手輕聲喊道：「娘、娘！」

可李慧娘卻毫無反應，丹年正在心焦之時，突然覺得自己握住李慧娘的那隻手被捏了一下，她驚愕之餘，又被李慧娘捏了一下，這下丹年算是明白了。

看著小雪，丹年高聲吩咐道：「愣在這裡做什麼？還不快叫輛馬車過來去看大夫！」

丹年家裡的馬車正巧被馮老闆駕出去採買東西，因此小雪只得去外面叫車。

白振奇從小被家裡慣壞了，遇到這種事情也不知道該怎麼辦，他走到丹年身邊，問道：「丹年，我們還去不去？」

丹年又好氣又好笑，要是李慧娘真的生病，自己非要被他氣死不可，也不知道雍國公府是怎麼嬌寵出這麼一個奇葩的！

「怎麼去啊，我娘都病成這樣了！」丹年一副生氣的模樣。

大概是覺得自己有些過分了，白振奇訕訕地站到一邊，又想到丹年的娘都病得暈倒了，自己要是轉身就走，好像不太厚道。

「要不用我們家的馬車，就停在外面……」白振奇聲音微弱地說道。

「你剛才怎麼不早說，我家丫鬟都去叫了！」丹年沒好氣地說道。

「這……我是一時之間慌亂，沒想到嘛！」白振奇辯解道。

「算了，那是雍國公府的馬車，被人知道了可不好。」丹年擺了擺手說道。

白振奇熱臉貼了冷屁股，有些不高興地嘟囔道：「妳管別人說什麼！那些俗人，不理會就是了……」

沒多久，小雪就叫來了一輛馬車，在小雪和丹年連揹帶攙下，終於將李慧娘弄上了馬車。

丹年囑咐小雪看家，便要車伕帶她們去最近的醫館。見白振奇還愣愣地站在自家門口，丹年便朝他大聲叫道：「二少爺，您還有什麼事嗎？」

白振奇看丹年忙前忙後了半天，早就不耐煩了。

在白振奇這個世家貴公子眼裡，他在乎的人才是重要的，李慧娘則是不相干的人，是死是活跟他沒半點關係。她病倒了，他不但不會去關心，還會覺得她病得不是時候，耽誤了自己和丹年的行程。

等馬車走到半路，丹年掀開車簾，瞅不見雍國公府的馬車跟來，才鬆了口氣，拉著李慧娘的手說道：「娘，起來吧，那小子沒跟過來。」

李慧娘這才如釋負重地睜開眼，坐直了身子，對丹年質問道：「妳怎麼會認識那般不像話的人？」

丹年覺得有些委屈，小聲地說道：「他是雍國公家的二少爺。」

李慧娘大吃一驚，雍國公府二少爺居然是這樣的人，實在讓人驚訝。

未等李慧娘開口，丹年接著輕聲說道：「二少爺不過是被家裡的人寵壞了，所以不懂規矩，對女兒並沒什麼壞心，只是他大哥心術不正，想從女兒這裡拉爹和哥哥過去。」

李慧娘嚇出一身冷汗，連連說道：「咱們可不能跟這些人摻和！」

丹年笑著抱著李慧娘的胳膊說道：「是啊，我們老老實實待在家裡，等爹和哥哥回來再說。還是娘聰明，這一暈，暈得可真是時候啊！」

李慧娘勉強笑了笑。當年人人都說前太子是真龍轉世，最後他橫死在皇宮裡，妻子也吊死在家裡，岳父一家更是死的死、流放的流放。眼下雍國公一家風光無比，可怎麼知道他們不會是另外一個「前太子妃」一家呢?!

丹年自然不知道李慧娘想到這麼遠的地方去了，見她並無大礙，怕回家時再撞見熟人，不方便解釋，便要車伕轉去碧線閣。

臨近中午時分，碧線閣沒什麼客人，碧瑤正在記帳。

見到丹年與李慧娘過來，碧瑤連忙要去買菜做飯，丹年拉住她，掏出一小塊銀角，笑道：「去旁邊飯館叫幾個菜，做好以後讓小二幫我們端過來就行，還能要妳一個大老闆下廚不成？」

趁碧瑤出去這個機會，丹年看了看那些正在忙的繡娘，尤其關注那個從宮裡出來的張嬤嬤。

張嬤嬤看丹年瞧著她做針線，不由得愣了一下，丹年見她有些不自在，便笑道：「您針線做得真好！」

張嬤嬤不自在地抿嘴笑了笑，沒有接話。

吃過飯，丹年想回家去，此時馥芳閣的夥計過來了，說是小石頭回來了。原本他先去將軍府報信，結果那裡只有小雪在，便來碧線閣向碧瑤報信。

沒多久，小石頭過來碧線閣，他看到丹年和李慧娘也在，笑道：「原想著還要再過去妳們那裡一趟，現在看來不用了。」

丹年打趣道：「如今有了媳婦就忘了娘了？回來不先去盼歸居，反而先來媳婦這裡？」

小石頭滿臉通紅，慌張地解釋道：「這不是、這不是碧線閣離得比較近嗎……」

碧瑤也低頭紅著臉站在一邊，搓著手不吭聲。

李慧娘見丹年玩笑開得有點過了，輕點了一下她的額頭，罵道：「亂嚷嚷些啥，也不怕人笑話！」

話雖如此，李慧娘卻尋思著早日把小石頭和碧瑤的婚事辦了，如今沒名分卻老是碰面，要是傳出來什麼閒話就不好了。

李慧娘在家一直沒事，如今總算有了讓她操心的事情，她先是找老姊妹梅姨通了氣，又找了馮老闆和吳氏，訂下了婚期，定在三月初六。反正他們兩家生活簡單，嫁妝什麼的也一直有在準備，因此時間雖然緊迫，卻游刃有餘。

沈丹荷出嫁那天，丹年和李慧娘差小石頭送去了賀禮，並沒有出席，只說男主人不在，女人不好出門。

沈大夫人氣得摔了送過來的賀儀，罵道：「分明就是不給我們家丹荷面子，哪有嬸嬸和堂妹躲在家裡不來的道理！」

沈丹荷一邊閉著眼睛，任由梳頭媳婦幫她梳頭上妝，一邊漫不經心地說道：「娘，您生這氣做什麼？我們好心拉她們一把，既然她們不領情，那就別怪我們不提攜了。」

沈大夫人消了消氣，畢竟是自家閨女的大喜日子，不好發火，可她又不甘心。沈丹荷嫁得好，她想炫耀一番讓二房難看，哪知人家居然不來。

「按理說，她們該來。」沈大夫人壓低了聲音，不太高興地說道。

「娘想讓丹年來做什麼？好讓哪家夫人相中了，娶回家做媳婦嗎？」沈丹荷依舊一副不在意的模樣，可下一秒卻突然睜開眼，怒斥身後的梳頭媳婦。「做什麼吃的？扯到頭皮了！」

這話嚇得梳頭媳婦趕忙跪在地上連聲道歉，沈丹荷厭惡地揮了揮手，那梳頭媳婦才敢站起來繼續梳，下手也無比溫柔。

沈大夫人見女兒發了脾氣，一時之間也不敢多說什麼，只覺得自從和雍國公府的親事定下來後，女兒脾氣大了，也更像那些高貴的主母了。

見沈大夫人不吭聲，沈丹荷意識到自己方才脾氣有些大了，這些日子忙昏了頭，加上一提起沈丹年，自己心裡的火氣就壓不住，沒想到嚇著了自家娘親。

想到這裡，沈丹荷暗暗在心裡發誓，絕不走她娘親的後路，讓家裡的小妾那麼囂張。梳頭媳婦幫沈丹荷上完了妝、梳好了頭，便垂首退了出去，一時之間房裡只剩下沈丹荷和沈大夫人。

沈丹荷嘆了口氣，說道：「娘，我走了之後，妳對那個……多上心一些吧。」

「哪個？」沈大夫人一時沒明白過來。

「沈銘。」沈丹荷說道。

沈大夫人一聽，瞬間皺起了眉頭。

「娘，哥哥是什麼樣，您也清楚。」沈丹荷勸道：「沈銘有才，是爹的兒子，也要叫您一聲母親。哥哥那樣，我就是想幫他也幫不了。」

沈大夫人不禁抹了抹淚，點點頭。「我知道了。」

沈丹荷滿腹心酸無處說，雍國公府並非只說了她一家親，還同時為白振繁找了兩個貴妾，一個是五品章知的嫡女，一個是三品侍郎的庶女，等一年後過門。

兩個貴妾都是雍國公夫人千挑萬選的，從小就被精心教養，不過沈丹荷比她們多了一年的時間去爭寵，而且她還是主母，這是她的優勢，但她的短處也顯而易見——沒有能幹的娘家兄弟。

沈鈺有出息，可惜他只疼沈丹年，之前算計沈丹年那些事，他不可能不知道，說不定哪天就想報仇，捅自己一刀，不把自己當敵人看就已經很好了，哪裡還會幫自己？

就在沈丹荷母女兩人各自胡思亂想時，門被推開了，一堆夫人走進來說著吉祥話，在恭賀聲中，沈丹荷蓋上了大紅蓋頭，在眾人簇擁下走到了門口，由沈鐸揹起沈丹荷，將她放進轎子裡。從此之後，沈丹荷不再是沈家女，而是白家婦了。

當然，婚禮的具體細節丹年並不知道，她也懶得知道。沈丹荷回門過後的第二天，也就是三月初六，丹年家裡就喜氣洋洋地辦了婚事。

丹年之前租的那間房子，當初沒有退，一直空在那裡，稍微打掃一下，正好當作小石頭和碧瑤兩人的新房。

小戶人家娶親也沒那麼多講究，除了丹年與李慧娘，兩家人和三間鋪子的夥計們，吃吃飯熱鬧一場就成了。

小石頭來接碧瑤時，丹年堵在門口，笑著要了個大紅包才讓小石頭進屋去接新娘子。

碧瑤嫁了之後，丹年只覺得一顆心空落落的，她來到這個世上那麼久，唯一能說上話的朋友也就只有碧瑤和廉清清了。如今碧瑤已經嫁人，廉清清也有了對象，只剩下自己待在家裡。沈立言與沈鈺還在邊境，李慧娘還要靠自己照顧，可說是前途未卜啊……

第六十五章　仲春衝突

碧瑤成親過後沒幾天就到了仲春節，趁著下午沒事，碧瑤到將軍府邀丹年和他們一起去看花燈。

丹年頭一次知道仲春節還有花燈，經過碧瑤解釋，丹年才知道這仲春節有點類似現代的情人節，不管是成了親的還是未成親的，都能正大光明出來約會看花燈。

丹年在家裡悶了很久，早就想出去走走，便稍微收拾了一下，換上一身漂亮的衣服。

起初丹年想拉著李慧娘一塊兒出去散散心，但李慧娘笑著推辭了。「這是你們年輕人的日子，我一個老太婆跟著去湊什麼熱鬧啊！」

丹年撒嬌了半天都沒什麼效果，只得自己準備好，往荷包裡裝了一些銀角和銅板，等小石頭和碧瑤來找她。

華燈初上時，碧瑤和小石頭關了各自的鋪子，一同前去將軍府。丹年早就在將軍府的門口等著，三人便有說有笑地走去街上。

整個京城有東西南北四條大街，燈市一直從西大街綿延到東大街，兩條街道上全是熙熙攘攘的人群，不少人都攜家帶眷來看花燈。

丹年沒走幾步，便被街口小攤上一個老虎形狀的花燈給吸引住了，小老虎頭由紗布糊成，裡面點著蠟燭，提遠了看，小老虎的眼睛彷彿在閃動一般。

小石頭見丹年拿著那盞老虎花燈愛不釋手，不禁哭笑不得，這種燈明顯是給四、五歲的小孩子玩的，便對丹年說道：「前面賣的花燈還很多，不如先去看看，若沒有合意的，回頭再來買。」

丹年猶豫了一下，踮腳看了看前方，全是黑壓壓的人群，嘟囔道：「萬一沒有了呢……」說著她還是掏了幾個銅板將花燈買了下來。

丹年提著老虎花燈歡歡喜喜地上了路，碧瑤打趣丹年道：「人家小姐都是買蓮花、牡丹花燈，要不也是兔子燈，我們小姐可好，專揀厲害的買。」

丹年笑咪咪地說道：「妖魔鬼怪太多，提個厲害點的給自己壯壯膽啊！」

走了一段路，人漸漸多了起來，小石頭叮囑丹年和碧瑤千萬別走散了，丹年笑著說道：「沒關係，就這麼大一點地方，還能走丟了不成？」

見小石頭一臉不贊同，丹年只得說道：「我緊跟在你們兩個後面，還不成嗎？」

事實上，丹年還真不想跟在小石頭和碧瑤後面，這兩人新婚燕爾，正是甜甜蜜蜜、如膠似漆的時候，她忍不住後悔自己跟著過來了，根本是個十萬伏特的電燈泡。

丹年看著前面依偎著的兩個身影，刻意拉開了一段距離，隨便看看攤上的花燈，花燈攤上的老闆見丹年手裡已經提了盞花燈，便知她再買的可能性不大了，就不怎麼熱心招呼。

和丹年一同在這個攤子上看燈的還有一家四口，四、五歲大的女孩騎在父親的肩頭上，母親則牽著八、九歲大的男孩，兩個孩子嘰嘰喳喳討論著哪個花燈好看。

妹妹先挑中了一盞小老鼠花燈，然而等哥哥挑中了一盞兔子燈時，妹妹就轉了心意，要和哥哥買一樣的，然而攤子上就這麼一盞兔子燈，妹妹一看沒了，小嘴一癟便要哭出來，那對夫妻連忙將她抱在懷裡好生哄著。

丹年看著這一家四口，就覺得彷彿時光倒流了一般。小時，沈立言和李慧娘也曾抱著自己、牽著沈鈺，一家四口歡歡喜喜地去趕廟會，那時候的自己完全沒想到將來還會回到京城面對這一切。

「小妹妹，我拿老虎燈跟妳換好不好？老虎可厲害了，能吃妳哥哥的兔子呢！」丹年把花燈舉到小妹妹面前笑道。

妹妹止住了眼淚，不情願地看了丹年的老虎花燈一眼，立刻被吸引住了，大聲叫道：「要換，要換！」

丹年不禁感到小小的得意，剛才小石頭和碧瑤這對夫妻嫌棄她挑的花燈不好，明明很有市場嘛！

在那夫妻兩人感激的目光下，丹年笑咪咪地提著老鼠花燈繼續向前走去，前方依稀能看到碧瑤和小石頭拉著手、甜甜蜜蜜的背影。丹年心想，還說怕自己走丟了，這下可好，自己都離這麼遠了，那兩個人還沒發現！

正當丹年提著花燈東看看、西看看時，就聽見一個興奮的嗓音在大喊。「丹年、丹年！」

這種二重奏似的喊法，整個京城只此一家，別無分店。

「二少爺，您怎麼會在這裡？」丹年吃驚地問道。

事實上，丹年以為這種鄉土氣息濃厚的花燈展，「高雅」又有「品味」的白振奇肯定不屑來看，誰知道……

白振奇哪裡聽得出丹年背後的意思，只是高興地說道：「我和朋友一同出來逛逛！」他興奮地拉著丹年的胳膊，笑道：「我們難得聚在一起，不如一同逛逛！」

丹年極力想掙開白振奇，又怕惹惱了這個小惡魔，強笑道：「二少爺，我朋友還在前面等我呢，我們改日再聚吧。」

白振奇不高興地往前看了看，嚷道：「哪有什麼人啊！即便有，讓他們自己逛就是了，這麼大的人了，還要妳陪啊！」

丹年內心哭笑不得。是啊，您這麼大的人了，還要我陪啊！

兩人就這樣僵持不下，丹年愈來愈著急，眼下人這麼多，萬一被有心人看到她同雍國公府二公子在大街上拉拉扯扯，到時就算她有一萬張嘴，也說不清楚了。

「住手！白振奇，你在做什麼！」一聲嚴厲的喝斥，讓丹年和白振奇全都轉頭看向了來人。

丹年頓時鬆了口氣，來的人，是蘇允軒和唐安恭。

白振奇向來看蘇允軒不順眼，不過，其實他看所有勤奮上進、可以作為正面標竿的人都不順眼。在那些不懂「真理」的俗人面前，他這種人簡直就是讓蘇允軒那種人當作反面陪襯用的。

丹年如果知道白振奇的想法一定非常贊同他，這就像同一個班上的學生，有人家裡有錢，可是回回考試都吊車尾；有人每次考試都第一，是老師和家長眼中的優等生，這兩種人經常互相看不順眼一樣。

每當吊車尾的孩子被老師和家長輪番轟炸——看誰又考了第一！他們心裡肯定恨得牙癢癢的。

這種羨慕嫉妒的小心思，一遇到爆發口肯定要宣洩出來，很不幸，蘇允軒正是那個被老師與家長掛在嘴邊上的「誰」。

「你想做什麼？」白振奇脾氣上來了，他鬆開了丹年，走上前去，趾高氣揚地看著蘇允軒。

不料蘇允軒個子比他高了不少，白振奇頓時覺得蘇允軒在俯視著他，趕緊往後跳了一步，拉開了距離。

丹年脫離了白振奇的束縛，趕緊縮著脖子竄到蘇允軒身後，跳出戰局之外。

「白二少爺真是好教養，仲春節在大街上強搶良家婦女！雍國公府上下都該以您為榮！」蘇允軒譏諷道。

不知是不是做官時間長了歷練出來的，丹年總覺得蘇允軒現在嘲諷人的口才愈來愈好了。只是對於自己被稱為「婦女」……內心雖然成熟，可外表還是小少女的丹年瞬間覺得被深深傷害了，看向蘇允軒的眼神也沒了感激。

白振奇哪會聽不出蘇允軒是在嘲諷自己？他插腰罵道：「誰強搶良家婦女了！丹年是我

朋友，你哪隻眼睛看見我強搶她了？」

蘇允軒的眼神變得冰冷起來，他居高臨下地掃了白振奇一眼，不屑地說：「丹年？這個名字也是你能叫的？」

大腦迴路構造比常人稍微簡單的白振奇深深覺得自己受了侮辱，蘇允軒學問好、品德好，大家都喜歡他。自己比不過他也就算了，現在連交個朋友都不行，還讓不讓人活啊?!

白振奇心想，老子也是熱血男子漢，現在就證明給你看！

他倏地脫下自己的外袍，露出排骨似的胸膛，向圍觀的眾人展示了沒二兩肉的細胳膊，大叫一聲朝蘇允軒撲了過去。

在丹年目瞪口呆的注視下，要以「男子漢」的方式解決爭端的白振奇被他身後腦子還算清醒的狐朋狗友給拉住了。

開玩笑，雍國公府二公子同他們出來玩，被人揍得亂七八糟回去，京城就這麼大，想知道前因後果還不簡單，到時雍國公不弄死他們才怪！

本來稍稍吃驚的蘇允軒見狀，繼續背手而立，表情恢復了冷淡。

丹年忍不住鬆了口氣。白振奇那弱雞般的小身板，明顯不是蘇允軒的對手。才剛想完，丹年隨即又有些甜蜜的憂愁，蘇允軒平常哪是這麼不淡定的人，今天白振奇不過是直呼她的名字，就惹怒了他。

白振奇看著蘇允軒不屑的眼神明明白白寫滿了對他的鄙視，簡直要抓狂了，他一邊張牙舞爪地揮舞著自己的細胳膊，一邊怒斥著身後的朋友。「別攔著老子，看老子不揍死他！」

圍觀的人愈來愈多，老百姓其實不知道這些貴公子是誰，只不過是看到有人這麼「奔放」，都湊過來看熱鬧了，若他們知道要打架的人居然是大名鼎鼎的雍國公府二公子，估計會更加轟動。

唐安恭小心翼翼地躲在蘇允軒身後，丹年也悄悄挪到圍觀的人群當中，當自己是個背景。她可不想成為明天京城的話題焦點，就像報紙的標題——官二代和權二代為一女子大打出手，神秘女子究竟是哪家千金？又或者是——公務員和貴族公子衝冠一怒為紅顏，癡情女子到底花落誰家？

丹年正想得出神，身邊一個看熱鬧的小夥子扯了扯她的衣袖，興奮地問道：「這怎麼回事啊？誰和誰打啊？」

丹年無辜地回頭說道：「我也不知道，剛過來，還沒開始打呢，急啥，看看再說吧。」

拉住白振奇的人不斷勸說，其中一個人說道：「您身體金貴，怎麼能親自上陣呢？萬一打出個好歹來，還怎麼帶領我們混呢？」

白振奇一聽有理，打架都是手下小弟的工作，哪有讓老大親自上陣的道理？這不是自貶身價嗎？

於是白振奇在手下人的伺候之下，重新穿好了衣服，眼神不屑地看著對面背手而立的蘇允軒，明明白白傳達出一個意思——今天算你走運，我狀態不好，先饒你一命……讓你和我小弟過過招！

白振奇揚手招來一個人，那人原本站在白振奇一夥人後面，是以眾人都沒注意到他，等他走到前面來，丹年才注意到，這個人真是虎背熊腰。

他渾身上下充滿了白振奇「裸奔」的特色，也裸著上身，可與白振奇相反，他滿臉橫肉，胸上、胳膊上、肚子上的肥肉隨著走動一顫一顫的。有趣的是，他胸膛上居然紋了一隻大龍蝦。

「這人在身上紋一隻龍蝦算什麼啊？」唐安恭拿摺扇敲著手心，奇怪地說道。

豈料那虎背熊腰的年輕人十分靦覥，聽見唐安恭的話，便用雙手捂住了臉，羞澀地說道：「人家本來紋的是一隻蠍子，後來長胖了，肉鬆散了，就變成一隻龍蝦了……」

眾人發出了陣陣哄笑聲，丹年額頭不禁落下一滴冷汗。她怎麼會以為白振奇的朋友中有正常人呢？實在是個錯誤！

白振奇深感丟臉，怒氣沖沖地罵道：「還不快上，老子白養你啊！」

蘇允軒冷哼了一聲，並不放在眼裡，反倒是躲在蘇允軒身後的唐安恭看到對方氣勢洶洶地衝過來，有些害怕了，叫道：「我表弟是朝廷命官，你們吃了熊心豹子膽不成？敢傷害朝廷命官？」

被叫出來打架的人吃了一驚，不知所措地回頭看著白振奇，白振奇又羞又怒，怒罵道：「給我揍！揍死、揍殘了，都算老子的！」

唐安恭一聽，趕緊躲到圍觀群眾裡。他笨得連張弓都拉不動，打架這種既講究力氣又講究技術的活，他還是別摻和得好。

蘇允軒微微抬頭，準確地在人群中找到了丹年，他朝向丹年笑了笑，朗聲說道：「既然都被人挑釁到面前來，我不能就這麼認了。」

丹年氣得跺腳，拚命朝他使眼色。蘇小壞蛋，做人要低調、低調！跟白振奇那個精神不正常的小屁孩有什麼好計較的?!

接收到丹年的眼神，蘇允軒只是笑了笑。他當然理解丹年的意思，可就是壓不住心頭那把火。

上次見到她，那個該死的大皇子居然當眾向她求親，這回好不容易又見面了，又和白振奇那個混帳拉拉扯扯的……

沈丹年這個壞丫頭，把他當成什麼了！

蘇允軒悠然解開了自己的外袍，惹得周圍的女孩子們臉紅心跳地大聲尖叫，就在眾人的注視下，蘇允軒甩手將自己的外袍瀟灑地扔到丹年的懷裡。

丹年滿臉黑線，看著周遭女孩羨慕嫉妒的眼神，只得乾笑著，裝出一副被幸運砸暈了的表情。接著再趁大家的注意力都集中到打架的兩個人身上時，悄悄往後退，溜到了唐安恭身旁，一把將蘇允軒的外袍塞到他懷裡，趁他還沒反應過來，迅速鑽入人群裡，逃離現場。

丹年才剛跑路，就聽到唐安恭在大叫。「這外袍怎麼在我這裡？人呢？人呢？」

丹年拔腿就跑，等跑了大約一百公尺，便躲進路邊小巷的陰暗處，指著她剛才跑過來的方向，扯著嗓子喊道：「雍國公府的二公子跟人打架了，大家快去看啊！」

一瞬間，丹年看到無數的人都往那個方向跑了過去，還夾雜著興奮的喊叫聲，方才只有幾十個人圍觀的打架現場，瞬間被圍得水洩不通。

你們儘管打吧，統統不關我的事！丹年心情很好地回頭看了一眼。可惡的蘇小壞蛋，誰叫他不聽她的話，非得跟白振奇那個白癡計較，這下可好，這麼多人看熱鬧，就看他有沒有那個勇氣當眾表演嘍！

丹年記得前面有處賣酒釀湯圓的地方，剛經過時連個座位都沒有，現在人都跑去看熱鬧了，攤位上空蕩蕩的。

「老闆，要一碗酒釀湯圓，少放些糖！」丹年坐到座位上吩咐道。

「好咧！」年輕的老闆俐落地答道。

沒多久，一碗熱騰騰的酒釀湯圓便端到丹年面前，熱熱燙燙、又香又滑的酒釀，瞬間將丹年方才的不快沖得一乾二淨。

等街上的人潮又多了起來的時候，丹年猜測事情應該結束了。雍國公府和戶部尚書府都是京城有頭有臉的人家，他們不可能當著那麼多人的面上演全武行，就算白振奇不要這個臉，蘇允軒也不會真的那麼沒分寸。

丹年心滿意足地拍了拍肚子，朝老闆招了招手，擱下了兩個大錢，便背著手慢悠悠地往前走去。時辰差不多了，她也找不到碧瑤和小石頭了，不如就此返家吧！

第六十六章　燈市遭擄

雖然時間晚了，可是街上人山人海，丹年想快也快不了，索性坐到一條小巷入口處的石墩上休息。還沒等她緩口氣，丹年就聽到陰暗巷子裡傳來男女說話的聲音。

丹年不禁直起了身子，一般在這種陰暗地方談話，用腳趾頭想也明白他們不想讓外人知道。

就在此時，裡面的人似乎聽到了外面的響動，一個低沈的男聲響了起來。「誰在外面？」

丹年尷尬地立在原地，準備等對方出來以後解釋說她剛剛才到這裡，什麼都沒聽到。

然而，就在那個人從陰暗的巷子裡露臉時，丹年瞬間驚訝地瞪大了眼睛。

這個人分明就是她在木奇鎮被慕公子抓住時，看守她的兩個人之一！那些在木奇鎮擔驚受怕的日子，丹年無論如何都忘不掉。

丹年大腦一片空白，內心卻滿是惶恐，不管那人有沒有看到她，她第一個反應是拔腿就跑。

風在耳邊呼嘯，丹年一路上也不知撞到了多少人，她心裡只有一個念頭，就是快跑，趕快跑回家去，趕快通知爹和哥哥！不同於上次京郊山上那幾個勒斥人，真正的勒斥奸細已經到京城了！

在快要到達東大街盡頭時，看花燈的人逐漸少了，丹年跑得滿臉通紅，上氣不接下氣，她回頭一看，發現並沒有人追上來，這才稍稍鬆了口氣。

正當丹年停下來喘口氣時，忽然湧來一股人潮，丹年連忙站到路邊，但還是被人擠得跌坐到了地上。

丹年暗叫倒楣，想站起來，腿卻沒了力氣，只得先歇口氣，打算等人潮過去了，再站起身來慢慢走回去。

就在此時，丹年眼前出現了一片陰影，她抬頭一看，是一位身著寬鬆白袍的公子，他臉上戴著一個狐狸面具，靜靜站到自己面前。

丹年見是不認識的人，一時之間有些發愣。

那人見丹年沒反應，伸出左手緩緩摘下面具，在暖黃色的花燈燭光下，俊雅的大皇子向丹年伸出了右手，溫和地笑道：「可還站得起來？」

這下子丹年的臉更紅了，覺得很不好意思，每次看到大皇子時，他總是那麼淡定、從容、優雅；反觀自己，大汗淋漓、滿臉通紅，只差沒跟跑累的小狗一樣吐著舌頭喘氣了。

再加上先前大皇子的求親事件，不管他是真心還是假意，丹年都還沒想好要怎麼再面對他，可誰能料到，他們會在這裡以這種方式再次見面。

不過丹年在看到大皇子之後便鬆了口氣，心也落回胸膛裡。堂堂大皇子出了皇宮，身邊肯定帶著不少護衛，至少她的安全有保障了。

想到這裡，丹年反而釋然了，朝大皇子微微一笑。

大皇子見丹年似乎沒力氣站起來，關切地蹲下身子問道：「妳怎麼了，累成這樣。」

丹年定了定神，想起剛才的事情，還是覺得不要對大皇子說比較好。一來自己說不定認錯了人，二來勒斥奸細混入京城這麼重大的事情，大皇子不一定會相信她，再深入一些，就會涉及她當初單騎闖木奇鎮一事了，這可是萬萬不能被外人知道的。

「沒什麼事，荷包被個小賊扒了，我追他沒追到，反而把自己累得半死不活的。」丹年笑道。

大皇子聞言笑了起來，如春風拂面般溫雅地說：「不過是個荷包，大、小兩位沈將軍還能短了妳的零花？身體可是最重要的。」

丹年不好意思地笑了笑，並不回答。

大皇子站起身來，朝丹年伸出右手，拇指上的翠玉扳指鮮綠欲滴，他微微笑道：「起來吧，地上冷。」

丹年伸手去握大皇子的手，雖然已經安心許多，可手還在打顫，伸了幾次才抓住，可丹年方才奔跑過於劇烈，連手心都出滿了汗水，非但沒能抓好，還把他拇指上的扳指給扯了下來。

丹年十分不好意思，尷尬地笑道：「殿下，真對不起，看我跑得手心上都出汗了……」

忽然間，丹年笑不出來了，眼前溫潤如玉的大皇子，拇指上有一道清晰可見的月牙形白色傷疤，原先被扳指擋住了看不到，現在失去了扳指的遮擋，原原本本暴露在丹年眼前。

這一個疤痕，丹年永遠都忘不了，它屬於一個曾為丹年帶來過無數噩夢的人——蒙著臉的慕公子。

大皇子重新蹲下了身子，笑道：「怎麼了，丹年？」

丹年睜大眼睛看著他，內心翻江倒海，臉上的紅暈逐漸褪去，取而代之的是一片慘白。

看到丹年這副模樣，大皇子不由得輕聲笑了起來。「丹年，妳不是很勇敢嗎？孤很欣賞妳，甚至很喜歡妳，妳大著膽子深入敵營，戲耍敵方主帥，就是為了替自己的父兄通風報信，可妳現在怕成這個樣子，教孤好生失望啊！」

丹年費力地在臉上扯出一絲笑容，心想：這是什麼情況？大皇子成了內奸，帶領敵國軍隊攻打自己老爹的江山？跟他比起來，秦檜、吳三桂都弱爆了！

然而丹年轉眼間就想通了，那時皇后一心置他於死地，要是身為棋盤上的棋子，無論輸贏，他都是死路一條；可是他若跳出了棋盤外，成了掌棋之人，那麼一切盡在他掌握中，無論大昭是輸是贏，他都是能笑到最後的贏家。

看著大皇子依舊俊逸從容的笑容，丹年沒來由地感到一陣厭惡，她從牙縫裡擠出了一段話。「殿下真是高明，能把所有人都蒙在鼓裡戲耍，丹年哪比得上您萬分之一，實在是深感佩服！」

大皇子依然俊雅和煦、風度翩翩，之前丹年對他心生憐憫，覺得他既可憐又堅強，那麼小就沒了娘，在皇后與雍國公的威脅下艱難地求生存……

但只要一想到他發動的戰爭造成了那麼多傷亡，自己被迫與親人分離，父兄更冒著生命危險在戰場賣命，而始作俑者就在面前，丹年便深感憤怒。

「能蒙丹年如此誇獎，孤深感榮幸。」大皇子對丹年的諷刺毫不在意。

丹年冷哼了一聲，手悄悄摸到靴子處，那裡藏著她的小匕首，況且周圍似乎沒看到什麼侍衛，若是自己能揮刀先刺傷了大皇子再逃跑，成功機率不知道有多少……

此時大皇子開口了，笑得異常溫柔。「丹年，妳是個聰明姑娘，聰明人是不會做蠢事的。妳若是把刀拔出來，立刻會被埋伏在這裡的弓箭手射成刺蝟。」

丹年猛然看向大皇子，滿臉不可置信。「你故意在這裡等我？你怎麼知道……」她說到這裡便閉上了嘴巴，想必小巷子裡那個人看到丹年之後，這個局便設好了。

「再說……」大皇子的語氣頗為輕鬆。「妳刺傷了我，之後便是朝廷通緝的要犯，刺殺皇子，這個罪名可不小啊！」

「你死了，皇后娘娘會相當愉快，等新帝即位，念及我的功勞，必定不會薄待我的家人。」丹年譏諷道。

大皇子唇邊揚著一抹笑意，並不理會丹年的氣話，而是溫柔地拉著她站起來，並肩站在路邊的陰暗處。

若有人看到路邊這兩個人，定會稱讚這女孩有福氣，有如此出色的郎君。男的溫文俊雅，女的嬌俏可人，手拉著手安安靜靜地站在一邊，流露出無限的濃情密意。

丹年不是不想逃，大皇子人看起來蒼白虛弱，可力氣卻大得驚人，牢牢箝住丹年的手，不容半點掙脫。丹年忽然想到，他的病弱蒼白、溫文爾雅，不過是做給世人看的假象，陰險冷厲、躲在暗處、身手矯健的慕公子，才是真正的他。

沒多久，一輛漆黑的馬車行駛過來，靜靜停在大皇子和丹年面前。大皇子拉著丹年往馬車上走，她恨恨地努力掙脫，腳下像是生了根似地，打死也不願意挪動一下。

丹年覺得那輛黑漆漆又悄無聲息的馬車，彷彿是通往地獄的列車，她若上去就再也回不來了。

大皇子拉了丹年一下，見拉不動，朝她微微一笑，未等她反應過來，便將她打橫抱起，塞進了馬車。

「妳放心，孤捨不得讓妳死的。」大皇子在丹年耳邊溫柔地說道，如同情人之間曖昧的話語一般。

丹年的心瞬間被揪緊，她無非是大皇子用來威脅沈立言和沈鈺的籌碼罷了，也不知道他要把她綁到哪裡，若是京城的大皇子府，自己還能想辦法逃出去；若是出了京城，到了郊外的農莊，想逃就難了。

開始行駛的馬車在寂靜的夜裡發出極輕微的「喀嚓」輕響，丹年想要記住馬車拐了幾個彎，好判斷自己到了哪裡。

朦朧的月光下，大皇子看到丹年雙眼發亮，他微微一笑，說道：「差點忘了，丹年可是個聰明姑娘。」說著順手掏出一塊帕子，蒙住了丹年的口鼻，一股詭異的味道瞬間衝擊她的大腦。

在失去意識之前，丹年腦海裡最後的想法居然不是害怕，而是一句粗話。齊衍修你個混蛋死內奸，我ＸＸ你個◯◯的！

小石頭和碧瑤找不到丹年，眼見花燈展示已經接近尾聲，街上的人漸漸少了，不少老闆也開始收拾起了自己的攤位，便以為丹年先回家了。

結果到了將軍府一問，丹年居然沒有回來，小石頭和碧瑤的心頓時往下沈，李慧娘則是急得坐不住，要一起上街去找丹年。

小石頭連忙勸住李慧娘，他要碧瑤先留下來陪她，自己上街去找丹年，可是從西大街一直找到東大街，連個人影都沒瞧見。小石頭慌了，連忙找到馮老闆，說明了事情經過。

馮老闆一巴掌拍向小石頭的腦袋，罵道：「你個混帳！只顧著自己玩，把小姐給弄丟了！」

自從丹年與李慧娘正式入住將軍府，馮老闆一家便自動自發改了稱呼。以前就算有官位，沈立言與李慧娘卻認為他們是合夥做生意，稱呼上不必拘泥，像在沈家莊那樣就行，可現在住所換了，身分也明擺在那裡，不好再像從前一樣叫得那麼親暱。

小石頭心中悔恨，卻無計可施，丹年現在是將軍府小姐，若是大張旗鼓尋找，就算人找回來了，名聲也會受損，只能暗自尋覓，只希望她還在大街上等他們，或者與他錯身，已經回家了。

馮老闆氣完了，連忙和小石頭繼續找，他們向一家正在收攤的花燈老闆打聽時，那老闆憐憫地看了一臉焦急的他們一眼，嘆道：「沒看到你們說的那個姑娘，不過最近聽說出了好多人牙子，專門綁那些落單的年輕姑娘賣到外地去，要是再找不到，我看凶多吉少，還是趕緊報官吧！」

兩個人心裡七上八下的，忐忑不安地謝過了花燈老闆，抱著最後一線希望，繼續尋找丹年。

等丹年從昏迷中醒過來時，已是日上三竿，大概是迷藥的後遺症，腰痠背痛腿抽筋不說，眼睛也酸澀得難受。

丹年仔細打量著這個房間，雪白的牆壁上什麼都沒有，房裡只有一張床、一張桌子和一個繡墩，窗戶和房門都關得緊緊的，不用看也知道門外定是有人把守。

丹年醒來沒多久，便有一個穿著月白短襖、深綠色褲子的丫鬟端著水盆進來了，看樣子十五、六歲，尖尖的瓜子臉、杏核大眼，見丹年醒了，笑道：「姑娘醒了？看來奴婢進來得正是時候。」

丹年歪頭看著她，伸手不打笑臉人，欺負她的人是齊衍修，她犯不著為難一個丫鬟。

「妳叫什麼名字？」

丫鬟福了福身子，笑道：「奴婢喚作畫眉。」

丹年笑咪咪地問道：「誰幫妳取的名字啊？」

那丫鬟眼底透露著不屑，直截了當地答道：「殿下吩咐了，若是姑娘問些有的沒的，一律不予回答；若姑娘有什麼要求，只要奴婢能辦到，一定照辦。」

丹年有些洩氣，齊衍修得著像防洪水猛獸一般防她嗎！

看著笑得得意的畫眉，丹年意興闌珊地擺了擺手，忽然間又想起了什麼。這畫眉一提起齊衍修，便跟懷春的少女似的，於是笑道：「要說要求，還真有。我不喜歡妳的名字，妳就改個名……叫大蔥吧！」

看妳穿得像水嫩的大蔥似的，敢讓我不好過？我也讓妳不爽！

大蔥神色明顯憤怒，丹年斜著眼睛看著她，過了半晌，強龍終於壓過了地頭蛇，大蔥低頭說道：「是，大蔥先下去了。」

大蔥走的時候，重重關上了房門，丹年只聽到她在門外怒聲吼道：「好生看著裡面的人，若看跑了人，殿下滅了你們全家！」

丹年心情稍微好了一些，她悠悠哉哉地用大蔥端進來的水洗臉漱口，既然逃跑無望，還是想些別的比較實際。只要自己的爹和哥哥還在邊境，大皇子就不敢對自己怎麼樣。

丹年坐在床上無事可做，開始覺得餓了，昨晚雖然吃了碗酒釀湯圓，可清湯寡水的，實在頂不住飢。

丹年肚子一餓，脾氣也上來了，此時門口傳來了說話聲，丹年一聽，正是大皇子和金慎，連忙躡手躡腳舉起繡墩靠牆站到門後，準備等門打開那一剎那，砸死那個當內奸的齊衍修！

然而金慎早一步透過地上的影子看到丹年站在門後，就在大皇子抬腳進門那一瞬間，搶先進了房間，得意地看著依舊舉著繡墩、蓄勢待發的丹年。

「我就知道妳這丫頭不安好心！」金慎得意地說道。

丹年看著門外笑得開心的大皇子，無辜地眨了眨眼，等金慎放鬆警惕時，便舉著繡墩朝金慎頭上砸了下去。只可惜繡墩的材料是鬆軟的棉花和布，殺傷力著實有限，金慎不過是摔倒在地上，額頭青了好大一塊而已。

這下子金慎徹底火了，他捂住額頭，指著丹年痛罵道：「妳怎麼這麼無恥？都被我發現了還砸?!」

丹年扔下繡墩，拍了拍手，一臉「你能把我怎麼樣」的無賴表情。

金慎氣得跳腳，惡狠狠地瞪著丹年，被丹年大無畏地瞪回去了。她總算明白為什麼金慎從一開始就看她不順眼了，那個時候在迷失林裡接應慕公子的人，肯定有他。

大皇子見鬧劇該收場了，輕咳了一聲，笑道：「丹年，這兩天先委屈妳了，有什麼需要的儘管說。」

丹年歪了歪頭，嗤笑道：「我要回家。」

金慎氣呼呼地插腰罵道：「妳腦子有病啊，怎麼可能放妳回家！」

「那你給我娘捎個信，就說我安全得很，要她不要擔心。」丹年轉而說道。

金慎像是看外星人一樣看著丹年。「這更不可能。」

丹年看著金慎，心下惱怒。你主子都還沒發話呢，你叫什麼啊！

這麼一想，丹年便瞇著眼睛，指著金慎笑道：「我要他來伺候我！」

金慎差點沒被自己的口水嗆死，他跑出房門，躲到大皇子身後，彷彿房間裡的人是凶神惡煞一般。大皇子對丹年向來寬容，說不定真的會讓自己伺候她……金慎打了個冷顫。

看到金慎那沒出息的樣子，丹年從鼻孔裡哼了一聲，轉頭看向另一邊。

趁著剛才的動靜，丹年看清楚了外面的情形，房間外是一小片花園，四周全是兩、三人高的圍牆，門口有四個黑衣小廝看守著，即便她能擺脫這些人，圍牆她也翻不出去。

大皇子一點也不介意丹年的無禮，他招了招手，站在外面的一個小丫鬟便提著一個紅木食盒進來，她將東西放到小桌上，又低著頭出去了。

大皇子看著丹年，溫和地說道：「孤知道妳心裡不痛快，還請多多包涵，等過了這段時間，孤向妳保證，定會明媒正娶妳做孤的妻子。」

此話不說則已，一說就讓丹年內心壓抑的委屈和憤怒統統爆發出來了。

「保證？你以為你是誰？別說得好像是施恩一樣，你以為我嫁不出去?!」丹年怒極反笑。

沒等大皇子回答，金慎先發怒了，他一向看不起丹年，不過是個武夫之女，為人又粗魯、野蠻、奸詐，這種人幫大皇子提鞋都不配，哪容得了她看不上大皇子！

「胡說八道！妳不過是……妳不過是……」金慎本來醞釀了一肚子罵人的話要說，可看見大皇子不悅的眼神，便聰明地閉上了嘴。

「我不過是什麼？你們可是禍亂朝綱的內奸！你夥同勒斥攻打你親爹的江山，我不信你在邊境沒看到那麼多死去的大昭子民！你們不是看不起我這個武夫之女嗎？若不是你們為了那張龍椅，隨隨便便就發動戰爭，我這個武夫之女還在鄉下種田，我爹和我哥也不會到戰場上去賣命，我更不會到京城來礙你們這些貴人的眼！」丹年罵得上氣不接下氣，心口堵得發慌。

大皇子沈默地看著激動的丹年，丹年不禁被他盯得心裡發毛。

擺了擺手，大皇子要金慎先下去，自己則走進了房間裡，順手關上房門，接著逕自走到丹年面前。

大皇子高大的身軀在密閉的空間裡很能給人壓迫感，丹年警戒地往後退了一步。他該不會是想生米煮成熟飯吧？想到這裡，丹年結結巴巴地怒斥道：「你……想做什麼？」

大皇子停下了腳步，輕輕笑了起來，逆著光線，丹年看不到他的臉色，只聽見他嘲諷地笑道：「剛才還說得這麼慷慨激昂、大義凜然，怎麼這會兒就怕起我這個亂臣賊子了？妳放心，我現在不會動妳，可妳若一直這麼不聽話，我只能先要了妳，再登門向岳父大人請罪了。」

丹年一張臉上火燒火燎，這人怎麼這麼無恥，硬來也能說得這麼自然！「請罪就不用了，當初在木奇鎮的時候我就說過，老娘就是嫁豬、嫁狗都不會嫁你！」

一聽到丹年這麼說，大皇子心中就像堵了一塊石頭，眼神陰鬱地看著丹年。

他沒想到丹年這麼討厭他，他還以為兩人相處了這麼久，至少有些美好回憶的。

強壓下心底的不快，大皇子微微嘆了口氣，俊雅的臉上蒙上了一層陰霾。兩個人從一開始便針鋒相對，加上丹年這小丫頭又油鹽不進，如今想要修補關係，實在是難上加難。

「妳先吃飯吧，明天我再來找妳，有什麼需要的，就叫……大蔥過來幫妳吧。」大皇子不禁想到剛才府裡的大丫鬟畫眉，一把鼻涕一把淚地哭訴惡毒的沈丹年要她改名的事情，嘴角不禁浮現笑意。

丹年莫名其妙地看著他說完話就笑咪咪地出去了，只留下自己一個人重新被鎖在房間裡。

丹年小心揭開紅木食盒的蓋子，裡面是兩菜一湯，還有兩個白饅頭正冒著熱氣。

丹年餓了很久，這會兒見了食物，頓時食慾大開，既然她還有用，大皇子也不會在食物裡下毒害她，與其擔驚受怕，不如好好過日子，只是……不知道李慧娘會不會急得上火？

另一邊，李慧娘在家裡急得團團轉，小石頭暗中託人找了好幾個京城附近的人牙子，偷偷打聽有沒有擄走丹年，若是擄走了，他們多出些銀子把人接回來就是了，可都要過去一天一夜了，還是沒有消息。

到這個時候，大家都知道丹年凶多吉少，小石頭和碧瑤悔恨不已，碧瑤更沒心思去碧線閣，終日以淚洗面，總是說自己害了小姐。

看到家裡亂成一鍋粥的情況，李慧娘嘆了口氣，定下心神來，提筆向遠在邊境的沈立言和沈鈺寫了封信，說明丹年失蹤的過程，看他們能不能想辦法託人找她。

誰知書信還沒送出去，小石頭就回來了，還帶回一個人，說他知道丹年的下落。

李慧娘屏退其他人，急切地問道：「你知道丹年在哪裡？她可還好？」

林管事並不著急，笑咪咪地抱拳說道：「在下是禮部蘇郎中家的奴才，曾和夫人有過一面之緣。」

李慧娘疑惑地看著林管事，覺得他確實有些眼熟，然而她心急的是丹年的下落，看這人顧左右而言他，微微有些不悅，可是她還指望他說出丹年的下落，只得耐著性子等他繼續往下說。

林管事似乎看出了李慧娘的不悅，也不再賣關子，說道：「我家少爺小時候路經沈家莊，蒙沈將軍幫忙，得以順利上路，也曾在三元寺附近救過沈小姐，後來承蒙夫人邀請，來過貴府作客，不知夫人可還有印象？」

李慧娘想了起來，這個人原來就是當年那個身手矯捷的車伕，後來丈夫說起他，連聲誇讚他一身好功夫卻不顯山露水，因此讓自己留下了比較深的印象，既然他是蘇允軒的人，李慧娘便相信了林管事。

林管事見李慧娘不再疑惑，抱拳懇切地說道：「我家少爺一向敬佩大、小兩位沈將軍的為人，沈小姐的下落，我家少爺大概能猜到，現在她應該性命無虞，這點還請夫人放心。「少爺定會竭盡全力救出沈小姐，如果夫人相信我們，就不要告知兩位沈將軍了，他們遠水救不了近火；還有，也不要對外聲張，這對沈小姐的名聲來說……」

林管事雖然沒直接說出來，可弦外之音不言而喻，李慧娘默默點了點頭。她也不想將女兒失蹤之事張揚出去，可她實在沒辦法了，丹年失蹤這件事就像塊沈重的石頭壓在心頭，讓她喘不過氣來。

加上丹年的身分特殊，萬一有人知道這點而故意綁架、利用她，甚至殺害她……養了這麼久、疼了這麼多年的女兒要是就這麼沒了，李慧娘知道自己承受不了，也沒臉再見丈夫和兒子。

就算丹年回來了，一個小姑娘流落在外這麼久，名聲盡毀，往後可要怎麼辦？這段時間以來，李慧娘的心如同燒沸的水一樣，煎熬得難受。

聽林管事說有了丹年的下落，她的性命又無虞，李慧娘像是抓到一根救命的稻草，但還是有些懷疑，試探性地問道：「我要如何相信你們？」

林管事呵呵笑道：「夫人，現在您也只能相信我們家少爺了。如果我家少爺要害沈小姐，早在沈小姐之前到我們府上請求往木奇鎮發糧時就害了，何必等到今天？」

李慧娘這才知道，原來上次木奇鎮被圍，丹年求救的對象居然就是蘇允軒，頓時鄭重地朝林管事行了個禮，說道：「先生莫與小婦人一般見識，若先生與蘇大人能救出丹年，小婦人願意做牛做馬報答蘇大人！」

林管事嚇得連忙倒退了一步，恢復了吊兒郎當的神色，說道：「夫人，您別折煞我了，我可當不起您這一拜！」說著他又小聲嘟囔道：「說不定還是少爺的丈母娘，我哪敢讓您拜！」

林管事離開之後，李慧娘把小石頭叫了進來，只說已經有了丹年的下落，要他們不要驚慌，事情千萬不可對外聲張。

說完，李慧娘點燃了香爐，將寫好的信丟進香爐裡燒了個乾淨，又到小佛堂裡上了幾炷香，祈求佛祖一定要保佑丹年平安。

第六十七章　聲東擊西

隔天上完早朝，還未回家的蘇允軒，身著一身大紅官袍，敲響了大皇子府的門。

大皇子原本在臨字，書房牆上掛了一幅字畫，赫然就是沈鈺畫的、丹年題詞的「滿江紅」。聽到下人稟報蘇允軒求見，大皇子先是微微吃驚，隨後揚起了笑意——來得比他想像中快。

沒多久，蘇允軒就在金慎的帶領下到了偏廳，大皇子正在泡茶，紅泥小火爐上的水壺正咕嘟咕嘟冒著熱氣，裊裊升起的水蒸氣後面，大皇子俊逸的臉龐顯得很不真實。

蘇允軒一向是個沈得住氣的人，在大勢未定之前，大皇子不會對丹年做出什麼過分的舉動，除非他想讓邊境十萬大軍在沈鈺的帶領下，以「勤王」的名義打進京城，到時登上龍椅的人恐怕會姓沈。

大皇子如同招待一個多日未見的老友一般，提著小巧的水壺往茶壺裡添沸水，閒適地說道：「陸羽的《茶經》說過，泡茶之水，山水上，江水中，井水下。孤這水，是每日凌晨皇宮裡的人從京郊山上運來的泉水，用來泡茶最是出味，可惜每日只有一桶，也不見得能分到孤府上，今日蘇郎中可是趕巧了。」

說著，大皇子將白底青花的茶盅推到蘇允軒面前，笑道：「蘇郎中不妨嚐嚐這大紅袍的味道。」

蘇允軒眉頭緊皺。齊衍修這人城府極深，溫和孱弱的樣子騙過了所有的人，如今突然亮出了牙齒和爪子，不再偽裝，是不是已經有了萬全之策？他明知道自己來的目的，卻顧左右而言他。

蘇允軒也不客氣，伸手推開了面前的茶盅，拒絕之意顯而易見。

大皇子並不生氣，而是好脾氣地笑道：「蘇郎中可是看不上孤的茶？」

「當然不是，只是兩個人喝茶沒什麼意思，聽說允軒一位故友也在這裡，不如請出來一同品茶。」蘇允軒直視著大皇子的眼睛說道。

大皇子笑容不變。「什麼故人？」

蘇允軒也懶得跟大皇子打啞謎，他本來就是直性子的人，只不過沒像大皇子偽裝得那麼深罷了。

「在下未過門的媳婦。」蘇允軒冷笑著答道。

大皇子收起了笑容，眼底一片陰沈。「蘇郎中，大話說多了，當心咬了舌頭！」

蘇允軒面色未改，似乎並不把大皇子的怒氣放在眼裡，直截了當地說道：「你我所求不同，但我們有共同的敵人，內鬥只會加速你的失敗。」

大皇子重新換上了一張笑臉，眼波流轉間帶著說不清的詭異。「共同的敵人？孤倒不知道我們有什麼共同的敵人。她是孤早已選定的妻子，孤對她很是欣賞，若是蘇郎中屆時得空，還請過來喝杯喜酒。」

蘇允軒搖了搖頭。「我說過，你我所求不同，留著她，你只會失敗，她不會甘心就這麼被你利用的。就算你現在強留住她，遲早有一天，她會想辦法把你拉下馬報仇。」

大皇子依稀想起那個時候，沈丹年外表裝得嬌俏柔弱，骨子裡卻霸道陰險，幾次自己都上當吃了大虧，現在也確實不是和皇后、白家攤牌的好時機。更何況，沈丹年絕不希望因為自己而將沈立言和沈鈺拉進大昭的內部戰場，而沈鈺那個瘋子要是知道了，也不曉得會做出什麼事情。

這次軟禁丹年，也是無奈中的下下策，若不是被她看到自己在勒斥的下屬，大皇子也不願意在這個時候暴露自己的身分。如果事情能再緩和一點，等丹年真的對他產生了感情，那個時候再慢慢告訴她真相，想必她會接受他的過往，兩人就這樣自然而然走到一起。

然而，眼前的蘇允軒讓大皇子甚為不悅。沈丹年是幫助他登上龍椅的絕佳人選，他沒有強力的母家支持，沈立言和沈鈺在邊境掌管十萬大軍，民間聲望也很高，有了他們的支持，事情便算成了一半。

當然大皇子也不否認，他對外表純良、內心一肚子壞水的丹年很有好感。他很喜歡她，獨處時總會想起她，她那狡黠靈動的笑臉，就像刻在他心上了一般。

每當金慎提醒大皇子丹年並非好人時，他總會想，這無非像夫妻間特有的情趣，等她嫁給他，成為他的女人，哪裡還會跟他對著幹？

可是現在想想，這不過是自欺欺人。沈丹年睚眥必報，根本不會與他一條心。

只不過，他願意放丹年回去，那是他自己的事情，被蘇允軒要脅著以解救「自家媳婦」的名義放回去，那就太傷面子了。

蘇允軒是誰？十有八九就是前太子遺孤！倘若他也有心問鼎那個位置……

大皇子前後一思量，打定主意絕不能讓蘇允軒就這麼把丹年帶走，否則日後他的威信何在？至於沈丹年，就算困死在他的府上，從頭到尾也只能是他齊衍修的人！

見大皇子神色前後變化，蘇允軒便知此事不能善了，原本他打算和平地接丹年回家，現在看來，只能走極端了。若讓丹年在大皇子府的時間一長，以那個壞丫頭氣人的水準，難保大皇子不會對丹年做出什麼舉動。

蘇允軒笑了笑，緩解兩人之間緊張的氣氛，小火爐裡的泉水一直咕嘟咕嘟作響，而蘇允軒面前的茶早已冷掉了。

大皇子見蘇允軒先示好，自己也有了臺階下，便動作優雅地重新沖泡了一盞茶，推到蘇允軒面前。「這是雨前龍井，昨日才送來的。」

蘇允軒揭開蓋子，一股淡淡的茶香迎面撲來，沁人心脾，不由得說道：「殿下果然是個雅人。」

大皇子悠然嘆道：「孤不過是個閒人罷了，在夾縫中求生存，能把日子過得舒心點便儘量這麼做，何必跟自己過不去。」

蘇允軒但笑不語。

大皇子有些不確定了，他只知道沈丹年並非前太子遺孤，蘇晉田內外都是隻狡猾的老狐狸，難保蘇允軒不是他扶植上來的幌子，真正的前太子遺孤另有其人，只等待事成之日，龍袍加身。

倘若現在就對蘇允軒下手，打草驚蛇不說，這個蘇允軒也不是那麼容易對付……

大皇子府的後院裡，被軟禁的丹年坐在床上，她曾在夜深人靜時試圖推開窗戶，試探之後才發現，窗戶是被人從外面用木條釘死的，才剛發出一點聲音，便立刻有人喝道：「做什麼！」

守衛如此敬業，防守如此嚴密，讓人嘆為觀止，大皇子若是篡位不成，還能改做防盜門事業，想必一定比他謀逆的風險來得小，回報又大……丹年恨恨地想著。

臨近中午時分，門外出現了喧譁聲，看守丹年的護衛喝道：「妳來做什麼？晝……大蔥呢？」

來人細聲細氣地說道：「回大爺的話，奴婢是燒火丫鬟，大蔥姊姊被金管事叫去前院，似乎是有客人來了，便讓奴婢過來送飯。」

來人這麼一說，護衛便放行了，當護衛推開房門那一刻，丹年也望向了門口，背著陽光站著的，是一個十五、六歲、身材粗壯的丫鬟，她紮著兩個圓髻，黝黑的臉龐甚是討喜，衣服上還有炭黑印子。

門口的護衛皺著眉頭不耐煩地說道：「還不快一些，看妳那個樣子，衝撞了貴人可怎麼辦？」

丫鬟慌忙提著食盒跑進房間裡，往床上張望了一下，細聲叫道：「小姐，奴婢來給您送飯了。」

丹年瞧向那丫鬟，與平淡無奇的臉蛋不相符的，是那雙燦爛的眸子，靈動而有神，一點都不像是燒火丫鬟的眼睛。

大皇子府可真是人才輩出啊！丹年情不自禁地感嘆道，不像自己家裡只有一個老實的小雪。

就在此時，院門口傳來吵鬧聲，還有人奔跑過來的聲音，丹年看到門口那兩個護衛臉色大變，其中一個飛快地跑離了。

正當丹年想乘機出去看個究竟的時候，送飯的丫鬟忽然一把拉住丹年，飛快地跑出了房間。

門口剩下的那個護衛大吃一驚，拔了刀就要衝上來，那丫鬟瞬間從懷裡掏出一把匕首，一個漂亮的投擲，準確地刺入了護衛的胸膛裡，鮮血瞬間順著匕首上的血槽淌到了地上。

丹年嚇得捂住了自己的嘴巴，「想讓他死」和「看到他死在自己面前」完全是兩碼子事。這丫鬟是誰？太凶殘了吧?!

丹年遲疑地停下了腳步，她可不想剛出了狼窩，又進了虎穴。敢這麼和大皇子對著幹的人不多，如果是皇后和雍國公府的人，還不如留在大皇子府，好歹大皇子不會真要了她的命。

那丫鬟拉不動丹年，又不敢對丹年用強，此時原本在門口和入侵者糾纏成一團的護衛們見情勢不好，紛紛跑過來這裡，丹年這才看到在門口鬧事的人居然是林管事。

林管事朝丹年微微點頭笑了一下，便跑過去攔住幾個護衛，丹年一看到林管事就放下心來，腳下不再遲疑，跟著丫鬟跑到圍牆處。

蘇小壞蛋不會害她，她就是有這個自信！

到了圍牆邊，丹年不禁犯了愁，這麼高的圍牆，她可爬不過去！

那丫鬟見狀，拿起一塊磚頭敲了一下圍牆，圍牆頭上立刻出現了一個中年漢子，從圍牆另一側搬了架梯子架到院子這頭。

還未等丹年從驚訝中回過神來，那丫鬟焦急地看了快要追過來的護衛一眼，大聲喝道：「快走！」

好在丹年也不是那種磨磨蹭蹭的柔弱女孩，當下便俐落地把寬大的裙襬繫了起來，迅速爬上梯子、翻過牆頭，而另一側的同一位置，還有架梯子在等她，丹年不敢遲疑，從梯子上飛速地爬了下去。

丹年剛跳下梯子，那丫鬟便從梯子上下來了，她迅速把丹年拉進等在那裡的馬車，而駕車的人正是剛才遞梯子過來的中年漢子。

直到馬車跑得老遠，丹年還沒回過神來，她就這麼輕易地從戒備森嚴的大皇子府逃了出來？

平靜下來後，她心中隱隱有些害怕，剛才她看到的是蘇允軒的人，立刻就相信了，可眼前這些人，也不知是敵是友？

前院會客的偏廳裡，蘇允軒慢條斯理地喝完了一盞茶，起身拱手道：「多謝殿下的茶水款待，若有空閒，一定要去弟弟那裡多走動走動才好。」

大皇子微微笑著，嘴角不經意地勾起了一個弧度。都自己承認是「弟弟」了，即便是口誤，這個口誤也來得太及時了！

前太子是被白家人害死的，蘇允軒但凡有點血性，都不會唯白家馬首是瞻，如此一來，敵人的敵人，便是朋友。

蘇允軒前腳剛走，大皇子心情甚好地背著手回到偏廳，突然覺得不對勁，臉色一變，大步衝出了偏廳。蘇允軒是什麼人？當上禮部郎中短短時間，卻是有名的「鬼見愁」，怎麼可能來到這裡之後無功而返？

現在正是午飯時間，大蔥肯定又會被丹年煩得到處找人出氣，府裡怎麼會這麼安靜？一切都太過不尋常了！

「金慎？金慎！」大皇子狂奔著往後院跑去，前院的丫鬟和小廝沒見過主子這麼失態，紛紛停下手裡的事情，低著頭跪伏在一邊，生怕自己露了臉，觸了主子的霉頭。

金慎和大蔥嘴裡被塞了布條，綁在一個偏僻小院子的樹上，若不是聽到了嗚嗚的求救聲，還真難以發現。

顧不得解開金慎與大蔥身上的繩子，大皇子快步跑到關押丹年的房間裡，不出所料，已是人去屋空了，院牆根前還有架梯子，甚是扎眼，幾個護衛則是跪在地上不住求饒，瑟瑟抖成一團。

大皇子閉著眼睛，明麗的陽光照射在他眼皮上，眼前一片血紅。

他用力深吸了口氣，又緩緩吐了出來，慢慢走到金慎所在之處，一把扯出他嘴裡的布條，臉色陰冷地問道：「怎麼回事？」

前院裡的人都是各方勢力塞進來的，後院裡的人才是大皇子信得過的，他這麼問，倒也不怕有人會聽到什麼。

金慎結結巴巴地開口了。「蘇、蘇允軒手下一個姓林的，還有廚房裡燒火的鐵丫，他們聯合起來做的，外面、外面還有人接應他們。」

鐵丫……大皇子想了很久才想起來，他剛從勒斥回來時，大皇子府的奴才走了幾個，其中正好缺燒火丫鬟，他見她力氣大又老實木訥，便招了進來。原本這些小事身為主子的他並不會過問，可大皇子府正處在風口浪尖上，多少雙眼睛都在盯著，他不得不小心謹慎。

鐵丫進來之後不像別人那樣結黨營私，也不像別的丫鬟那樣動不動就想往自己身邊靠，一直老老實實燒著自己的鍋；沒想到……大皇子表面上不動聲色，心中早已怒氣滔天：好你個蘇允軒，這麼早就開始對我下套了！

金慎嚇得要死，自己確實不是林管事的對手，他明顯練過多年武術，自己能不缺胳膊少腿的，已經是人家手下留情了。

大皇子掏出匕首割斷金慎與大蔥身上捆著的繩子，兩人同時掙脫了束縛。

大蔥見大皇子連看都不看她一眼，哭得梨花帶雨，嬌弱得惹人垂憐，她擦著眼淚哭訴道：「殿下，您可要為畫眉作主啊！」

往常這個時候，大皇子必定會溫言好聲相勸幾句，然而今日卻不同於以往，他原本往前走的腳步停了下來，看見她那明豔的臉龐時，心中突生厭惡感，譏笑道：「妳不是叫大蔥嗎？何時變成畫眉了？」

金慎自小和大皇子一起長大，自然深知這下子大皇子是真的被激怒了，只能把頭低下去，半聲也不敢吭。

丹年坐在顛簸的馬車裡，對面那個救她出來的丫鬟，正一臉興趣盎然地盯著她瞧。丹年被她盯得頗為不好意思，便先開了口。「多謝妳了！」

那丫鬟說話卻不客氣，聲音粗粗的。「要謝就謝我家少爺吧，不是他吩咐，我也不會救妳。」

丹年瞧她說話不卑不亢，背脊挺得筆直，半點都不像是剛才在大皇子府送飯的丫鬟，心知這必定是蘇允軒安插進大皇子府的奸細。這樣看來，她這次真的欠了蘇允軒一個大大的人情。

也不知馬車行駛了多久，丹年心中有些疑惑，若是送她回家，肯定早就到了，莫非蘇允軒想效法大皇子?!

想到這裡，丹年直勾勾地盯著對面的丫鬟，說道：「這是要去哪裡？如果方便的話，請先送我回家！」

丫鬟輕聲笑了起來，三兩下抹掉臉上的炭灰，又打散了自己的髮辮，一個膚色黝黑的少年頓時出現在丹年面前。

那少年欺身貼近丹年，丹年嚇了一跳，頓時想奪門而出，可掀開車簾，只看到四周的景色飛速後退，正要咬牙跳車之際，手臂卻被那少年一把抓住了。

那少年嘿嘿笑道：「我就猜肯定會嚇到妳！嘿嘿，落到我家少爺手裡，就等著給我家少爺做壓寨夫人吧！」

丹年恨得牙癢癢的，蘇允軒果真是個卑鄙小人，原以為他是好心救自己出來，現在看來，自己一樣是囚犯，不過是轉了監獄罷了。

看著丹年氣紅了臉，胸膛一起一伏的憤怒模樣，那少年覺得甚是好玩，嬉笑道：「別生氣嘛，妳生氣了，我家少爺就心疼，他會揍我的！」

丹年覺得似乎在哪裡見過這種嬉皮笑臉的表情，便問道：「林管事是你什麼人？」

那少年一驚，隨後笑道：「是我師父，妳挺聰明的，怎麼看出來的？」

丹年沒好氣地說道：「都長了一張反賊的臉！」

那少年討了個沒趣，訕訕地坐下了，嘟囔道：「果然跟師父說的一樣，嘴尖舌巧，以後少爺可如何是好！」

丹年能感覺到馬車奔跑的速度很快，她這麼一跳，肯定要摔斷胳膊或腿什麼的，只得乖乖重新坐回位子上。

聽到那少年的話，丹年眯著眼說道：「你們少爺？你們少爺關我什麼事？你再把你們少爺跟我扯到一起，你信不信我立刻跳下去？」

少年悻悻然閉上了嘴，可他的眼神明明白白流露出戲謔的眼色，丹年懶得再去搭理他，過不久蘇允軒肯定會來見她，她就不信他會一直躲著。

馬車奔馳了約莫一個時辰，從平坦的石板路跑到坑坑窪窪的泥土路，丹年被顛得臉色發白，也不知何時會是盡頭，看對面笑得一臉欠扁的少年，她實在拉不下臉面去問他。

第六十八章 暫避追擊

等馬車終於停下來時，丹年聽見外面有淙淙的流水聲，出了馬車，丹年的腳終於踏上堅實的土地，心裡也稍微安定了一些。

馬車停靠的地方是一條河流的岸邊，清澈的河水緩緩流動著，河岸對面全是桃樹。眼下是桃花開得正盛的時節，不時有粉色花瓣飄落到河面上，順著水流漂向遠處。

若不是在逃亡關頭，丹年真想在這個地方蓋一間竹屋，享受清水淙淙、落英繽紛的景象。丹年不是沒見過美景，但眼前的景色讓人覺得安靜又祥和，這種心境，她很久都沒再能體會到。

沒多久，便另有一輛馬車飛奔而來，駕車的林管事剛停下，蘇允軒便匆匆鑽出了馬車。丹年一看他出來了，眼前的美景頓時全化作仇恨，衝上前去，正準備發作醞釀了一肚子的火氣，蘇允軒兀地一把抓住她的手，說道：「此地不宜久留，大皇子殿下若要追過來，很快就會到。」

未等丹年回話，蘇允軒便逕自拉著她往河岸上走，手攥得緊緊的。

丹年一張臉脹得通紅，掙扎著嚷嚷道：「誰要跟你走，快送我回家，我娘肯定急死了！」

蘇允軒回過頭，皺著眉說道：「妳娘那裡我已經派人說過了，妳現在還不能回去。」

丹年警戒地盯著蘇允軒的眼睛，問道：「為什麼？」

「我還猜不透大皇子殿下到底要做什麼，如果他能想明白，便會放了妳；若想不明白，便會對妳追擊到底。」蘇允軒解釋道。

聽蘇允軒這麼一說，丹年頓時想通了。大皇子軟禁她，實在不是高明的舉動，若消息傳了出去，他在皇上和朝臣面前的形象不但盡毀，而且依照她的個性，即便自己的名聲毀在大皇子手裡，也必定會想辦法給大皇子找麻煩。

沈立言會不會反對大皇子，丹年不知道，但沈鈺絕對不會支持大皇子，最有可能的結果，便是沈鈺在盛怒之下聯合雍國公府把大皇子解決掉，再幫她重新找個男人。

算到最後，大皇子根本得不償失，若他放了丹年，丹年自然不會無聊地到處宣揚大皇子是大昭第一內奸。相反的，兩人互相有了把柄，還可以制衡對方，結成聯盟，大家無非都是看雍國公一家不爽，敵人的敵人，就是朋友。

若大皇子不主動和沈立言一家過不去，沈立言一家自然不會支持雍國公府，他們又不屬於任何一個派系，只靠軍功和威望坐上了將軍的位置，誰當皇上，都要敬他們三分。至於大皇子，只要能笑到最後，誰是內奸、誰是忠臣，還不是他說了算?!

丹年畢竟不是聽話的好孩子，大皇子求親不成，又被丹年識破身分，內心早已是羞惱異常，再加上急切地想要聯合沈家父子，做事便不經大腦，也存著要丹年服軟聽話的心思。

現在蘇允軒直接劫走了丹年，若大皇子頭腦夠清楚，便不會再找丹年麻煩，雙方只當這件事沒發生過；若他依舊看不清事實，就注定會失敗，而不幸的是，在大皇子失敗之前，丹年還要繼續逃下去。

想到這裡，丹年不再猶豫，只是還有一點不甚確定。她盯著蘇允軒問道：「救了我，對你有什麼好處？」

一旁看熱鬧的林管事和他徒弟，早就勾肩搭背地笑成一團，林管事嘻嘻哈哈地說道：「當然有好處了，英雄救美嘛！」

蘇允軒一個眼刀過去，可轉而面向丹年時，臉色卻有些發紅。

林管事的徒弟假裝吃驚地張大了嘴巴。「少爺，莫非您嫌棄她不夠美？那倒也是，算不上美人，改成英雄救女好了！」

此時換丹年一個眼刀甩過去了，這對師徒嘴巴夠毒辣！丹年可以自謙不算個美人，可被別人當面說不漂亮，那又是另一回事了，只要是女人，都不能忍。

林管事在蘇允軒的示意下，吹了口哨，沒多久，便有一個頭戴斗笠的漢子撐著烏篷船緩緩划了過來。林管事和徒弟見到船過來了，便分別上了馬車，將兩輛馬車各自駛向不同的地方。

蘇允軒握著丹年的手朝船的方向走過去，丹年覺得很不習慣，她雖然不是封建禮教薰陶出來的千金小姐，可他們又沒在交往，像這樣手拉著手，即便是現代，也不太妥當吧！

丹年用力想掙脫蘇允軒的手，蘇允軒淡淡地回頭問道：「妳想做什麼？」

「你別拉著我，我自己會走。」丹年怕船伕像林管事師徒一樣看笑話，扭扭捏捏地低聲說道。

「為何拉不得？」蘇允軒冷峻著臉問道。

丹年一時之間有些發愣，等她明白蘇允軒不過是藉著一張冷臉耍流氓的時候，早就被他拉著繼續往前走了。

這回明明白白被他占了便宜，丹年的臉瞬間黑了起來，內心仇恨的小火苗再度被點燃。被別人占了便宜就算了，秋後算帳也不遲，例如大皇子之流的，可唯獨蘇小壞蛋不行！

「等等，等等！」丹年終於想到了理由，停下來叫道：「我還沒嫁人呢！」

蘇允軒這次連理都沒理丹年，逕自拉著她的手上了烏篷船，船伕是個精瘦的漢子，他面無表情地看著兩人，可眼底卻透露著戲謔。

上了船，船伕便安安靜靜地站在船頭，撐著船篙繼續前進。

蘇允軒總算放開丹年的手，一重獲自由，丹年就坐到船頭，看著繽紛撒落的桃花，腳下是清澈的河水，空氣中也充滿了桃花的甜香，心情頓時好了很多。

見蘇允軒沒有下船的意思，丹年問道：「你要帶我去哪裡？」

「去一個大皇子殿下暫時找不到的地方，等他氣消了、想明白了，我們再回去。」蘇允軒言簡意賅地答道。

「你為何要跟我一起躲起來？」丹年不禁覺得奇怪。

蘇允軒看丹年的眼神，就像在看一個白癡。「難道要我乖乖等著他把氣出到我頭上嗎？」

聽到蘇允軒的回答，丹年的臉瞬間垮了下去，氣呼呼地垂下眼，不再理會他。

蘇允軒走到丹年附近的小凳上坐了下來，丹年卻別過臉不看他。

水流漸漸湍急，船的速度也慢慢快了起來，午後的陽光照在人身上，暖洋洋的，無數的桃花花瓣落在身旁，彷彿處於桃花雨中一般。

蘇允軒看著眼前嬌俏的丹年，雪白的臉頰被曬出了紅暈，鬢角上還黏著一片粉嫩的桃花瓣，夾在黑亮的髮絲中，迎風微微顫動。蘇允軒一時之間看呆了眼，情不自禁地伸出手去，想替她摘下這片頑皮的花瓣。

丹年正被蘇允軒肆無忌憚的眼神盯得滿臉通紅，看到他一隻手直接朝她臉上伸了過來，嚇得她動也不敢動。

蘇允軒的手在丹年的鬢角處拾起那片桃花，丹年那隨風飄舞的髮絲溫柔地在他手指上摩挲，讓他一顆心都癢了起來。

直到蘇允軒的手依依不捨地離開了丹年的臉頰，回到原來的位置，丹年早已脹紅了臉，憤怒地說道：「你不要太過分了！就算你救了我，也別太把自己當一回事，等我爹和我哥哥回來了……」

蘇允軒面頰也微微泛紅，卻仍冷著一張臉，未等丹年說完，他便淡淡地說道：「不過是片花瓣而已，妳以為我在做什麼？」

「你、你無恥！」這下輪到丹年無語了。她以前怎麼沒發現，蘇允軒就是個道貌岸然的小流氓呢?!能把占人便宜這種話說得如此冠冕堂皇的，除了他，再沒別人了吧？

所幸尷尬的時刻沒有持續太久，船在岸邊停靠了，上岸沒走幾步便是一處農舍，一間青磚瓦房和一個大大的院子。

蘇允軒拉著丹年上岸，划船的精瘦漢子打了個呼哨，便繼續划船前行了。

丹年回頭看著船遠去的方向，又扭頭看了看瓦房周圍，再無別的人煙，便問道：「他走了，我們怎麼回去？」

蘇允軒輕描淡寫地說：「時間到了，自然會有人接應。」

當兩人進入院子時，丹年才真的吃了一驚，她原以為這院子是空的，可進來後卻發現裡面種滿了一畦畦的菜，角落裡還有一個雞圈，幾隻母雞帶著小雞在覓食，很有精神地叫著。

大概是好久沒人餵食了，一聽到有人推門進來，小雞紛紛湧到雞圈門口，仰頭看著丹年和蘇允軒，叫得更加歡暢了。

看到丹年疑惑的眼神，蘇允軒解釋道：「這是我一個手下住的地方，他一個單身漢，平日就愛擺弄這些，妳若不喜歡，將這些雞全放了就是。」

丹年斜眼瞪了蘇允軒一下。「果真是蜜罐裡泡大的蘇大少爺，一圈的雞，說扔就扔！」

說罷，丹年也不看蘇允軒的臉色，逕自進了瓦房。養雞的人一般都會把粗糧磨碎了給雞吃，沒過多久，丹年就在廚房角落裡找到一個桶子，桶底還留著淺淺一層磨細的包穀。

丹年拿瓢將桶裡剩下的包穀都舀了起來，透過雞圈門上的孔洞撒進盆子裡，母雞和小雞們都顧不得再叫了，全部圍到一起，埋頭啄起了包穀。

蘇允軒看著丹年嫻熟地做著這一切，不禁好奇地說道：「想不到妳還會做這些。」

丹年哼了一聲。「我在沈家莊住了那麼久，怎麼可能連餵雞都不會。」

蘇允軒垂下了頭，帶著歉意說道：「我真沒想到妳日子會過得這麼苦。」

丹年張口想反駁，卻又覺得讓他誤會也沒什麼，抱著一種「他歉疚了就會對我更好」的小心思，任由他誤會去了。

此時，丹年突然想到了一點，緊張地問道：「蘇……你爹他安排這個想做什麼？」

若是想趁這個機會謀朝篡位，成功了倒還好，若是失敗了，她整日同這個「反賊」在一起，可算是跳到黃河也洗不清了。

蘇允軒直勾勾地看著丹年，慢條斯理地說道：「父親並不知道。」

他滿意地看著丹年疑惑的模樣，就像一隻歪著腦袋的小貓般可愛，語氣帶著莫名的驕傲。「這是我自己的事，是我一手做出來的，與他人無關。」

丹年撇了撇嘴，心想：果真是富貴人家的少爺，這樣就高興了！

抬眼看了看太陽，時間已經接近傍晚，丹年午飯沒吃，肚子早就餓了，蘇允軒便打開從船上帶下來的食盒，裡面有幾個微溫的白饅頭。

丹年一看只有白饅頭，頓時不高興了，情緒也低落了起來。

蘇允軒頗為不好意思，在心裡把準備食物的林管事和他徒弟罵了一遍，尷尬地說道：「來得匆忙，先將就這一晚，明日我再要他們送些菜來，他們已經幫妳準備了一套衣服，吃完飯妳就換上吧。」

丹年氣不打一處來，暗罵道：原來你還是能跟外界聯絡嘛，還當你把自己也軟禁起來了呢！

房間裡放著一套粗布外衫，丹年想都沒想就關上房門換下身上那套漂亮的衣裙。仲春節那一晚跌打滾爬，衣服早就髒得不像話了。

她的髮髻也散落了，沒了李慧娘，丹年一個人梳不出那麼繁複的髮髻，便只能簡單地把頭髮分成兩束，編了兩條黑亮的麻花辮垂在胸前。

西屋的床頭櫃上還放著一個木盒子，裡面裝著滿滿一盒雞蛋，看來主人也很會過日子。

丹年毫不客氣地拿了兩個雞蛋，出了房間，院子裡的蘇允軒正背手在查看院子裡的菜園，乍一看到梳著麻花辮、一身粗布衣裳的丹年，不由得愣住了。

丹年臉色一紅，嘟囔道：「有什麼好看的！」

蘇允軒趕緊別過頭去，忽然又覺得不對，他為什麼不能看？不只要看，還要光明正大地看！

等他理直氣壯地回頭再去看時，丹年已不在原地，她挽了袖子進到菜園裡，俐落地摘了幾把水靈靈的小青菜，捧在手裡進了廚房。

廚房裡油鹽醬醋、柴禾、火石一應俱全，水缸裡也盛滿了清水。丹年迅速做好了一鍋青菜雞蛋湯，還淋了幾滴麻油，將散發著香味的湯端到了堂屋裡。

丹年洗好了兩個碗，看蘇允軒仍然站在那裡傻愣愣地看著她，便招呼道：「站在那裡做什麼？還不快來吃飯！」

一瞬間，蘇允軒似乎產生了一種錯覺，他們兩個彷彿就是普通的農家夫妻般，夕陽西下，鄉村安寧靜謐，妻子在家做好了飯，招呼丈夫快些過來吃飯。

蘇允軒忍不住淡淡地笑了。這種生活是他一輩子都沒經歷過的，卻不討厭。小時候他也見過農家人的生活，無一例外都是辛勞、苦難的，父親甚至還恫嚇他，若不認真讀書，將來他會過得連這些農人都不如。

可普通農人的日子如此平靜、與世無爭，倘若做個普通農人，有丹年這樣一個嬌妻，即便日子過得清苦一些，都好過京城裡無止境的勾心鬥角，更好過得知自己的真正身分後，夜夜不得安眠。

「你不吃嗎？這可都是用這裡的東西做的，你放心！」丹年端了碗湯，靠在門框上，拉長了音調說道。不敢吃就算了，老娘還不樂意伺候你呢！

蘇允軒微微一笑，看來嘴尖舌巧、如同貓一般動不動就抓人的沈丹年，還是有做賢妻良母的潛力。

丹年自然不可能知道蘇允軒到底在想什麼，兩個人就著簡單的湯吃了白饅頭，吃完以後丹年便主動去洗碗。現在吃人家的、住人家的，她還沒那個勇氣讓蘇大少爺去洗碗，再說了，他會洗嗎?!

晚上，丹年睡在西屋，蘇允軒則睡在東屋。

丹年從門縫裡看到蘇允軒進了東屋才關上門，又小心翼翼地把早已準備好的椅子頂在門後。

孤男寡女的，萬一他半夜獸性大發可怎麼辦？

不料丹年在推動椅子時，不小心發出了響動，蘇允軒的聲音便淡淡地從東屋那邊傳了過來。「放心，我還沒那麼飢不擇食。」

丹年先是心頭一虛，自己這點小心思被蘇允軒看穿了，正感到羞愧，突然又覺得不對。什麼叫飢不擇食？她有那麼差勁嗎?!丹年忍不住在心裡大叫，你才飢不擇食，你全家都飢不擇食！

躺到床上以後，丹年才覺得夜裡靜得可怕，她原本不想再與蘇允軒發生糾葛，可今日的一切，彷彿都暗示事情開始朝不受自己控制的方向發展。

寂靜的夜裡，蘇允軒清冷的聲音從東屋傳了過來。「上回妳在宮門口等我，想做什麼？」

人舒舒服服地躺在床上，丹年的防備意識便降低了許多，她下意識地說道：「我是想道謝……」話還沒說完，她就反應了過來。「誰等你了？我就是站在那裡，恰好碰上了你！」

東屋的蘇允軒似乎在低笑，丹年忍不住伸手捂了捂臉，感覺有些發燙，不禁氣惱地嘟囔。「別笑了，有什麼好笑的？自作多情！我真沒等你！」

「那仲春節的時候呢？」蘇允軒又問道：「我為了妳打架，妳卻把衣服扔給唐安恭就跑了，不厚道！」

他一個品學兼優的翩翩公子，為了這個壞丫頭，什麼誇張的事都做了。

「誰要你為我打架的？幼稚！」丹年哼了一聲，有些掩飾不住的小得意，又撇了撇嘴批判道：「白二少爺就是個二百五、神經病！你跟他認真幹麼？我都對你使眼色了，你還不聽！」

蘇允軒嘴角翹了起來。「我就是看不慣他那副德行，丹年、丹年的喊著，還跟妳拉拉扯扯……」

「你不也喊我丹年嗎？你、你下午也拉扯我了！」丹年紅著臉反駁，這是只許州官放火，不許百姓點燈啊！

蘇允軒理直氣壯地冷哼道：「我可以，他不可以。」

這傢伙流氓起來誰都擋不住！丹年被噎得一句話都說不出來，猛然把被子拉過頭頂，不理會蘇小壞蛋了。

第六十九章　獨處時光

等丹年睜開眼睛時，天早已大亮了，她一出門，就看到院子裡有個黑衣人遞給蘇允軒一個食盒，接著轉身離去。

蘇允軒回頭看著睡眼惺忪的丹年，嘴角揚起一抹意味不明的笑容。「飯送過來了，還請丹年動手吧！」

動手？直接吃不就可以了嗎？丹年疑惑地揭開了盒蓋，看向蘇允軒的眼神頓時充滿了仇恨，這傢伙肯定是故意的！

盒子裡一隻白條雞、一塊五花肉，還有四個冒著熱氣的白饅頭，問題就在於，除了白饅頭，雞和肉都是生的，這不明擺著要她做飯給他吃嗎?!

丹年氣呼呼地譏諷道：「沒想到蘇少爺這麼特別，茹毛飲血啊！」

蘇允軒壓根兒不覺得丹年是在嘲諷自己，拱手笑道：「昨日看丹年做飯如此嫻熟，便得知今日肯定有口福了。話說回來，丹年不是想早點回家嗎？」

威脅，這是赤裸裸的威脅！丹年內心的小宇宙都要爆發了，憤憤地走進廚房。

廚房裡面的柴禾不少，丹年眼珠一轉，從廚房裡探出頭來喊道：「蘇允軒，柴禾不夠了！我看院子裡有，你去劈些柴禾過來吧。」說罷，得意洋洋地看著蘇允軒。

見丹年擺出一副「你不劈柴，我就不做飯」的架勢，蘇允軒不禁低頭笑了笑。果然是隻貓，被摸了一下，就要抓回來，他也只能認命地去拿堂屋裡的斧頭劈起柴來。

蘇允軒雖然十指不沾陽春水，可沒吃過豬肉，也看過豬走路，劈起柴來有模有樣。

丹年站在廚房門口看著蘇允軒劈柴，陽光照在他額頭上，沁出了一層薄汗，外衫被他褪到腰間，只剩下一件白色裡衣，隱約露出精壯的胸膛。裡衣的袖子也被他捲到了上臂，隨著斧頭往上舉，上臂的肌肉也跟著隆起。

這個書生居然是個壯漢！丹年嘖嘖嘆道，實在看不出來……

蘇允軒老早就覺得丹年在旁邊盯著自己了，他扭過頭去，正巧對上丹年毫不掩飾的注視。

「我只是覺得奇怪，你一介書生，怎麼力氣這麼大。」丹年訕訕地說道。

蘇允軒放下斧頭，抹了把額頭上的汗珠，說道：「自然是練出來的，多少得有點自保的能力……」

話雖然沒說完，丹年卻明白蘇允軒的意思，她嘆道：「反賊也不是那麼好當的，真得文武全面發展才行啊！」說完，她也不管蘇允軒聽懂了沒，便轉身去生火做飯了。

丹年切下白條雞的兩隻腿，打算煎盤雞腿，剩下的就熬一鍋雞湯，而那塊五花肉，配著院子裡種的辣椒，可以炒一盤肉絲，再摘把青菜炒個素菜，一頓豐盛的午飯就上桌了。

就在丹年忙得腳不沾地時，蘇允軒劈完了柴禾，閒閒地站在廚房門框處，看著丹年忙來忙去，眼中含著自己也沒察覺到的寵溺。

注意到蘇允軒閒了下來，丹年大感意外地問道：「你柴劈完了？」

蘇允軒側過身子，指了指院子裡摞了一堆的柴禾。「這些總夠妳用了吧。」

丹年笑咪咪地指著院子裡的雞圈說道：「那你去餵雞，這麼簡單的事情，難不倒蘇大少爺吧？」

蘇允軒攤手問道：「拿什麼餵雞？」昨日剩的包穀都被丹年倒給雞吃了，總不能拿麵粉去餵吧？

丹年指著院子裡的菜園說道：「揀一些菜，撕成條餵給雞吃吧。」

蘇允軒腦子繞了一圈，揀菜、撕菜都不難，便一口答應了下來。

看到蘇允軒餵雞去了，丹年便繼續準備午飯，煎好了雞腿、炒好了肉絲，就聽到外面雞群開始咯咯亂叫。在鍋裡放好水和雞熬湯之後，丹年便出門看個究竟。

院子裡亂成了一團，雞圈門大開，幾隻母雞帶著小雞四處奔跑，對準地上一陣亂啄，雞毛還飛了一地。長得最大的那隻雞，耀武揚威地站在高高的小土堆上，神氣活現地跟蘇允軒對峙。

原本四處攆著雞的蘇允軒看到了丹年，立刻扔下手裡的菜，如同旋風般衝了過去，頭髮上還沾著一根毛。他驚慌失措又帶著些委屈地對丹年說：「雞怎麼會咬人？」

丹年目瞪口呆地看著蘇允軒那滑稽的模樣，笑到蹲在地上狂捶地，眼淚都要逼出來了。

「雞怎麼會咬人？哈哈！蘇允軒，你要笑死我了！」

蘇允軒當然知道丹年是在嘲笑他，立刻伸出手背，振振有辭地說道：「怎麼不會咬人，這就是證據！」

丹年終於止住了笑，抬起帶著淚花的眼睛，問道：「你怎麼餵雞的？」

蘇允軒回憶了一下，有些不好意思地說：「就揀了菜，撕了幾下，打開門扔進去，誰知道雞全跑了出來。」

「你把菜從門洞裡扔進去就是了，何必打開門呢？」丹年笑道。

蘇允軒噎了一下，他確實沒想到，可問題是他從來沒餵過雞啊！他向來做什麼事都優秀，哪裡能料到自己會在小小幾隻雞身上栽了跟頭？

他又是尷尬又是逞強，當下便氣呼呼地說道：「我哪裡知道！」說罷就背著手去東屋梳洗了，只剩下丹年哈哈笑著看著他遠去的背影。

丹年先把幾隻母雞抓住扔進雞圈，關上了門，剩下的小雞沒了領頭的，一個個都耷拉著腦袋，聽話地讓丹年一隻接一隻扔回雞圈裡。

收拾完那些雞，丹年看著一片狼藉的菜園，悄悄吐了吐舌頭。要怪就去怪蘇允軒，他實在太笨了！

丹年原本打算摘些菜葉炒個素菜，現在看到菜葉上或多或少都留著雞啄出來的窟窿，頓時沒了摘採的興致。蘇大少爺這麼愛乾淨，肯定不會吃被雞糟蹋過的菜……

呸呸呸！丹年連忙甩了甩頭。去想他吃不吃做什麼？飯是做給自己吃的，管他愛吃不吃！

鍋裡燉的雞湯開始散發出誘人的香味，蘇允軒已經換好一身乾淨的衣服，簡單乾淨的灰色家常布衫，讓一直以冷臉示人的蘇允軒生出幾分溫和的味道，不再是拒人於千里之外的冷硬。

丹年將煎好的雞腿和炒肉絲塞給蘇允軒，吩咐他端到堂屋裡去，蘇允軒眼尖地瞅見炒肉絲的盤子裡有青椒和菜葉，頓時厭惡地說道：「這裡有菜葉。」

丹年正在盛雞湯，聞言回過頭去看他，胸前的大辮子就這樣甩出了一道漂亮的弧線，蘇允軒盯著那還在微微晃動的辮梢，結結巴巴地說：「肉裡面有菜，剛才……雞吃過了。」

丹年白了他一眼，沒好氣地說：「這些是在你餵雞之前摘的，雞沒糟蹋過，放心吧！」

蘇允軒自知理虧，沒跟丹年頂嘴，見不是雞吃剩下的，便滿意地端著兩個盤子出去了。

丹年傷腦筋地嘆了口氣。大少爺還真是難伺候，如果當初是他到沈立言家裡做小孩，沈立言和李慧娘還不鬱悶死！

她端著盛著雞湯的鍋子去了堂屋，蘇允軒已經擺好碗筷，坐得端端正正地等著她，他很自然地說道：「快點坐下來吃吧，白饅頭都要涼了。」

這就如同李慧娘每次做好飯，端著最後一道菜上來時，沈立言對她說的話一樣……丹年忍不住動容，蘇允軒為她做到這個分上，她心中不是沒有感激。

見丹年垂著眼睛不說話，蘇允軒自知失言，兩人就這樣默默吃起了飯。

丹年覺得氣氛有些尷尬，想緩和一下兩人的關係，便笑道：「我這手藝可比不上你家的大廚，湊合著吃吧。」

「還可以。」蘇允軒點了點頭。「不過確實比不上我家的廚師，那可都是宮裡面出來的御廚。」

丹年頓時有些不高興，自己不過是謙虛兩句，他還蹬鼻子上臉了！

「既然不好吃，那就別吃了。」丹年氣鼓鼓地伸手奪過蘇允軒手中啃了一半的白饅頭。

蘇允軒詫異地看著丹年。「怎麼，妳我同吃兩盤菜還不夠，連沾了我口水的白饅頭妳也要搶？」

丹年差點沒被自己的口水嗆死，來到這農家小院的蘇允軒，就像換了個人一般，簡直就是個厚臉皮的流氓，哪裡是之前那個嚴肅恭謹的人！

看著蘇允軒得意戲謔的眼神，丹年抓著被蘇允軒咬了幾口的白饅頭，進退兩難，最後只能氣呼呼地把白饅頭塞回蘇允軒手裡，不再搭理他，幫自己舀了碗雞湯，慢慢喝了起來。

蘇允軒看著對面埋頭喝湯的丹年，就像在看一隻埋頭吃飯的小貓般，心頭癢癢的，憋了好久，還是忍不住伸手摸向丹年柔軟的頭髮。

丹年剛好抬起頭，看到蘇允軒的手停在半空中，便抱緊自己的碗，警戒地問道：「你又想做什麼？」

蘇允軒覺得頗為尷尬，剛要說些什麼，丹年就瞪著他說道：「現在在屋子裡，可別說有花瓣、樹葉什麼的黏在我頭上！」

藉口還沒來得及說出來就被識破了，蘇允軒心下有些悻悻然。

丹年一把怒火升起，惡聲惡氣地朝蘇允軒說道：「你這麼做跟齊衍修有什麼分別？當我爹和哥哥不在，就好欺負我了是吧！」

蘇允軒一愣，放下筷子。「我不是要欺負妳，我只是想……」

「保護妳」這三個字，在蘇允軒舌尖打了幾個轉，終究沒能說出口。他和丹年站的位置，似乎永遠是對立的。

「你想做什麼？」丹年疑惑地問道。

雖然不明白蘇允軒的目的，可一想到她現在是寄人籬下，心頭便酸澀異常。

平心而論，這兩天丹年過得很安心，蘇允軒把所有的事情都處理好，她只要躲在蘇允軒為她準備好的屋子裡，等到外面都風平浪靜了，再安全地回去就行。這短短的時間，是她到京城以後過得最寬心的日子，什麼都不用想、不用做，沒那麼多算計，也沒那麼多勾心鬥角。

可蘇允軒是什麼身分，她心裡清楚。蘇晉田情願送親生女兒去死也要保下他，丹年並不完全相信他是對前太子妃秦婉怡念念不忘而已，絕對還指望著蘇允軒為他帶來更多榮華富貴。

接下來，兩人就這樣安靜地吃著飯，剛才的旖旎氣氛已經蕩然無存。

丹年剛把碗都收拾到廚房，就看到林管事和他徒弟直接騎馬進了院子。

下了馬以後，林管事和他徒弟戲謔地看了看正在廚房洗碗的丹年，林管事的徒弟直接嚷嚷道：「少爺，我們在京城擔驚受怕，你們倒好，小倆口關門過起日子來了！」

回答他的，是丹年從廚房裡扔出來的一支鐵皮舀子，正中林管事徒弟的腦門，砸得他眼冒金星，嘟囔道：「這娘兒們真凶殘！」

蘇允軒皺著眉頭，林管事師徒倆就是一對活寶，跟他們認真你就輸了。

「怎麼樣了？」蘇允軒朝林管事問道。

林管事一改方才嬉皮笑臉的神色，正經地說道：「大皇子殿下到家裡拜訪了，還送了禮，見少爺不在家，便和老爺聊了幾句，把您誇讚了一番。」

蘇允軒冷笑一聲。「終於想明白了啊！」

丹年正好從廚房裡出來，聽見他們兩人的對話，心下便知，這兩日與世無爭的逍遙日子算是過完了。

丹年收拾了一下自己的衣服，林管事和他徒弟通報完消息後，便匆匆騎馬離去了。

蘇允軒在關上院門時，看到丹年直勾勾地盯著院子，眼裡是說不明、道不清的情緒。

他看著依依不捨的丹年，眼底全是溫柔，不禁說道：「若是妳喜歡，以後可以常來住。」

丹年搖了搖頭。「以後」這個詞對她來說太過奢侈了，能過好現在的日子，能安全地活下去，才是最重要的。

蘇允軒牽著丹年的手慢慢朝河邊走去，丹年沒再掙脫。身旁的少年還未長成，卻足以讓她感到心安，她小心翼翼地過了這麼多年，今天就隨自己的心意走上這一程，又有何妨？

船沿著河流逆行，明媚的陽光下，河水兩岸依舊是開得豔麗的桃花，可蘇允軒和丹年卻沒再說過話。離開了這裡，他們還是要回到京城那錯綜複雜的洪流中去。

在這個悠然的農家小院，丹年能接受一個總是幫著她、長相俊逸又有些霸道的少年蘇允軒；可回到京城，她無法接受蘇晉田的兒子，同樣也不可能原諒蘇晉田對她和劉玉娘做過的事情。

船靠岸時，太陽已經快要西沈了。蘇允軒沈默地拉著丹年上岸，將她送上早已等候在岸邊的馬車，趕車的是個披著斗篷的人，丹年看不到他的臉。

「安心在馬車上等著，很快就到家了。」蘇允軒站在外面對丹年說道。

丹年撩開車簾，看著車外的蘇允軒，嘴角動了幾下，卻沒能說出話來。蘇允軒看似冷厲，可內心深處對自己充滿溫柔，丹年還記得昨日問他為何與她一同來避難，蘇允軒只說是怕大皇子找他麻煩。

他一個大權在握的尚書之子、禮部郎中，暗中又有不少勢力幫忙，怎麼可能怕大皇子找他麻煩？大皇子又不是沒腦子的傻瓜，還能昭告天下「蘇允軒把我擄來的小姑娘又擄跑了」不成？

追根究柢，他不過是不放心自己一個人在那裡罷了。

馬車緩緩行駛，橘紅色的夕陽垂落在地平線上，看到站在路上默默看著自己的蘇允軒漸漸成了遠處的一個小黑點，丹年才放下了車簾。

這兩日的種種就當作一場夢，等她老了的時候再拿出來回憶，還能向孫子、孫女吹噓一番——你們奶奶我當年可是私奔過的，重要的是，私奔對象還不是你們爺爺！

當然，這一切的前提，是她能順利活到老。

馬車停下來時，天已經黑了。丹年跳下馬車，還沒來得及向車伕說聲謝謝，馬車便掉頭飛快地跑走了。

丹年微微有些詫異，跟著蘇允軒這個小怪人的都是些怪人，不過回家的喜悅很快就沖散了她的詫異，她趕緊上前去拍響了將軍府的門。

碧瑤慌慌張張打開門之後，看到安然無恙的丹年，當場癱倒在地上嚎啕大哭。「小姐，您可回來了，您要嚇死碧瑤了！」

丹年哭笑不得地把她拉起來，問道：「我娘呢？」

碧瑤抽抽噎噎地說：「夫人這兩日精神不好，在床上躺著呢！」

丹年一聽急了，顧不上碧瑤，快步去了李慧娘的屋子，李慧娘早就聽到前院的響聲，只穿了裡衣，顫顫巍巍地站在門口，望眼欲穿地看著丹年。

丹年看著瘦了一大圈的李慧娘，鼻子一酸，眼淚便像洪水一般洶湧而出。

「娘！」丹年輕喚了一聲，便撲到了李慧娘懷裡。

李慧娘一邊流淚一邊拍著丹年的背，罵道：「妳這個死丫頭，跑到哪裡去了？可把我嚇死了！看妳以後還敢不敢不聽話，到處亂跑！」

往常李慧娘要是這麼教訓丹年，丹年肯定覺得她又把自己當成小孩看待，可經歷過這次分別後，丹年覺得這話聽起來分外感動，整個人都暖暖的，不住用臉往李慧娘的胳膊上磨蹭。要是一輩子都能當個在爹娘面前撒嬌的小孩子，該有多好！

「娘，咱進屋說話吧。」丹年猛然想起李慧娘只穿著裡衣，晚上風涼，怕她生病。

碧瑤趕了過來，兩人扶著李慧娘進屋躺下了，丹年把枕頭塞到李慧娘身後，讓她斜靠在床上，碧瑤在送上一壺熱茶之後，便跑出去向小石頭和馮老闆報信去了。

「這是怎麼回事？妳、妳這幾日可有受苦？」李慧娘不知該如何問起，怕女兒遭受了什麼，問了會讓她心裡難受。

丹年搬了張小凳子，坐在李慧娘的床頭。她明白她的意思，便抿嘴笑道：「那日看花燈，有人拿了迷藥把我弄暈了，第二天便被帶到一個不知道是哪裡的地方，可還沒到中午，便有人把我救了出來。他怕人牙子再對我下手，就先把我安置到一個農舍裡，直到抓住那夥人牙子，才送我回來。」

李慧娘點頭道：「妳還不知道救妳的人是誰吧？」

丹年看著李慧娘的眼神，不由得抽了抽嘴角，有種非常不好的預感。「莫非娘知道？」

李慧娘拍了拍丹年的手，笑道：「就是上次在三元寺救了妳的蘇郎中！」

丹年腦中頓時狂打幾十道雷鳴閃電，暗地裡把蘇允軒祖宗八代都問候了一遍，反正他和齊衍修一個祖宗，罵一個等於罵兩個，兩個人都不是什麼好東西！

還當你是做好事不留名呢，結果倒好，她人還沒到家，就先到她娘這裡邀功來了，白白讓她感激一場！

丹年強忍著罵人的衝動，問道：「娘怎麼知道的？」

李慧娘感動地說道：「我在家急得頭髮都要白了，正要送信給妳爹，林管事就過來了，說保證毫髮無損地救妳出來。唉，妳看人家蘇少爺，一表人才又前途無量，還救了妳兩次。」

她看著丹年，意味深長地說道：「這多大的人情啊，妳怎麼還呢？」

丹年脹紅了臉，不是羞怯，而是憤怒。過了好半晌，她才用李慧娘聽不清楚的音量憋出一句話來。「他老子已經幫我還了！」

第七十章　死性不改

這次丹年待在家裡不過一日便坐不住了。大皇子是謀逆的內奸一事，如鯁在喉，他連雍國公府和皇后都瞞過去了，那麼遠在邊境的沈立言和沈鈺就更不可能知道。

自己的父兄不知道實際情況，手握重兵又莫名捲入其中，加上同雍國公府的關係一向不那麼和諧，到時被指稱是謀逆，根本百口莫辯。

沈鈺為人怎麼樣，丹年心裡清楚，若是惹惱了他，他說不定會帶著軍隊打進京城。她擔心的是沈立言，他和沈鈺不同，滿腦子想的都是報效國家、忠君為國。若事情真到了不可收拾的地步，即便沈鈺有再多合理又能自保的想法，恐怕都不會得到沈立言認可。

想到這裡，丹年才剛提起筆，就搖頭嘆了口氣，改換左手寫了封信，可又覺得這樣太不安全了，若是在半路上被人搜出來，全家小命都危險。

想來想去，丹年覺得還是親自去一趟比較好，畢竟事關重大，她不可能告訴除了父兄以外的任何人，即便是李慧娘，丹年也不想告訴她，這不過是平白讓她心裡難受。

丹年叫來小石頭，和他仔細商量去邊境的事。

第二天，碧瑤過來說梅姨好久沒見李慧娘了，想念老姊妹，便來帶李慧娘去盼歸居和梅姨聊天。

李慧娘離開後不久，丹年便牽了馬出了家門，她抄小路，一路悄悄奔出京城西門，正打算揚鞭加速之時，一個身著斗篷的人站出來擋住了丹年的去路。

那人揚起頭，皮笑肉不笑地看著丹年，說道：「沈小姐，您這是要去哪裡？」

丹年面色不善地盯著他，嘲諷道：「金慎，莫非你覺得你主子沒前途了，想跑來投奔本小姐？」

金慎恨死丹年了，可還是強行按捺下一肚子的火氣，笑道：「沈小姐，您一個姑娘家還是別到處亂跑了，萬一出了事怎麼辦？」

丹年懶得和他囉嗦，喝道：「不就是想幫你主子拖延時間嗎，當我是傻子？」說罷，她撥轉馬頭繞過金慎，便要向前衝去。

金慎很著急，想跑卻又追不上，正在拍腿嘆氣時，身後傳來了馬蹄聲，一身黑衣的大皇子面容嚴峻，風馳電掣般飛奔而來。

丹年不是沒聽見身後的馬蹄聲，只得甩起馬鞭催促馬兒快跑，然而丹年的馬比不上大皇子的良馬，沒多久便被追上了。

丹年見跑不過，便停下了馬，大皇子見狀，也將自己的馬停了下來在原地打轉，面容憂傷地看著她。

丹年心下冷哼。都已經撕破臉了，何必還擺出一副「是我對不起妳」的苦情臉來？莫非以為我還會相信你不成？

丹年盯著大皇子，順手從搭在馬背上的布袋裡掏出一張精巧的小型弓箭，緩緩拉開了弓，箭頭正對著大皇子。

大皇子淡然一笑。「丹年，妳的箭術是我教的。」

丹年盯著他說道：「那又怎麼樣？」

大皇子看著丹年用如同看仇人般的目光盯著他，心中湧上無限的失意。若前幾日他能不那麼心急，選擇慢慢來，也不會造成這樣的結果。

「水準不怎麼樣。」大皇子似乎又恢復之前風輕雲淡的樣子，溫柔地笑道。

丹年如何聽不出大皇子是在譏諷自己箭術不怎麼樣，她冷笑道：「你我距離這麼近，我要殺你也不是難事。」

大皇子輕輕笑了，看著忿忿不平的丹年，心下又有些不忍。這樣的丹年，讓他想抱到懷裡好好為她順毛一番，於是柔聲說道：「丹年，別那麼勉強自己了，妳是個善良的好姑娘，哪來的膽子去殺人？」

丹年徹底沒了脾氣，大皇子說的是實情，讓她拿刀拿劍嚇唬人可以，真要她殺人……她沒這個勇氣。

就這麼一停留，路上漸漸響起了急促的馬蹄聲，大皇子的護衛隊追了上來，看著眼前塵土飛揚一片，丹年明白這下自己無論如何也出不去了。

「怎麼？又想把我抓起來？」丹年看著大皇子身後那一堆人，嘲諷道。

大皇子搖了搖頭。「上次是無奈，也是失措之舉。妳我並非敵人，孤不會再抓妳，孤依舊把妳當知己，可是為了以後，孤暫時不能讓妳離開京城去找妳父兄通風報信。」

「這麼說來，你在我家周圍放了眼線，我一出來你就知道？」丹年問道。

大皇子笑容未變，柔聲道：「丹年，這樣的日子不會太久，妳再忍耐一段時間，孤不會委屈妳的。」

丹年一肚子火氣無處發洩，她恨恨地看了大皇子一眼，那眼神像在無聲控訴——憑什麼不讓我找爹和哥哥？你欺負我！

大皇子想要伸手拍拍丹年，安慰她一下，丹年卻硬生生地躲了開來，大皇子苦笑道：「丹年，妳要聽話、懂事一點，不要一有點事，就想要找爹和哥哥，相信孤，孤也會保護妳的。」

丹年沒理會大皇子，如同受了天大委屈的小姑娘一般，紅著眼睛騎在馬背上，慢慢掉頭回去。大皇子領著護衛們先跟在丹年身後，直到快到京城西門，才另外派了兩個人跟著丹年回到將軍府。

丹年一進家門，便換上了一副笑咪咪的臉，大皇子這個人啊，笨就笨在老是以為她是笨蛋！

他是攔下了她沒錯，可他沒攔住從北門出去的小石頭。丹年當初隻身闖去木奇鎮，那是逼不得已，可如今她有了值得信賴的朋友，怎麼可能孤身去邊境？

至於她交給小石頭的信，可是一件秘密武器！

將軍府院子裡幾株竹子在下過幾場春雨後拔得老高，京城地處北方，不同於南方，竹子都長得細細弱弱的。

丹年用刀將竹子削下來兩節，中間竹節處用釘子鑽了幾個眼，在第一節開口處灌上了老陳醋，在中間的竹節處鋪上了一層薄薄的木片，又小心地將寫好的信折疊成紙條，放入了木片隔開來的上層，開口處再用蠟封好，成了一個小型的保密筒。

古代的紙都是用書皮、草根等天然纖維製成的，最大的缺點就是不防腐，用醋一泡，便成了一灘紙沫。

丹年在小石頭穿著的皮甲上縫了一個小套子，將竹筒固定在套子裡，若只是尋常的騎馬顛簸，竹筒中間有小木片阻擋著，老陳醋沾不到紙條；可小石頭若是遇到了危險，就將竹筒翻轉過去，或者翻個身，這樣老陳醋就會流入竹筒上層，將裡面的紙條腐蝕得一乾二淨。

大皇子知道馥芳閣掌櫃失蹤，已經是一天之後的事情了。有眼線來報，就在他去攔截丹年的時候，在京城北門看到他出城了。

大皇子回憶起那天丹年委委屈屈、如同受氣小媳婦一般的神色，恨得接連砸碎了兩個茶盞，又被那小妖精給騙了！

十幾天之後，小石頭終於回來了，他派了夥計請丹年去馥芳閣找他，說要給丹年一個禮物。

到了馥芳閣，小石頭便把丹年請到了二樓，丹年撩開門簾向屋裡看了一眼，有個鬍子花白的老頭兒瞇著眼坐在裡面，身上的衣衫破爛，一副落魄叫化子的模樣。

丹年眉頭一皺，轉過頭去問小石頭。「這是……」

小石頭笑道：「小姐不是想要一個會燒玻璃的匠人嗎？這次我在木奇鎮碰到了一個，兒子、媳婦都沒了，誰能養他，他就願意幫誰幹活，也不介意離鄉背井。」
丹年點了點頭，叮囑小石頭租個小院子給他，為他準備好材料，先試試他的手藝再說。
等到了小石頭的房間，丹年就急切地問道：「我爹和我哥哥看了信之後有什麼反應？」
小石頭說道：「沈將軍很震驚，半天沒說話，而小沈將軍他……」
丹年黑了臉。「他怎麼了？」
小石頭遲疑地說道：「他看了信一眼，就扔到火裡燒了，拉著我問這個竹筒是誰做出來的，說這麼有才的想法，肯定不是小姐這個笨腦袋想出來的……」
「算了。」丹年強忍住氣，揮了揮手，她實在不知道還有什麼能讓沈鈺大驚失色的。
「他們有什麼別的話要對我說嗎？」
小石頭解開外袍，在胸口摸了半天，才掏出一個信封，遞給了丹年。
信上並沒什麼特別的，只是父親安慰女兒的平安信，要她不要擔心，父親身體很好，腦子清楚。
就這幾句話，丹年便知道了。沈立言和沈鈺要她不要放在心上，他們已經知道了這件事，心中有了計較。
丹年這才放下心來，如此一來，他們便不會處於被動，如果朝堂上有了變故，也知道該如何應對了。這麼一想，丹年便心滿意足地在幾道鬼鬼祟祟的目光中回了家。
她現在愈來愈倚重碧瑤了，至於小雪，在經歷了蘇允軒往大皇子身邊安插男版燒火丫鬟的事件之後，丹年對小雪也產生了懷疑——莫非她也是哪個人派來的、身懷絕技的男丫鬟?!

有鑑於此，丹年現在都不讓小雪進她的房間，萬一是個男的，她不就虧大？可是她又不能揪著小雪說：來，把衣服脫了，讓姊姊驗身！

要是真的這麼做，李慧娘不覺得她是瘋子才怪！

小石頭回來沒兩天，白振繁身邊的白仲就找上了丹年，遞了帖子邀請丹年去京城有名的樓外樓吃飯，丹年笑著婉言謝絕了。

理由說得很冠冕堂皇，丹年是未嫁之身，父兄又不在家，怎麼能同大姊夫私自出去吃飯？

可是打發走了白仲，又來了沈丹荷身邊一個管事媳婦，她朝丹年恭敬地一福，臉上帶笑說道：「大少夫人許久不見丹年小姐了，想念得慌，雍國公府在京郊有個別院，這幾日桃花開得好，想藉這個機會找丹年小姐去看看。」

雖然她說得情真意摯，但李慧娘著實對沈丹荷提不起好感來，剛要謝絕，丹年卻笑盈盈地接話了。「那煩勞妳回去跟大姊姊說一下，我明日上午便去叨擾，大姊姊別嫌我礙事就是。」

管事媳婦趕緊鞠躬彎腰。「丹年小姐真是客氣了，我家大少夫人盼著您還來不及，怎麼會嫌您礙事？奴婢這就去回稟大少夫人。」說罷，她朝丹年和李慧娘行了個禮，歡天喜地地走了。

李慧娘驚詫地說道：「丹年，那沈丹荷哪裡是想念妳，分明就是不安好心！」

丹年拿著小銅勺撥了撥香爐裡的香料，漫不經心地說道：「我拒絕了一個，她還會派下一個，不如去看看她到底想要做什麼，知己知彼，總比不知道敵方動靜來得好。」

李慧娘見丹年不在意，也只能千叮萬囑她去了之後要萬分小心。

第二天，丹年梳洗打扮好，穿了件深藍色的百褶裙子，梳了個簡單的髮髻，頭上簪了根碧玉簪子，整個人很是清爽。

丹年原本是打算帶著小雪，讓馮老闆駕著馬車帶自己和小雪過去的，可是才剛一打開院門，就看到白仲笑咪咪地站在門口，旁邊停著一輛馬車。

白仲笑道：「我家大少夫人怕丹年小姐認不得路，特地囑咐我來接您過去。」

丹年在心中暗暗嘲諷，白家到底是出了什麼樣的事，才讓一向厭惡自己的沈丹荷無論如何也要請自己過去呢？

李慧娘有些吃驚，上次丹年失蹤的事情讓她現在想起來還有些害怕，不禁拉著丹年到一邊去，想勸丹年不要再出去了。

丹年猜得到李慧娘在想什麼，便勸慰道：「娘，雍國公府既然都派一等管事來了，想必不會使什麼下流手段，不然豈不是在全京城人的面前打自己的臉嗎？您放心，說完話我就回來。」

李慧娘嘆了口氣，目送丹年上了馬車，只盼她安全回來。

馬車行駛了不到一個時辰，就到達雍國公府京郊的別院，庭院裡果然開滿了桃花，桃花樹之間還精心點綴了別的花卉，看起來繽紛異常。

沈丹荷和白振繁早已等候在那裡，見丹年來了，一起迎了上去，丹年心中微微吃驚，更加確定沒什麼好事在等她。

沈丹荷露出端莊的笑容，拉著丹年的手，親熱地說道：「這麼長時間都沒見到丹年妹妹了，也不來看看大姊姊！」

這話似是嗔怪，彷彿兩人關係多親密似的。

丹年不著痕跡地掙脫了沈丹荷的手，裝作在欣賞庭院裡的桃花。「大姊姊哪裡記得妹妹？妳和大姊夫新婚燕爾，正是甜蜜的時候，妹妹可不好來打擾大姊姊！」

丹年連站在沈丹荷身邊都覺得噁心，何況是讓她拉著，她還真怕自己的手爛掉。

沈丹荷低頭微微笑了起來，頰上飛起了紅暈。白振繁玉樹臨風，站在她身邊，兩個人在繽紛的桃花樹下，頗有幾分神仙眷侶的味道。

丹年臉上笑咪咪的，心裡卻在惡狠狠地想著，等齊衍修和蘇允軒一個內奸、一個反賊造反的時候，看你們還有沒有辦法這麼「脫俗」！

沈丹荷在拉著丹年絮叨了一陣姊妹之情後就說不出其他話了。本來她和丹年就互相看不順眼，能扯出這麼多話，也夠難為她這個「京城第一才女」了。

沒多久，便有丫鬟和小廝抬了小桌過來，布置了點心和茶。沈丹荷和白振繁招呼丹年坐下，頭頂和四周全是粉豔的桃花，微風吹過，幾片桃花花瓣便隨風飄在空中，美不勝收。

白振繁滿意地看著丹年欣賞著四周的美景，有些自負地說道：「丹年妹妹，我這京郊的桃花可是好看？」

丹年笑容未變，點頭道：「確實好看。」

沈丹荷對於白振繁對丹年的殷勤有些吃味，她用酸味不明的語氣笑道：「丹年妹妹在鄉下可沒見過這麼漂亮的桃花樹吧？這些可都是找老花匠接過的，花開得特別好，而且只開花，不結果。」

丹年低頭笑了笑。在沈家大房的人眼裡，即便二房功成名就，依然矮了他們一截，依然無時無刻該被他們踩在腳下。

「這些桃花真的不錯，不過……丹年記憶中最美的桃花，已經看過了。」丹年回想起之前和蘇允軒搭船順流而下時，河岸邊飛舞的花瓣以及那連綿不斷的桃花林，那才是她心中最美的桃花。

「喔？」白振繁來了興致。「最美的桃花？妹妹在哪裡看到的？說來聽聽。」

丹年淡淡一笑。「我不知道那是哪裡，只覺得在桃花林旁種菜、餵雞、做飯，看著桃花飛舞、日出日落，那日子才是最美的。」

白振繁眉角直跳，他根本猜不到丹年在說些什麼，只得笑道：「妹妹果真是個雅人。」

沈丹荷只差沒黑臉了。種菜？餵雞？那種粗野農婦才會做的事情，沈丹年是存心來作踐她的吧?!「丹年妹妹這是在老家待太久了，過於思念以前的生活，怕是在夢裡看到的吧！」

面對沈丹荷話語中暗含的嘲諷，丹年並不反駁，只笑道：「本來就是個美好的夢，作夢時不覺得有多好，等夢醒了再回憶起來，方才覺得是個美夢。」

沈丹荷逐漸心浮氣躁起來，她叫丹年來的目的可不是為了談論一個鄉下丫頭作過的夢！

「丹年妹妹，二叔叔和鈺哥哥都不在家裡，二嬸嬸可還好？」沈丹荷一副關切的模樣。

好不好妳自己不會去看啊！還鈺哥哥？我叫沈鈺都沒這麼噁心！

丹年在心裡罵完以後，皮笑肉不笑地說道：「挺好的。」

「按理說，這事由我來開口也不合適，可二叔叔和鈺哥哥不在家，二嬸嬸又不出門，長姊畢竟如母……」沈丹荷笑意盈盈地開口了，一副為難的樣子。

「大姊姊有什麼事就直說吧。」丹年見她東拉西扯了半天，終於切入了正題，索性直截了當地說道。

白振繁見丹年爽快，也不含糊，直接說道：「妹妹妳也知道，上次大皇子殿下直接求親，妹妹天資聰穎又天生麗質，詩詞書畫都是一絕，他那樣的人，如何配得上妳！」

這話可說得大逆不道了，你是雍國公世子可以這麼說，但我一個武將之女就不能這麼說了！丹年心想。

眼珠子一轉，丹年笑咪咪地說道：「大姊夫太誇獎我了，大皇子殿下是個不錯的人呢！」

白振繁氣息猛然一窒，然而修養極好、城府極深的他，哪能被丹年這點話語擊倒，便笑道：「我和妳大姊姊知道丹年妹妹心中有怨，哪個女子不想嫁個如意郎君？即便不為後半生著想，也要為自己將來的孩子著想啊！」

丹年臉上飛起了紅暈，點頭笑道：「大姊夫說得是。」

沈丹荷笑道：「我原本瞧丹年妹妹就投緣，嫁入雍國公府之後，整日見不著妹妹，便覺得少了點什麼。」

丹年垂著眼，心想：沈丹荷是吃錯什麼藥了？自己不給她找麻煩就是好事了，還整日想念得慌，莫非她有被虐傾向？又或者是還想讓自己嫁給白振繁？不，像她那樣的人，不可能幫自己的老公找小老婆啊！

白振繁笑道：「丹年，我知道妳同二弟感情甚好，只是二叔叔和沈鈺一直不在京城，沒人為妳作主。」

丹年吃驚地張大了嘴巴。他想做什麼？強拉自己入夥？

白振繁指著丹年，朝沈丹荷笑道：「妳看妳妹妹，這點事都能羞紅了臉！」

沈丹荷也笑道：「丹年妹妹，若是妳能嫁給二弟，便是雍國公府的二少夫人，雍國公府一半都是妳的了。將來還會有更多的榮華富貴等著妳，我們都是一家人，大姊姊和大姊夫必定不會虧待妳。」她的語調帶著蠱惑，為丹年編造著美好的遠景。

丹年笑了，繞了這麼大一個彎子，還是想打她的主意啊！其實白振奇的婚事還真不好辦，混帳成那樣子，即便是雍國公的兒子，也沒有哪家願意把自己的嫡女嫁給他，畢竟他不是長子，繼承不了爵位。

可若要讓他娶個庶女，這不是打雍國公一家的臉嗎？堂堂雍國公家的嫡出公子，從小就被捧在手心裡，居然要娶庶女？公主他們都不一定看得上！

選來選去，丹年居然是最合適的那個！雖然沈立言是庶子，可丹年卻是嫡女，沈立言與沈鈺又是兵權在握、聲望極高的將軍，對白家來說，這樣身分的媳婦，真是可遇不可求。

「父兄不在，婚姻大事丹年哪能自己作主？」丹年連忙站起來，轉身便想走。

沈丹荷和白振繁相視一笑，沈丹荷趕緊上前拉住丹年，白振繁則語氣溫和地寬慰道：「妹妹不要擔心，大姊夫也不忍心看妳和二弟有情人不能終成眷屬，大姊夫這就修書給二叔叔，若是邊境緊急，二叔叔不能回來，岳父身為妹妹的大伯父，也可代行父親的責任。」

丹年回過頭，眼神帶著譏諷。「大姊夫這說的是什麼話？你是名門公子，怎麼能亂說話敗壞妻妹的名聲？我何時同二少爺有情了？」

沈丹荷見白振繁眼裡有了怒氣，連忙打圓場。「丹年妹妹，別怪妳大姊夫，我們也是為了妳好，自家人面前說話，哪有那麼多講究？」

丹年低頭笑了笑。現在雍國公府勢力如日中天，這個時候還不能得罪他們，萬一那兩個內奸和反賊不給力，笑到最後的就是這位城府深不可測的大姊夫，要是他日後想起她這麼不給他面子，可就壞事了。

「丹年自然知道大姊夫是為了丹年好，不過爹和哥哥都不在家，婚事還是暫時不要提了。」丹年退了一步說道。

「這個不必擔心，二弟的婚事，我這做哥哥的自然要操心到底，丹年妹妹只管在家中安心待嫁即可。」白振繁微微鬆了口氣說道。

沈立言一家最是寵溺沈丹年，只要沈丹年願意嫁，沈立言肯定不會拒絕與雍國公府聯姻。

然而丹年只是搖頭，堅持道：「父兄不在，婚姻大事丹年不敢妄言！」

白振繁耐心告罄，他看丹年去頂撞別人，會覺得這個小辣椒很有意思，很合他的口味，但如果丹年忤逆的人是他，長期霸權在手、說一不二的白振繁便沒了耐性。

沈丹荷一看白振繁動了怒，非常擔心。一來怕他遷怒到自己身上，要是搞不定丹年，她的地位岌岌可危；二來丹年若能嫁入雍國公府，將來自己便是丹年的長嫂，最後還不是任她搓圓捏扁！

沈丹荷連忙把丹年拉到一邊，使了個眼色給白振繁，表示她會勸說沈丹年。

第七十一章　怒火攻心

「丹年妹妹，妳怎麼這麼糊塗呢？只要妳點頭，剩下的交給大姊姊和大姊夫就行了。妳不是擔心二叔叔和鈺哥哥在戰場上危險嗎？妳若是做了二少夫人，就讓公公把他們調回來，在兵部裡找個安穩的肥差，豈不是兩全其美？」沈丹荷拉著丹年，「情真意摯」地說道。

「二姊姊比我大，不也沒出嫁嗎？」丹年問道。

沈丹荷不屑地撇了撇嘴。「不過是個庶女，哪裡有資格嫁入雍國公府做正房夫人？」

丹年了然於心，這兩個人之間的關係還是水火不容。

見丹年不回答，沈丹荷有些著急，說話語氣不由得加重了不少。「妳倒是說話啊！這麼好的婚事往哪找?!」

丹年似笑非笑，盯得沈丹荷心裡一陣發毛。「大姊姊，這樁婚事好不好，妳自己心裡清楚，何必來問我呢？」

沈丹荷握緊拳頭，提高了聲音說道：「別怪我沒提醒妹妹，仲春節那天，二弟為了妹妹在街頭打架，就衝著這點，妹妹難道不該領情嗎？」

丹年歪頭想了想，點頭道：「仲春節那天晚上，二少爺確實和人在大街上打架，不過大姊姊怎麼能強說是為了我打架呢？」

「妳這麼想，別人可不這麼想，若是整個京城的人都知道了，妳的名聲就臭得不能再臭了。到時候，妳只能求雍國公府去下聘禮了！」沈丹荷冷冷地說道。

說完，她似乎又覺得自己的語氣過於冷硬了，便擠出笑臉，緩和了語氣，對丹年說道：「大姊姊也是為了妳的將來考慮，實話雖不好聽，可還是有理啊！總歸都是嫁入雍國公府，何必等將來事情敗露、聲名狼藉才嫁進來呢？到那時公婆不但不喜歡妳，連下人都會看不起妳，現在風風光光地嫁進來，不是更好！」

丹年直接打斷了沈丹荷的長篇大論。「我不想嫁給二少爺，更不想嫁入雍國公府。丹年生於鄉野，只想著小富即安，不敢奢求別的。承蒙大姊姊和大姊夫看得起，你們的好意，丹年心領了。」

丹年憋了一肚子火氣，話卻不得不說得更委婉一些。沈丹荷再怎麼無恥，也是白家的大少夫人，她想找她麻煩，自己也沒辦法。

她想起上次在雍國公府參加壽宴時的不好經歷，不禁皺了皺眉頭。

沈丹荷說得嘴巴都要乾了，丹年卻不為所動，火氣便不斷往上竄。「丹年妹妹，雍國公府肯求親，這是天大的面子，誰不歡迎妳嫁進來？」

「是嗎？」丹年吃驚地說道：「那日見到的白二小姐可不好相處，我可不想有這樣的小姑！」

沈丹荷微微一笑，她到底還是個鄉下丫頭，分不清局勢。「丹年，小姑終究要嫁出去，將來她要倚仗娘家，還不是要看妳的臉色，怕她做什麼？若是看她不順眼，以後有的是機會拿捏她。」

「那大姊姊以後是不是也有的是拿捏我的機會？」丹年慢悠悠地說道。

沈丹荷被噎住了，不自在地笑道：「大姊姊怎麼會拿捏妳？」

丹年笑了起來。「我看會！」

說著，又看了看坐在遠處品茶的白振繁，轉頭對沈丹荷笑道：「聽說雍國公夫人已經為大姊夫訂下了幾房貴妾，想必過不久便有不少孩子圍著大姊姊叫母親了，兒孫滿堂，可真是幸福至極啊！」

沈丹荷氣得嘴唇都在哆嗦，她指著丹年罵道：「妳、妳真是不知好歹！我看妳能得意到幾時，妳等著嫁給大皇子，往死路上奔吧！」

沈丹荷說罷便怒氣沖沖地往屋子裡走，丹年見主人都走了，自己再留下來也沒什麼意思，便抬腳往外走。

丹年才剛走到庭院門口，就見白振繁追了上來，他蹙著眉說道：「丹年妹妹，怎麼招呼都不打一聲就走了？」

丹年眨著眼睛說道：「我看大姊姊不歡迎我，也不理我了，便想著還是走吧。」

白振繁暗罵沈丹荷不識大體，都這會兒了，還在計較之前的雞毛蒜皮！「丹年，妳還是再仔細考慮一下吧。妳年紀也不小了，若想再找，怕是難以找到合心意的，只要嫁到自己家裡，大姊姊和大姊夫還能虧待了妳？」

白振繁語重心長地說道，彷彿是在教育不懂事的妹妹一般。

丹年看著微微皺著眉頭、一臉諄諄教誨模樣的白振繁，心頭感到一陣厭煩。

「大姊夫，我與二少爺交情並不深，您誤會了。丹年出身於鄉野，也不是那種因為眾人的一點小誤會就尋死覓活的千金小姐。」丹年冷冷地說道。

白振繁一怔。丹年冷厲的模樣就像一隻渾身豎起利刺的刺蝟，彷彿對面不是掌握生殺大權的王公貴族，而是個無恥的無賴一般。

然而白振繁這些年的修養不是白白得來的，他面上仍帶著微笑，說道：「丹年妹妹，妳不要只看到現在，也要想想以後，大皇子殿下必定沒資格競爭皇位，二皇子年紀還小，還要依靠雍國公府，到時候……」

開始威脅了啊！丹年在心中暗暗嘲諷。此時門外的小雪已經把馬車叫了過來，停在路旁揚著頭，眼巴巴地等著她。

丹年看著白振繁，笑著說道：「我很清楚之後的情況。」

白振繁面對丹年突然改變的態度，有了不解和疑惑。

丹年不管他，稍微環顧了一下周圍，發現自己被那絢麗的桃花給吸引住了，竟然沒留意到這別院雕梁畫棟，庭院裡的假山流水、門廊上掛的書畫，無一不是出自名家之手，這裡的奢華程度，堪比皇宮。

白振繁自以為全盤都在自己的掌握之中，卻不知自己已經成了棋盤上的棋子，即便大皇子和蘇允軒都失敗了，二皇子一登基，他也不會有現在的風光。還沒到那一步，就想著那個位置，果真是高高在上太久，都看不清局勢了。

丹年展顏微笑起來，都被欺侮到這分上了，她若還想保持中立友好的關係，任由他們欺負自己，簡直就是在打自己的臉。

「我清楚，白振繁。」丹年輕聲說道，聲音微弱得只有丹年和白振繁兩個人才能聽到。

「你永遠也坐不上那個位置！」丹年滿意地看到白振繁原本溫雅的笑臉轉瞬間全變了。

丹年的心情一下子舒暢了很多，即便是高高在上、權勢滔天的雍國公府又怎麼樣？即便是第二天就要被雍國公府列入黑名單又怎麼樣？人生在世，還能不快意一回？

丹年看都不看身後的白振繁，逕自上了小雪叫來的馬車，回家去了。

白振繁看著馬車遠去的方向陰沈地笑著，聲音有種說不出的恐怖，一張俊臉也扭曲了。

他是個多麼驕傲高貴的人，在他眼裡，他願不願意謀反坐上龍椅，全憑他高興與否，但被人指著鼻子說「你永遠也坐不上那個位置」，那比什麼都讓他覺得難堪！

丹年從雍國公府別院回來沒幾天，就收到沈家大房送來的壽宴請柬，沈家大夫人即將要過四十歲的生辰，因為是沈丹荷出嫁後第一次生辰，便有心辦得隆重一些。

李慧娘翻看著請柬，問道：「丹年，我們去還是不去？」

「去，上次沈丹荷出嫁，我們沒去已經是失了禮數，大伯母也無非是想炫耀她有個嫁去雍國公府的女兒。」丹年說道。

「那是肯定的，我會不知道妳大伯母是個怎麼樣的人？丹年，還是妳去吧，我實在不想看到妳大伯母那副嘴臉，妳去送壽禮、道賀一聲回來就是了。」李慧娘擺手嘆道。

丹年預備的壽禮很簡單，讓小雪去糕點鋪子打了十斤的壽桃，又備了十斤的壽餅，還選了最便宜的那種。

小雪領教了丹年的摳門，有些目瞪口呆，丹年還冠冕堂皇地解釋道：「人家肯定吃膩了那些大魚大肉，我們幫她備點素的，正好對人家胃口。」

呸，沈丹荷想把她嫁給白二少爺，就衝著這點，也不能給他們送什麼好東西！

丹年帶著小雪到了沈家大院時，外面已經是人山人海了。

她們雇來的馬車不能再往前走了，巷子裡的馬車排起了長龍，馬車要是一進去就難再出來。丹年沒辦法，只得和小雪一人提了一個十斤的紙包裹，步行到沈家大院門口。

長長的巷子讓丹年累得氣喘吁吁，丹年一邊走一邊感慨。「我怎麼就這麼大方，送這麼重的禮給她，早知道咱們打個三、四斤的壽桃就行了，人家也不缺咱們這麼點東西。」

小雪在丹年看不到的地方，朝天空深深翻了個白眼。

到了沈家大院門口，丹年和小雪費力地將兩個紙包裹提上了禮品登記處的桌子上，同時「啪」的一聲將請柬按到了桌子上。

負責禮品登記的人是兩個青年管事，大概是沒收過這麼「鄉土」的禮品，一時之間面面相覷。管事驗過了請柬後，便讓丫鬟領著丹年和小雪去了女賓那邊，丹年環顧了一下四周，大部分人雖然瞧著眼熟，卻也認不出誰是誰，一屋子的女人打扮得花枝招展，生怕自己在外人面前丟了臉。

不少夫人和小姐紛紛笑著來向丹年打招呼，丹年一一回應，內心卻是冷汗直冒。她向來記不太住人，這些人姓什麼名什麼、是哪家的夫人還是千金，她都不知道。

不過笑臉對著人總是沒錯，有人來打招呼，丹年便從椅子上站起來還一個笑臉，也不多說話。那些夫人便打趣丹年人長得漂亮，卻是個靦覥的人兒，雖說有沈家大房和二房不和的傳言，然而丹年的父兄現在手握重權，多巴結總是沒錯。

不過，也有白二小姐和陳媛芬那種人，她們一看到丹年便白眼一翻，別過頭去，丹年也不予理會。

這會兒沈家大房的大媳婦許氏才匆匆進來，她見到丹年後，丹年便朝她笑了笑，微微點了一下頭，算是打過了招呼。許氏鬆了口氣，有些拘謹地招待起客人。

丹年了解她的難處，丈夫不成樣子，婆婆不喜歡她，大姑嫁得好，二姑脾氣硬，一個個都能騎到她頭上去。

丹年想著想著，便想到了自己身上，若是自己嫁了白二少爺，絕不會比許氏好到哪裡去。

等了好久，沈丹荷和沈大夫人才過來，她們一出現，所有女賓紛紛站了起來，朝沈大夫人恭賀，也祝沈丹荷早生貴子。

沈丹荷一眼便看到坐在那裡、嘴角輕揚，帶著一抹諷笑的丹年，一時之間大感意外。然而此刻在眾人面前，雍國公府的大少夫人自然要保持貴婦風範，擺上笑臉到丹年跟前親切地打了聲招呼，拉著丹年的手，笑說等宴席開了，要吃好、喝好。

一番話活像丹年來了就是為了吃一頓酒席似的，明顯把丹年說成了一個吃貨。

丹年只是笑著點了點頭，並不接沈丹荷的話。

陳媛芬捏著絲帕笑道：「沈小姐，上次丹荷的婚禮妳沒來吧？」

丹年有些意外，陳媛芬是沈丹荷的閨中密友，一向看她不順眼，然而有那麼多雙眼睛盯著，出於禮貌，她還是說道：「是啊，我娘那天身子不爽利。」

陳媛芬揚著眉毛，嘲諷道：「大姊姊嫁人這麼好的事妳不來，不怕以後大姊姊和大姊夫不讓妳登門嗎？」

丹年笑咪咪地回敬道：「妳想太多了，我沒來參加大姊姊的婚禮，大姊姊和大姊夫雖然很不高興，但我們關係一向不錯，這點小事肯定不影響我參加大姊夫下次婚禮的資格。」

沈丹荷幾乎要噴出一口血了，有這麼當眾拆她臺的嗎！雍國公府提前幫白振繁訂了兩個貴妾，已經讓她憋了一肚子火了，這個沈丹年竟哪壺不開提哪壺，存心讓她不好過！

丹年周圍幾個夫人和小姐聽到這段話，都捂著絲帕偷偷笑了起來。

沈丹荷竭力嚥下胸中那股惡氣，笑道：「丹年妹妹還小，日後少不得也要學學姊妹們的相處之道。」

她未等丹年接話，便迅速說道：「妹妹先坐，大姊姊先去那邊了。」

丹年笑了笑，看著沈丹荷幾乎是落荒而逃的背影，有些掃興。她還沒來得及再嘲諷兩句呢，她就跑了……

沒過多久，花廳門口跑進一個丫鬟，丹年頭一抬，正好看到她筆直地朝自己匆匆走了過來，頓時嚇了一跳。這不是林管事的徒弟鐵丫嗎?!雖然把臉洗了乾淨，可依舊是男版丫鬟。

鐵丫看了丹年一眼，便低頭快步走到她身邊，躬身福了一福，捏著嗓子對丹年說道：「我家小姐說好久不見沈小姐了，想請沈小姐過去說說話。」

丹年低著頭，她不是不想見蘇允軒，但是這個節骨眼上，眾目睽睽之下，她怎麼去見蘇允軒啊！

見丹年猶豫不決，鐵丫有些焦急，哭喪著臉說道：「沈小姐，您行行好，要是您不去，我家小姐非打死我不可！」說著就用力拉住丹年的衣袖。

鐵丫雖然嬉皮笑臉，和林管事一樣是個吊兒郎當的人，但事情輕重還分得清楚，如今突然這麼急切地叫她過去，肯定是出了什麼緊急的事情。

丹年叫來小雪，對鐵丫笑道：「罷了，我去就是了。別哭了，瞧妳這大驚小怪的模樣，同妳家小姐一個德行！」

鐵丫聽了悻悻然，表面上卻還是歡天喜地，領著丹年出去了。

丹年和小雪跟著鐵丫走到一處僻靜處，鐵丫焦急地說道：「少爺遇到大麻煩了，要我來找妳，說只有妳能救他了！」

丹年吃了一驚，朝小雪喝道：「到那邊去，看著點，有人路過就高聲唱歌！」

小雪也明白發生了她不能知道的事，便白著臉站到路口，小心翼翼地盯著來往的人。

丹年心跳得如打鼓一般，蘇晉田接手蘇允軒外公的勢力，又在朝中經營多年，誰敢動他？除非是蘇允軒的身分敗露，白家要磨刀霍霍向小蘇了……

丹年心急如焚，一把抓住鐵丫問道：「到底是怎麼回事？」

鐵丫連忙將事情迅速說了出來，蘇允軒被人拉到一處喝多了酒，沈家小廝便幫忙鐵丫將蘇允軒帶到後院的一處廂房，可是廂房裡面燃著的香料氣味很怪。

人在沈家大院，鐵丫自然不敢有什麼動作，就在他為躺在床上的蘇允軒整理衣服、蓋被子的時候，蘇允軒突然輕聲跟他說，要他去找丹年來幫忙。

鐵丫在小廝的喝斥下退出去了，離去之前，那小廝只說等蘇允軒酒醒了，會安排馬車送他們回去，鐵丫唯唯諾諾地點了頭，便慌忙來找丹年。

這算什麼事?!丹年一時之間腦袋有些短路。「沈家要軟禁你家少爺？」

鐵丫幾乎要用頭撞地了。「我的大小姐，我哪裡知道他們要做什麼啊？不管怎麼說，少爺現在有危險了啊！」

丹年急了，腳下不停地跟著鐵丫快速往廂房趕，對於心中那種擔憂恐懼、火燒火燎的感覺，丹年自動解釋成反正她和蘇允軒是同一條船上的人，蘇允軒出事了，她也好過不到哪裡去。可再轉念一想，丹年不禁呸了兩聲，誰和他同一條船了!

等他們跑到廂房所在的院門口，鐵丫一把拉著低頭猛跑的丹年躲進旁邊的花叢中，沈丹荷和沈丹芸兩個人正站在廂房門口。

如今時節已至暮春，天氣漸漸熱了起來，不過沈丹芸穿得也太……涼快了些，水紅色的小褂袖子只到手肘，露出藕節似的雪白手臂，前襟開得極低，露出雪白的脖頸和鎖骨，還能看到大紅色抹胸上繡著妖嬈的花朵，隨著她的呼吸一起一伏。

沈丹荷似笑非笑地看著沈丹芸，說道：「妳心裡想什麼，姊姊都清楚。現在姊姊把路都為妳鋪好了，妳只需要走下去即可。」

沈丹芸抬起頭，豔麗的臉上滿是紅暈，她朝沈丹荷點了點頭，帶著顫抖的聲音說道：「我知道該怎麼走。」

說罷，沈丹芸推開廂房的門，進去後便反手關上房門。

丹年瞬間覺得渾身的血液一下子全往頭上湧去，憤怒得話都說不出來，連嘴唇都在哆嗦。沈丹芸居然敢對蘇允軒下爪子?!

丹年眼睛直勾勾地看著沈丹芸進入房間的背影，不受控制地從花叢中跳了出來。

正要往外走的沈丹荷一看到丹年在此，嚇了一跳，她慌忙攔住丹年，假意笑道：「丹年妹妹不去吃宴席，跑到這裡來做什麼？」

丹年一把推開沈丹荷，紅著眼睛罵道：「妳給我滾！」

沈丹荷火氣也上來了，她成為白振繁的妻子之後，還沒人敢這麼對她不敬。她站穩身子，又重新擋到丹年面前抓住她，她可不能讓丹年壞了她的好事！

丹年看著沈丹荷，眼神變得陰暗，示意鐵丫趕快進去。

沈丹荷情急之下，破口罵道：「妳敢進去，我就讓人打斷妳的腿！」

丹年猛然一巴掌打到沈丹荷臉上，沈丹荷捂著臉，驚愣地愣在那裡，丹年罵道：「我的丫鬟也是妳能處置的？當上白振繁的妻子，沒幾天就不知道自己是哪根蔥了？」

敢睡蘇允軒，經過她同意了嗎?!

看到丹年的舉動，鐵丫一時竟忘了要進去廂房「拯救」蘇允軒，而是愣在當場動彈不得。

沈丹荷美目圓睜，咬牙切齒，揚手就想打回去，卻被丹年一把抓住她的手臂，罵道：「論打架，十個妳也未必是我的對手，不想被人看到妳被我打得滿地找牙，就給我滾！」

說罷，丹年一把推開沈丹荷，飛速跑到廂房門口，一腳踢開了房門。

頓時一股溫熱、味道詭異的暖流迎面撲來，丹年腦子不禁一沈，還好門口一陣風吹了過來，讓丹年瞬間清醒不少，她回頭看到鐵丫站在門口，趕緊吩咐道：「快去把門窗都打開！」

鐵丫滿臉崇敬地看著丹年，迅速進去打開了門窗。

陰暗的廂房頓時亮起來，蘇允軒拎著鞋子，衣衫凌亂，梳好的髮髻也散落了，如墨般的髮披散在肩上，俊逸泛紅的臉龐看起來充滿誘惑，他扶著桌子站在那裡，微微喘著氣。

而沈丹芸則是上衣褪盡，只穿著大紅色抹胸，隔著桌子站在離蘇允軒不遠處，吃驚地望著丹年。

丹年看到這幅景象時，只覺得眼前一陣發黑，心裡忍不住把沈家大房的人都千刀萬剮了無數遍。

第七十二章　自食惡果

沈丹荷疾步走了過來，臉上還帶著紅紅的指痕，她強撐著笑臉朝蘇允軒說道：「蘇大人，您對我妹妹做了什麼？」

蘇允軒喘著氣，剛想說些什麼，卻對上了丹年的眼睛，頓時就像心虛一樣，低著頭不吭聲。

沈丹芸「哇」的哭出聲來，撲倒在沈丹荷懷裡，沈丹荷定了定神，扶著沈丹芸坐到繡墩上，鎮定地從床上拿了沈丹芸的外褂披到她身上。

做完這些，沈丹荷一臉嚴肅且憤怒地說：「蘇大人，我們沈家是比不上你們蘇家，可也不能就這樣讓你欺負我們沈家的姑娘。」

然而蘇允軒還是低著頭不吭聲，只有手攥著桌布，指節微微泛白。丹年急得要命，都到了這個時候，怎麼反而沈默不語了，他不是能言善道、很會耍流氓的嗎？

沈丹荷打鐵趁熱，摟著掩面哭泣的沈丹芸，長嘆一聲說道：「如今事已至此，沈家和蘇家都是要臉面的人，我知道你一直對丹芸妹妹有意，我們沈家也不是不通情達理的人，我這就同尚書大人說說，姑娘家的名譽重要，盡快擇個日子把喜事辦了吧。」

蘇允軒仍舊低頭不說話，鐵丫不禁急得團團轉，少爺平常不是這樣的人啊！

丹年清清楚楚瞧見床鋪凌亂，沈丹芸光著膀子，蘇允軒的臉則是紅的，長期以來積累的怒火瞬間爆發了，她拿起小几上已經冷卻的茶壺，劈頭蓋臉潑了沈丹芸一頭茶水、茶葉，連帶著沈丹荷身上也是茶葉渣子。

裝出哭哭啼啼模樣的沈丹芸一下子愣住了，連哭都給忘了。

沈丹荷因為怕人多嘴雜，早就把這附近的小廝和丫鬟清場完畢了。

這會兒沒了丫鬟、小廝，要是惹惱了沈丹年這個暴力的鄉下丫頭，說不定真會把自己按到地上打，所以沈丹荷態度也不敢過於強硬，只是罵道：「丹年妹妹，妳在做什麼？妳怎麼這麼沒規矩，有這樣對待姊姊的嗎?!」

雖然嘴上還算客氣，可是那劇烈起伏的胸膛和噴著火苗的雙眼，洩漏了沈丹荷的憤怒。

「什麼姊姊？陷害妹妹、軟禁男人，妳這種無恥下作之人，也配當我姊姊？」丹年不買沈丹荷的帳，插腰罵道。

沈丹荷被罵得臉色發白，她努力定了定神，想粉飾太平，等過了今天，看她怎麼弄死沈丹年！「丹年妹妹，妳別耍小孩子脾氣，丹芸妹妹馬上就是蘇少夫人了，妳不為她高興嗎？」

丹年罵道：「呸！誰是蘇少夫人？我答應了嗎？」

沈丹芸早不耐煩了，細長的眉毛一揚，插嘴罵道：「妳算是什麼東西，有什麼資格作主啊？」

丹年倏地轉頭看向一直沈默著的蘇允軒，盯著他問道：「你說，我有沒有這個資格？」

蘇允軒抬起頭，看著丹年，嘴角慢慢上揚，俊美的臉上是掩飾不住的溫柔笑意，如同春風拂面般，看得丹年心頭一陣狂跳。

在三個女人外加一個男版丫鬟的注視下，蘇允軒緩緩開口了，他的聲音雖然有些低啞，卻堅定有力。「有，除了妳，誰都沒有這個資格。」

丹年鬆了口氣，卻突然意識到蘇允軒說了什麼，臉上燒成一片。她強自鎮定心神，上前去拉了蘇允軒就要往外走，完全不管在一旁咬牙切齒的沈丹荷和沈丹芸。

此時沈丹芸突然跳起來擋住門口，盯著蘇允軒哀求道：「蘇少爺，你若不娶我，我名聲已毀，只有出家為尼了！」

丹年嗤笑道：「二姊姊放心，我們不會說出去的，至於妳那親姊姊為了把妳賣了，會不會說出去，我們就管不了了。」

沈丹芸惱怒異常，一方面是氣沈丹荷辦事不力，更多則是心煩丹年這個人陰魂不散，到哪裡都要壞她的好事。

「妳就不怕我叫前院的人來看看？讓他們都知道蘇少爺對我……對我做了什麼！」沈丹芸不甘心地叫道。

「對妳做了什麼啊？我怎麼沒看到？」丹年反問道：「比嗓門大是不是？妳信不信我跟他們說妳脫光了站在人家面前，人家都不屑看妳一眼啊！」

丹年話說得雖然難聽，卻是實話，沈丹芸脫得只剩一件抹胸了，她長得那麼狐媚勾人，白嫩嫩的膀子和前胸還敞露著，可蘇允軒看都不看一眼，躲她躲得如同洪水猛獸一般，簡直是奇恥大辱。

沈丹芸屬於典型的胸大無腦，吵架最多是不停問候對方的娘親和祖宗，但她和丹年是同一個祖宗，問候了丹年的祖宗就等於問候了自己的祖宗，這方面她是吃虧的。

另外，她和沈丹荷一樣，都是外強中乾，要真論誰的拳頭硬，她萬萬不敢和丹年槓上，她若開口問候丹年的娘，丹年就會用拳頭問候她那豔麗的小臉蛋。

沈丹芸畢竟還沒笨到那個程度，她嘴巴張了幾次，最終才憋出一段話來。「那又怎麼樣？鬧大了最好，反正我身子被他看過了，他要負責，還是要娶我。」

到了這個地步，沈丹芸已經沒什麼羞恥心可言，能把自己嫁到好人家才是最重要的，蘇晉田就這麼一個兒子，將來尚書府都是她的，就算不要臉，她也要努力抓牢蘇允軒。

丹年看了看身後一言不發的蘇允軒，火氣不小地說道：「好啊，讓他收了妳！」

沈丹芸臉上一陣喜色，看樣子丹年還是怕把事情鬧大！

然而還沒等沈丹芸高興完，丹年便湊近她，陰沈沈地笑道：「收了妳做丫鬟，怎麼樣？」

沈丹芸勃然大怒，插腰罵道：「妳敢？不對，是他敢？我爹不會饒了他的！」

丹年滿不在乎地笑道：「事情鬧大了，妳爹得求蘇少爺讓妳進蘇家，若蘇允軒怎麼樣都不願意娶妳，那妳只能去做尼姑；如果不想以死明志，那最多就是看在我的面子上，讓妳做個丫鬟。」

見沈丹芸目瞪口呆，仍擋住門口，丹年不耐煩地一把推開她，罵道：「閃開！」

說完她拉著蘇允軒走出了廂房，鐵丫原本看戲看得正過癮，也連忙跟了出去。

丹年拉著蘇允軒怒氣沖沖地往院子外走，難以遏制住胸中的怒火，居然有人敢對蘇允軒下爪子?!

此時，身後傳來沈丹芸嗚咽的哭泣聲，丹年心裡一動，停下腳步轉過頭去，看到沈丹芸頹然跌坐在門檻上，雙手捂著臉。

丹年轉身走回去，對著沈丹芸說道：「妳別以為沈丹荷是為了妳好才算計蘇允軒的，妳動腦子想想……」

未等丹年說完，沈丹荷就快速從廂房走出來，打斷了丹年的話。

「丹芸妹妹，不要聽這死丫頭胡說八道，我們才是一家姊妹，姊姊總希望妳嫁得好，將來我們姊妹也好相互扶持。」沈丹荷雙眼噴火，瞪著丹年說道。

丹年冷笑道：「妳若真這麼好心，為何不讓我把話說完？」

她又轉頭面向沈丹芸說道：「妳也不想想，妳用這樣的方式威脅蘇家人，收妳做小妾是最有可能的結果，退一萬步來說，即便是迫於無奈娶妳做正室，蘇家人會看得起妳？」

沈丹芸睜大眼睛看著丹年，眼角、臉上還掛著淚珠，眼底一片茫然。沈丹荷急了，罵道：「胡說八道什麼！嫁入蘇家就是少夫人，將來還能主持中饋，蘇家又是禮儀世家，哪會不重嫡妻！丹芸妹妹，不要聽她胡說！」

丹年冷哼了一聲。「沈丹荷，妳只不過是怕二姊姊嫁給白公子，和妳共事一夫罷了，所以才設局讓二姊姊的名節毀了，至於她將來是做尼姑、尋死，還是嫁出去之後過得生不如死，都不關妳的事！」

此話一出，沈丹芸看向沈丹荷的眼裡充滿了驚懼和深深的憤怒，丹年嘆了口氣，又向沈丹芸說道：「我們不會跟別人提起這件事，如果日後有風聲傳出來，那必定是沈丹荷搞的鬼，到時候妳要怨就怨她太狠心吧！」

丹年說完便拉著蘇允軒頭也不回地走了，只留下眼神絕望又憤怒的沈丹芸和一臉心虛的沈丹荷。

等走出院子門口拐彎到了僻靜處，丹年一把甩開蘇允軒的手，滿臉羞惱。

從一出廂房的門開始，她其實就想甩掉蘇允軒的手了，可蘇允軒表面上默不吭聲地低頭跟在她身後，實際上卻暗暗用力握住丹年的手，丹年不動聲色地甩了幾次都沒甩開，又不想讓沈丹荷和沈丹芸看他們內訌的笑話，才一直忍到現在。

「拉夠了沒有？」丹年咬牙切齒地罵道。

蘇允軒笑了笑，閒適地在鐵丫的幫忙下穿好了外袍，就在丹年以為他不準備回答時，他才輕描淡寫地說了一句。「沒有。」

丹年剛想發作，又突然覺得和他討論這個問題太沒意義，轉而怒氣沖沖地問道：「你是怎麼回事？是不是我不來，你就打算從了她了？」

蘇允軒無辜地攤開了手。「我被人下了藥，廂房裡點的又是催情香，她如狼似虎地撲上來，我想奮力反抗，可有心無力啊！」

丹年只覺得身上的血液都往頭上湧。好，很好！蘇允軒，你還委屈得不得了呢，有美人投懷送抱，你便半推半就，要不是我來，你還打算從了！

丹年不怒反笑，冷哼道：「那還真是抱歉啊，打擾了你們的好事！」

說罷，丹年抬腳轉身就走，蘇允軒低沈的笑聲在身後響起，他上前一把抓住了丹年的手臂，在她耳邊輕聲說道：「妳能來，我很高興。」

他溫熱的氣息柔柔撲打在丹年的耳朵上，她的耳朵瞬間紅透。

看著丹年通紅圓潤的耳垂，讓蘇允軒有股想含在嘴裡嚐嚐味道的衝動，正當他心猿意馬之際，身後一直充當背景的鐵丫咳了一聲，恭敬地說道：「少爺，該去吃酒席了，不然禮都白送了！」

蘇允軒皺著眉頭，很不樂意地低哼了一聲，丹年趁他手鬆了，趕緊掙脫開來，頭也不回地跑掉了。

蘇允軒眼帶笑意看著丹年跑掉的方向，緩緩抬手整了整衣領，便邁步去了宴會廳。

小雪還在原地等候丹年，好不容易等到丹年回來，急得眼淚都要出來了，連聲問著。「小姐到底去哪兒了？」

丹年努力鎮定心神，然而臉頰上的潮紅哪那麼容易消下去，她擺了擺手說道：「我去挽救要被摧殘蹂躪的未成年花朵了。」

小雪聽不懂丹年在說什麼，不過見丹年無事，便放下心來，等她們回到女客們待的花廳，宴席已經開始了。

沈家大房對這次宴會可謂下足了功夫，宴席上的菜都做得色香味俱全，丹年這才覺得那二十斤壽禮送得不算太虧，心裡稍稍好受了一些，只是不知道沈大夫人若了解她內心的想法，會是怎麼樣的表情。

因為男賓那邊會相互敬酒，菜吃得就慢一些，但女賓這邊也不能快快就散了席，於是丹年便有一搭沒一搭地聽其他人聊天，可她心裡不知為何七上八下，總覺得有事要發生一般。

算了，她自我安慰起來，還有比蘇允軒被別的女人給睡了更壞的事情嗎？

就在此時，沈丹荷陪同著沈大夫人來向客人打招呼了，丹年瞧沈大夫人一臉春風得意，看起來氣色不錯，像是年輕了十歲。沈丹荷則重新梳洗上過妝了，臉上的指痕早已不見，頭髮也梳理得整整齊齊，一副雍容華貴的雍國公府媳婦形象。

她們一出現，自然成為人群焦點，每到一桌，所有的人就站起來極盡討好之能事，不斷說著吉祥話。

沈大夫人大概還不知道沈家三個女孩做出了什麼事，在看到丹年時，便不自覺地端出雍國公親家母的架勢，還掛著慈祥的笑臉，拉著丹年的手，慈愛地說道：「丹年也長成大姑娘了，過不了幾年也要嫁人了！」

丹年低頭笑了笑，一副羞澀的模樣，可轉眼間便想明白了。若沈大夫人知道後院剛才發生了什麼事，恐怕早就叫她滾蛋了。

沈丹荷看著自己的娘親拉著丹年裝親熱，一口氣堵在胸口，幾乎要嘔死了，卻還得擺出一副賢良淑德的長姊形象來。

丹年故意問道：「二姊姊呢？」

沈丹荷差點沒吐血，她強笑道：「丹芸妹妹這兩日身子不爽利，剛躺下歇息了，等會兒散了席，妳再去看她吧。」

丹年乖巧地點了點頭，沈大夫人見狀，頗為得意地對其他人笑道：「別看丹年這丫頭來得晚，她們姊妹三個感情可是好得很，丹荷和丹芸待她像親妹妹似的。」

宴席上的眾人連忙誇讚了幾番，不是說沈大夫人持家有方，子女們一個個都謙恭友愛，便是說沈丹荷這個大姊姊做得好，最終都歸功到沈丹荷不愧是雍國公府的大少夫人這一點上。

就在此時，一個管事媳婦神色緊張，匆匆走了進來，附到沈大夫人耳邊說了兩句話，沈大夫人正在興頭上，微微拉下臉，不悅地說道：「客人都在這裡，怎麼這麼沒規矩？」

管事媳婦滿臉焦急忐忑，一旁的沈丹荷看到了，體貼地說道：「母親，倘若是有事，就先去看看吧。」

誰知管事媳婦聽到了，竟是躊躇地看了沈丹荷一眼，讓沈丹荷不知為何有些發毛。

沈大夫人滿懷歉意地朝眾人一笑，連聲要她們坐下來繼續玩，接著才在眾人的歡送中，擺足了架子，帶著沈丹荷出了花廳。

丹年百無聊賴地等了一刻鐘，也不見沈大夫人回來，便想回家了，她悄悄退了出去，在門口叫來沈家大院的一個丫鬟，要她去偏廳叫小雪。

沒多久，小雪便匆匆過來了，嘴巴上還沾著油漬。

丹年覺得有些好笑，掏出絲帕遞給小雪。「好好擦一擦，讓人看到了，還以為我平日虧了妳吃飯似的！」

等坐上了馬車，小雪笑嘻嘻地向丹年說：「小姐，我聽到有婆子說二小姐也要嫁入雍國公府了，可是真的？」

丹年驚訝不已，趕緊問道：「妳聽誰說的？她們特地跟妳說的？」

小雪說道：「我吃過飯，去院子裡轉了轉，因為我個子矮，坐在花叢底下沒人看到。我瞧那兩個婆子是大老爺家裡的，還看到她們跟在大夫人後面一起走過去。」

「她們到底說了些什麼？」丹年問道。

小雪瞧丹年並不生氣，才說道：「也沒說什麼，就說二小姐看來也要嫁進雍國公府了。」

丹年知道從小雪這裡問不出什麼了，便摸了摸她的頭，笑道：「這可是喜事，不過在二姊姊婚事還未定下來之前，妳可千萬不能亂說。」

小雪點點頭，不敢再多說。

丹年心中很是納悶，沈丹芸設計的人是蘇允軒，怎麼才一轉眼的工夫就要嫁入雍國公府了？是嫁給白振繁作妾，還是嫁給白振奇？

不過，不管沈丹芸嫁給哪一個，丹年都會拍手叫好。

原本她對沈丹芸沒什麼特別的厭惡感，因為沈丹芸只是個愛慕虛榮的花瓶，而且沈丹芸從頭到尾沒有真正傷害過她。

可經歷過今天的事情後，丹年的想法也變了，當她看到沈丹芸衣著暴露地站在蘇允軒面前時，她有一瞬間想讓沈丹芸永遠消失。

蘇允軒今日無非就是在試探她，試探他在自己心中到底有多大的分量，丹年手摳著馬車的座椅，臉上一陣紅一陣白。自己是瘋了嗎？一聽到他出事了就慌忙去救他，可是他真的需要自己救嗎？

即便沈丹芸設計成功了，沈立非的反應肯定是「走了大運」，只要能和蘇府聯姻，他有什麼不願意的？

至於蘇允軒，不過是他家後院裡多了個美人，還能藉此和雍國公府搭上線，便於進行他的「反賊事業」，豈不兩全其美？反觀自己，就像一個跳梁小丑一般，為了他上竄下跳，把沈家大房的人給得罪光了。

丹年愈想愈傷心，將沈丹芸的事情也拋到一邊去了，反正沈丹芸就要嫁入雍國公府了，她們親姊妹愛怎麼折騰就怎麼折騰，不關她的事！

沈家大房的後院鬧翻了天，沈丹芸跌坐在地上，頭髮散亂、衣衫不整，美麗的臉蛋上滿是淚水，左臉頰上一個通紅的掌印清晰可見。

給了她一巴掌的人正是沈丹荷，沈丹荷氣得站都站不穩了，指著沈丹芸的鼻子罵道：

「妳這個不知羞恥的賤蹄子，都爬到男人床上了！」

沈丹芸也氣得要發狂了，她根本不知道發生了什麼事，醒來以後就是這種情況不說，還受了沈丹荷一巴掌，於是立即回罵道：「怎麼爬到男人床上還不都是妳教的！」

「妳……」沈丹荷指著沈丹芸，嘴唇哆嗦著，卻說不出話來。

沈丹芸別過頭去，慢慢撐起身子站了起來，沈丹荷眼尖地瞥見沈丹芸的裙子上還有斑斑血跡，她同沈丹芸姊妹這麼多年，自然知道沈丹芸的小日子不在這幾日，那血到底是怎麼染上去的，她怎麼可能猜不到！

沈丹荷只覺得眼前一陣發黑，管事媳婦嚇得連忙扶她坐到繡墩上，沈丹荷扶著額頭，強忍著眼淚，內心卻同時湧上憤怒與悲哀。

沈大夫人處理好外面的事情，推開房門便看到這麼一幅光景，眼淚瞬間一串串落了下來，快步走上前去把沈丹荷摟入懷中，哭叫道：「女兒啊，妳的命怎麼這麼苦啊！」

沈丹芸嘴角揚起一抹諷刺的譏笑，心想：妳閨女命苦？那我算什麼?!

沈丹荷見親娘來了，情緒頓時找到發洩的出口，當場嚎啕大哭起來。

等沈丹荷哭累了，沈大夫人便走到沈丹芸面前，一個巴掌狠狠甩過去，咬牙切齒地罵道：「妳娘是個不要臉的狐媚子，妳也有樣學樣，小小年紀就知道勾引男人了，勾引的還是自己的大姊夫，真是把妳娘的手段學了個十成十！」

沈丹芸捂著臉，不甘示弱地回敬道：「妳閨女看不住自己的男人關我什麼事？妳以為妳閨女就是什麼好東西了？」

沈大夫人氣得渾身發抖，比起罵人的功夫，官宦人家出身的她，顯然不是深得周姨娘真傳的沈丹芸的對手。

只可惜當事人之一的白振繁在清醒過後，已經迅速離開現場，不然看到眼前這一切，應該會很後悔和沈家大房結為親戚。

就在此時，門外傳來了尖厲的哭叫聲。「天啊！要殺人了！把我們娘倆一塊兒殺了吧，省得礙她們娘倆的眼！」

這個人自然是聽到風聲趕過來的周姨娘——沈丹芸的生母。

周姨娘有鋒利的指甲和牙齒當武器，抓、撓、擰、咬樣樣在行，很快的，門口兩個管事媳婦便敗下陣來，主子能擰妳，妳做下人的敢擰主子嗎？

周姨娘神勇無比地過五關、斬六將，一腳踢開廂房的門，就看到女兒淒淒慘慘地站在那裡，臉上都是指印，傻子也知道這是被揍了。

女兒就這樣被欺負，周姨娘哪忍得住？她嗷嗷叫著就要撲上去打沈大夫人，被趕過來的管事媳婦拚命攔住了。這回兩個管事媳婦豁出去了，寧可自己被撓成大花臉，也不能讓周姨娘碰到沈大夫人，不然她們家就要被發落了！

就在廂房裡亂成一鍋粥的時候，沈立非終於趕過來了。

沈立非一進門，便皺著眉頭吼道：「一個個要反天了不是？眼裡還有沒有我！」

周姨娘這才消停下來，無論如何，她都不敢惹沈立非生氣。

沈丹芸攏了攏身上破破爛爛的衣服，哭得梨花帶雨，撲到沈立非身邊，抱著沈立非的胳膊哭道：「爹，女兒不要活了！」

周姨娘也掏出絲帕擦淚，淒淒切切地哭道：「老爺，丹芸要怎麼辦啊？我這做親娘的，心像是被放在油鍋上煎啊！」

周姨娘很是了解沈立非，他骨子裡十足的大男人思想，最喜歡女子小意溫柔、姿態放低，周姨娘和沈丹芸這麼一哭，立刻把他的心給哭軟了。

沈立非立刻伸開手臂抱住哭得楚楚動人的沈丹芸，憐愛地說道：「出了什麼事？同爹好好說說。」

沈大夫人和沈丹荷一看到沈立非這個樣子，恨得都想咬死他了。

待沈丹芸添油加醋地把白振繁侵犯她的事情說完，沈立非雖然摸著下巴不言語，一顆心卻是樂開了花。他早就想再送一個女兒進雍國公府，好多一層保障了。

對沈立非而言，沈丹荷和沈丹芸都是他女兒，無論誰生下了白振繁的兒子，都是他的外孫，是不是一樁醜聞，根本不要緊。

第七十三章　雞飛狗跳

因為「勇救蘇允軒」的事，丹年在家深刻反省了幾天，等她宅得身上快要長出蘑菇時，忍不住主動出門去了一趟馥芳閣。

丹年進去馥芳閣沒多久，便有人進來指名要見馥芳閣的老闆，丹年從門簾縫隙一看，赫然是大皇子府上那棵水嫩嫩的大蔥。

她不禁冷笑了一聲，到現在他們居然還在監視自己！只是不知道這次大蔥過來到底有什麼事情。丹年擺了擺手，小石頭便將大蔥領了進來。

大蔥自然不會給丹年什麼好臉色看，不待丹年要她坐下，她便斜眼蹺著腿坐到丹年對面。

丹年倒了盞茶，縮在椅子裡，捧著茶盅慢慢喝著，整個人呈現漫不經心的狀態，不甚在意地說：「什麼事，說吧。」

大蔥因為不受重視而有些不滿，不過既然奉命到此，她只得耐著性子說：「是殿下要我來告訴妳的。沈府宴會進行到一半時，我們派去的人在白振繁酒杯裡添了一些東西，等到白振繁醉了，沈家的人就把他送到沈丹荷的閨房歇息，沈丹芸則被我敲暈，撕開了衣服送到白振繁身邊。」

說到這裡，大蔥得意地看了丹年一眼，見丹年一點反應都沒有，頓時有些洩氣，試探性地說道：「殿下苦心安排這些，可都是為了幫妳出氣！」

丹年不置可否地說：「幫我出氣？」什麼跟什麼啊，她寧願相信其實沈丹荷愛的人是齊衍修，也不信齊衍修算計白振繁是為了幫她出氣！

「不信就算了！」大蔥憤憤地說：「枉費殿下對妳一片真心！」

「信，哪裡敢不信！」丹年冷笑道。

大蔥哼了一聲，漂亮的臉蛋上滿是不屑。「據說雍國公府已經向沈家下聘了，要納沈丹芸為白振繁的小妾。」

在大蔥看來，大皇子為沈丹年做了這麼多，她早該跪在地上，聲淚俱下地拜謝大皇子了，哪能這麼不知好歹！

大蔥離開之後，丹年伸了個懶腰，決定去添一把火。沈丹芸腦子一向很直，不會拐彎，她這個做妹妹的，有必要「提點」她一下。

沈家大院門口的小廝認得丹年，慌忙要去稟告沈大夫人，丹年喝住了他，只說自己是來找沈丹芸的，便直接進了府。

因為之前來過幾次，丹年熟門熟路地找到了沈丹芸的院子。門口的丫鬟看到丹年，連忙進去稟告，丹年只聽到房間裡一陣瓷器碎裂的聲音，還夾著沈丹芸憤怒的尖叫。「叫她滾！」

丹年掀開門簾進了房間，裡面一片狼籍，應該是沈丹芸不停砸東西的結果。
丹年笑道：「喲，這是怎麼了？二姊姊，別氣壞了妳的身子啊！」
沈丹芸一看丹年進來了，氣沖沖地罵道：「誰讓妳進來的？給我滾！」
丹年笑嘻嘻地說道：「罵夠了沒有？罵夠了，就聽我說兩句話，說完我就走。」
沈丹芸看著丹年，戒備地說道：「妳想說什麼？」
丹年揚了揚頭，示意去院子裡說，沈丹芸雖然不喜歡丹年，但看丹年神秘的樣子，又有些好奇，便跟著丹年去了院子裡。
「妳到底想說什麼？要不是妳，我怎麼會變成別人的小妾！」到了院子裡，沈丹芸率先發問，說起傷心事又忍不住淚漣漣。
丹年笑了笑。「不管妳信不信，我從來都沒想過要害妳，而且從頭到尾，我都在幫妳。」
沈丹芸對這種說法嗤之以鼻。「妳當我是三歲小孩？」
「妳想一想，沈丹荷可是不願意讓妳嫁入白家呢，而蘇允軒是什麼樣的人？他肯吃這種悶虧嗎？日後會對妳好嗎？蘇家根本不可能讓妳做正房，所以妳只能是個小妾。」丹年說道。
「那不一定，我爹……」沈丹芸口快心急地反駁道。
未等沈丹芸說完，丹年就堵住了她的話，譏笑道：「妳爹的面子頂個屁用！只要能與家大勢大的蘇家聯姻，他才不管妳是妻還是妾！」

沈丹芸沈默了，自己的爹是個什麼樣的人，她心裡有數。

「妳是怎麼被人設計的，我不清楚，但肯定是沈丹荷的仇人，妳是無辜被牽扯進去的。」丹年嘆道。

丹年看沈丹芸的態度有些鬆動，繼續說道：「如今妳怨天怨地都沒用了，妳長得漂亮，沈銘又比沈鐸有出息，這些都是妳的優勢，妳若想過得好一些，就知道該怎麼做吧？」

沈丹芸擦了擦眼淚，不甘心地說道：「可我不甘心，我不想去給人做小妾。」

丹年搖頭嘆道：「雍國公府是什麼樣的人家，還容得妳嫌棄？說句大不敬的話，皇宮裡的貴妃娘娘地位僅次於皇后娘娘，不也是皇上的小妾嗎？」

說到這裡，沈丹芸的神色明顯激動了起來，雍國公府權勢滔天，即便是宮裡的娘娘，也未必能像雍國公世子小妾那般榮耀。

「大姊姊還沒懷上孩子，誰先生了兒子，那可就是雍國公的長孫啊……」丹年意味深長地笑道。

只要在沈丹芸心裡埋下種子，想必雍國公府再無寧日！

說完了這些，丹年就悠然地離開了沈家大院，留下沈丹芸一個人站在院子裡深思。

不管沈家現在情況如何，白振繁內心相當苦悶，同時也帶著說不出口的憤怒。

堂堂的雍國公世子，居然在岳父家裡被人算計了，還算計得這麼徹底！

白振繁對於睡了自己的小姨子這件事沒有任何愧疚，不過他自己願意去睡是一回事，被人下了藥去睡就是另一回事了，他的自尊心受到了嚴重的傷害。

白振繁回府後立刻找到心腹發了很大一頓脾氣，從下午氣到晚上，卻沒能查出是誰做的。雖然誰都有可能，但若是大皇子……白振繁直覺認為大皇子那個病夫沒膽，也沒必要做這種事。

白振繁發完脾氣從書房出來時，天色已經微微泛白了。他雖然憤怒，可對於沈丹荷的態度卻更不以為然。不就是睡了自己的小姨子嗎？頂多娶進來作妾而已，雍國公府還能差她一口飯吃不成？

沈丹荷有必要跟他發這麼大的火嗎？在奴才面前一點顏面都不為他留，什麼京城第一才女！白振繁冷笑了一聲，不過是個好聽的名號罷了，嫉妒起來跟個鄉村野婦似的。

就算經歷過以前種種，白振繁都還以為沈丹荷至少知書達禮，會是個賢慧的妻子，如今看來，無非是個名聲好的妒婦、潑婦。

白仲跟在白振繁後面，仔細觀察他的神色，看到他臉上青白交加，便小心翼翼地問道：「世子，可要回少夫人那裡歇息？」

白振繁不耐煩地擺了擺手。「去什麼！嫌她撒潑撒得不夠嗎？」

在白振繁眼裡，他願意娶沈丹荷，那是沈丹荷的造化。多少京城貴女擠破了頭想嫁入雍國公府，他不過是看沈立非名聲不錯，和自己家同一條陣線，沈丹荷又美名在外罷了；早知道她是個妒婦，白白送給他，他都不要！

白仲欲言又止，他與白振繁從小在一起長大，白振繁心裡想什麼，他都能猜個八九不離十，然而主子和夫人鬧彆扭，吃虧的總是雍國公府。

白仲斟酌了半晌，勸道：「世子，少夫人年紀還小，你們又是新婚燕爾，出了這樣的事，是個女人心裡都會不痛快，您去向少夫人說兩句好話，給她個臺階下……」

白振繁斜了白仲一眼，譏笑道：「莫非她還想獨霸著我不放？以為自己是京城第一才女，就要我追著、捧著嗎？身為雍國公府少夫人，這點氣度都沒有，我看她可以回娘家去住，永遠不要回來了。」

白仲看白振繁正在氣頭上，也不好再勸解，只得暗暗祈禱他盡快消氣。

此時，白振繁似乎是想起了什麼，摸著下巴說道：「前兩日沈立非還拐彎抹角地要我想辦法把沈鐸安插進戶部管錢糧，那可是個肥差。蘇晉田把持著戶部，整得跟銅牆鐵壁一樣，哪能那麼容易弄進去！莫非是他把女兒送到我床上的？這個老傢伙，為了升官發財，什麼都幹得出來！」

事關白振繁的岳父，白仲不好接話，轉而說道：「世子，過兩日便要抬沈二小姐過門了。」

白振繁不置可否。不過是個小妾而已，在他看來就是暖床的工具，要是娘家有點背景，也不過升級成聯姻的道具。

白振繁拒絕去找沈丹荷，白仲只得叫丫鬟在書房鋪了床，讓白振繁睡上一覺。

沈丹荷下午在房間裡發完脾氣，馬上就後悔了，但她向來被人捧慣了，哪裡拉得下臉去向白振繁賠不是？

原本沈丹荷還等著白振繁處理完公事後來向她道歉，可她點著油燈枯坐了一夜，最後丫鬟來報說白振繁去書房睡了，當場眼淚便止不住地往下掉，只恨男人都是負心薄倖郎。

沈丹荷的奶娘看她如此傷心，忍不住勸道：「小姐，男人都喜歡小意溫柔、委曲求全的女人，您別由著性子同姑爺鬧了，這可不是您在家做大小姐的時候了。」

沈丹荷雙眼通紅，眼中淚光閃閃。「他怎麼能這樣……他眼裡還有沒有我？」

奶娘嘆了口氣。「小姐，姑爺中了歹人計策，火氣也不小，您不去幫著姑爺，反而同他鬧，姑爺肯定不高興。二小姐馬上就要進門了，男人都是圖個新鮮，您這會兒不去打好關係，等她一進門，不是存心把姑爺往她院子裡推嗎？」

沈丹荷一想起沈丹芸那嬌媚的樣子就直犯噁心，不屑地撇嘴道：「就是個狐媚子，上不了檯面，雍國公府還能抬了她做少夫人不成？」

奶娘見沈丹荷依然不為所動，焦急地說道：「小姐，您都嫁進來一個多月了，還沒懷上孩子，萬一二小姐趕在您之前生下姑爺的長子，那您的顏面要往哪裡擱啊！」

沈丹荷不以為然地說：「即便她生了兒子，那也是庶子，怎麼能同將來我生的嫡子相提並論？再說，爹向來最重視禮數，怎麼可能讓她先生下庶長子？」

奶娘嘆道：「小姐，明年初那兩個貴妾就要進門了，沈家出雍國公府長孫的機會就這大半年的時間。您的兒子也好，二小姐的兒子也好，都是老爺的親外孫，只要是雍國公府的長子，他哪會在意是哪個女兒生的？」

沈丹荷不過是在氣頭上才看不清事實，這會兒冷靜下來了，自然也能看得出自己的爹在打什麼算盤。沈丹芸要真搶在她前面生下兒子，到時她的面子往哪兒擱啊？公公和婆婆肯定疼長孫，就算她生下嫡子，那也是次子，感情上肯定不如長子。

可要她像沈丹芸一樣，成天打扮得妖妖嬈嬈，渾身上下透著一股風塵氣，她是萬萬不幹的。她就不信有她這個雍容典雅的正房夫人在，白振繁還能沈迷於那些禍害人的妖精！

沈丹芸是被一頂小轎在傍晚時抬進雍國公府的。因為是失貞納妾，所以沒有大操大辦，京城中有很多人都不知道白振繁納了小姨子作妾。

因為妾室不能穿大紅嫁衣，沈丹芸便身著收緊腰的桃紅春衫，曲線畢露，整個人媚態橫生。低頭跪拜沈丹荷時，露出一截白嫩細膩的脖頸；敬茶時，水綢袖子滑落到手肘上，又露出了兩截白嫩的手臂。沈丹荷清楚地瞧見坐在一旁的白振繁喉嚨動了一下，氣得手都在抖。

沈丹荷看著沈丹芸遞上來的茶盅，心中堵著一口氣，就是不去接茶盅，過不久沈丹芸的胳膊便舉得痠痛，手臂也微微顫抖。

白振繁不禁皺眉說道：「注意妳的氣度！」

聲音雖然不大，但頗為嚴厲，沈丹荷只能忍氣接下了茶盅，算是喝過了妾室敬的茶。

沈丹芸進門之後，並沒有因為自己低調嫁進來而覺得委屈，相反的，她不哭不鬧，不僅長得漂亮，說話也溫柔，就算放在那裡當個花瓶也很好看。

白振繁在沈丹芸那裡留了兩宿之後就不願意走了。沈丹芸腦子單純，不懂朝中大事，不過這一點都不要緊，畢竟有哪個男人願意回房摟著妻子睡覺時，還要被妻子耳提面命，指點這個、教訓那個。

沈丹芸不懂，白振繁可以跟她解釋，當沈丹芸用那滿含崇拜、小鹿般純潔的眼神看著白振繁時，讓他的大男人自尊充分得到了滿足。

沈丹芸也不會耍心思，人雖是嬌憨了點，但有話直說，不拐彎抹角，白振繁白天和朝堂上的人耍了一天的心機，回家後自然不想同妻子鬥心眼，和沈丹芸在一起，白振繁由裡到外都很輕鬆。

不管是裝的還是真的，沈丹芸在白振繁面前表現得既是溫柔，又會撒嬌，一看白振繁臉色不對，便連忙哄他高興；沈丹荷就不一樣了，她被人捧慣了，非得要別人哄她開心才行。白振繁對比了兩個妻妾的種種優缺點，經常暗自感嘆娶妻一定不能娶什麼才女、貴女，那根本是娶一尊大神回來！好吃好喝地供著、當祖宗一樣敬著還不夠，稍不留意便亂發脾氣，動不動就想插手朝政上的事，還以為男人都是蠢貨。

連著五天，白振繁都去了沈丹芸那裡，沈丹芸白天起不了床，從來沒去沈丹荷那裡請安。沈丹荷哪裡嚥得下這口氣？她趁白振繁不在家時，殺到沈丹芸的院子裡，要給她一點顏色瞧瞧，讓她看看自己身為主母的威嚴。

不料沈丹荷話都沒說兩句，沈丹芸就痛哭流涕起來，在地上又是磕頭又是道歉的，髮髻都散開了，明麗的臉上全是淚水。沈丹荷看到她這副模樣，頓時沒了教訓她的興致。

豈知沈丹荷還沒來得及撤退，就碰到返家的白振繁，白振繁一看大老婆氣勢洶洶，小老婆跪在地上哭得梨花帶雨、楚楚動人，傻子也知道發生了什麼事，立刻衝著沈丹荷一頓好罵。

沈丹荷這堂堂大才女，居然被沈丹芸這點不入流的小伎倆給設計了，看到白振繁扶起沈丹芸時，沈丹芸那得意的眼神，更是有氣說不出，和白振繁的關係也更加緊張了。

這一天上午，丹年正在練字，碧瑤忽然慌慌張張跑來說張嬤嬤不見了。

「說不定是哪家繡房高價把張嬤嬤挖走了，她不好意思打招呼。」丹年寬慰碧瑤。早上才發現人不見的，不過是一個四、五十歲的婦人失蹤了半天，即便去官府報案，人家也懶得理會。

到了晚上時，還不見張嬤嬤回來，丹年也怕出了什麼事，便要小石頭去報官，沒多久，衙門就派人過來了。

來的衙役姓陳，三十來歲。他說明了來意，要她們去衙門認領屍體，說是城西的護城河邊發現了一具女屍，四十歲上下。

碧瑤嚇了一大跳，陳衙役好心地解釋道：「別怕，先去看看吧，也不一定就是張嬤嬤。」

丹年和小石頭放心不下，陪碧瑤一起去了衙門。在衙門入口，小石頭要丹年在外面等候，由他和碧瑤跟著陳衙役進去認屍。

過了一會兒，碧瑤臉色慘白，緊抓著小石頭的手從衙門裡面出來了，丹年連忙上前問道：「可是張嬤嬤？」

碧瑤點了點頭，忽然推開了小石頭，踉踉蹌蹌跑到一邊吐了起來，丹年趕緊過去幫她拍背順氣。

小石頭遞給陳衙役一錠銀子，叮囑道：「這婦人我們不認識，不是碧線閣的張嬤嬤，張嬤嬤前兩日回老家投奔娘家侄子去了。」

陳衙役樂得眉開眼笑，接過銀子便慌忙塞進懷裡，咧著一口黃牙，笑道：「小的知道該怎麼做。」

回到碧線閣，碧瑤還是一副驚魂未定的模樣，丹年關上房門，朝小石頭問道：「人是怎麼死的？」

小石頭幫碧瑤和丹年各倒了一杯熱水，嘆道：「左胸正中一刀。」

丹年按捺不住驚駭。「咱們做生意一向本分，即便有了爭執，也多是我們退讓，沒道理有人會來殺我們的繡娘啊！」

小石頭搖了搖頭。「不是他殺，是自殺。仵作檢查了很多遍，我也仔細問過，確實是自殺，張嬤嬤自己拿剪子戳進了胸口。」

丹年更加驚疑不定。「張嬤嬤在鋪子裡頗得尊重，生活不愁，活也不重，碧瑤已經答應幫她養老了，沒道理自殺啊？」

碧瑤喝了杯熱水，才緩過勁來，小石頭拍了拍她的背，對丹年和碧瑤說道：「我已經塞了錢給陳衙役和仵作，就說這女屍不是我們認識的人。」

丹年點了點頭，小石頭做得很對，若是讓客人知道碧線閣的繡娘死得不明不白，對生意總是不好。

張嬤嬤是皇宮裡出來的，她過去和誰有過恩恩怨怨，丹年也不知道。她的手法如此堅決，又故意找了那麼僻靜的地方，顯然抱了必死的決心。

丹年回去將軍府後還是有些心驚膽顫，然而等了幾天都是風平浪靜，她便漸漸放下心來。

就在丹年以為一切安然無事時，突然接到大皇子送來的信箋，他邀請丹年明天去畫舫上一敘。

丹年本來不願意去，因為她一點都不想再跟大皇子這個虛偽的人有什麼交集了。然而送信過來的大蒽不依不饒，直挺挺地站在那裡，一副「妳不答應，我就賴妳家不走」的架勢。

丹年一臉疑惑。「到底是什麼事情這麼重要，讓妳說一下不就行了？」

其實大蒽也不清楚，但礙於面子，她自然不可能說不知道，只說：「殿下說了，事關重大，一定要親口跟妳說。」

丹年哼了一聲。「行，回去跟妳主子說，我要湖裡最大的畫舫，不然我就不去。」

大蒽恨得臉皮都在抽動，卻又拿丹年沒辦法。

經歷了沈丹芸事件後，丹年深信男人都喜歡年輕豔麗的女人，望著大蒽豐滿又曲線迷人的背影，開始不懷好意地猜測齊衍修究竟有沒有睡過大蒽。

到了第二天，丹年去了京郊的荷花湖，上了大皇子的畫舫，果然是湖裡最大、最漂亮的一艘。

瞧見丹年上了畫舫，大皇子擺了擺手，金慎便撐著船篙，慢慢將畫舫划到了湖心深處。大皇子沏好茶，推了一盞到丹年面前，笑道：「丹年可知孤為何請妳出來？」

丹年老實地搖了搖頭，到了這分上，他們之間實在沒必要再賣什麼關子了。

「那妳可想知道妳鋪子裡的張嬤嬤是怎麼死的？」大皇子微笑道。

丹年的眼睛瞬間睜大了，她直勾勾地盯著大皇子，而大皇子依舊掛著溫柔的微笑，一副雲淡風輕的樣子。

丹年突然覺得面前的大皇子萬分討厭，不管做什麼都戴著面具，天曉得他到底是生氣、是高興，還是想捉弄人。

丹年暗自猜想，莫非這就是傳說中的「王者風範」？一定要人家看不懂、聽不懂。她撇了撇嘴。「不想知道，人都已經死了，怎麼死的已經不重要了。」

大皇子呵呵笑了起來。「這種回答，還真是只有妳才說得出來。前幾日張嬤嬤要見我，說來也是緣分，她在宮裡的時候，和我母親關係很是要好。她告訴我，十六年前，前太子妃生產時，她正好去送繡品，看到了一件有趣的事情。」

丹年猛然坐直了身子。

大皇子滿意地看著丹年的反應，繼續說道：「她說她偷偷看到前太子妃生的是個兒子。」

丹年冷笑道：「她生兒子關我什麼事？」

大皇子擺了擺手。「妳不要著急，聽孤把話說完。她還看到有人提著籃子、披著斗篷，從後門進了前太子府，結果前太子的兒子就變成了女兒。妳說，這世上竟有這麼厲害的人，能把男孩變成女孩？」

丹年聽到這裡，便猜到大皇子已經知道了自己的身分，但還不確定他到底知道了多少，於是不敢亂說話，只是看著他。

大皇子看著丹年，微微有些不耐，他想看到她驚慌失措，想看到她放下身段求他，還想看到她依靠他、乖乖躲在他懷裡，然而眼前的丹年眼裡含著濃重的戒備，那神色深深刺痛了他的雙眼。

「丹年，這幾日我找到了蘇尚書前任妻子劉玉娘的姊姊，妳不是沈立言的女兒，妳是蘇晉田的女兒，而蘇允軒……正是前太子遺孤！」大皇子仔細觀察著丹年的神色，緩緩說道。

第七十四章　邊境再會

丹年瞞了十幾年的秘密，如今被人說出來，反而不覺得有什麼，心中彷彿卸下一塊大石頭般。最壞的結果無非就是被人查出她和蘇允軒的身世，如今已經被拆穿，再擔心也沒用了。

想到這裡，丹年猜測張嬤嬤莫非是說出了埋藏在心底的秘密，覺得心事已了，才揮剪子自殺的？

看來大皇子把她約到這裡來說，也是存了不想讓別人知道的意思。

丹年確定了這一點，冷笑道：「你想怎麼樣？」

大皇子見丹年並不驚慌，心知她必定清楚自己的身世，便微笑道：「丹年不要總是把孤往壞處想，在得知丹年的身世後，孤覺得丹年甚是令人心疼，剛出世便被親生父親拋棄，蘇晉田那個老匹夫真是太過心狠了。」

丹年長吁了一口氣，說道：「我一點都不覺得我可憐，我有疼我的爹、娘和哥哥，而且我的父親是沈立言。」

大皇子笑容不變。「丹年，別欺騙自己的心了，任何一個孩子剛出生就被拋棄，哪有可能不恨自己的父親？更何況，蘇晉田可是為了蘇允軒才把妳當作棄子的，妳就不怨蘇允軒嗎？」

丹年嘴角彎了起來，揚著頭朝大皇子笑道：「把我扔掉的又不是蘇允軒，我恨他做什麼？殿下，您總是這麼輕看我，這讓丹年很為難！」

原本丹年已經不屑對大皇子用尊稱了，可是現在她卻覺得這麼說可以讓她出一口氣，順便諷刺他一下。

大皇子輕輕靠到船艙壁上，瞧著丹年眼波流轉，這種棋逢對手的感覺讓他莫名有種快意。雖然有時丹年不聽話讓他感到很不高興，可她這種同他對幹的態度，又讓他心頭癢癢的，愛得不得了。

「殿下要是沒什麼事的話，丹年先回去了，娘孤身在家，沒人陪著，我不放心。」見大皇子一直不說話，丹年從船艙探出頭，站起身朝在船頭撐篙的金慎喊道：「靠岸！我要回去了。」

金慎聞聲，看向大皇子，大皇子看著丹年，沈聲說道：「丹年，孤雖有不對的地方，可孤從來沒傷害過妳，孤對妳如何，妳心裡有數。孤設計沈丹荷姊妹，也是為了幫妳出氣，妳為什麼就不能接受孤呢？」

丹年垂下了眼睛，說不出是什麼感覺。若大皇子在仲春節之前跟她說這番話，她會很高興，可現在她看大皇子的眼光，再也回不到過去了。

丹年低聲說道：「在您看來，您什麼都沒錯，可您現在做的，就是踩著無數屍骨往那個位置上爬！我和我娘成天擔驚受怕，就怕爹與哥哥在戰場上有什麼閃失，我一想到他們可能會命喪戰場，就忍不住要恨您！」

大皇子急切地說道：「丹年，妳要為我想一想，我的母親是被白家的女人給逼死的，我不能讓我娘死得這麼冤！」

丹年搖搖頭，說道：「你們皇家人的事，我不懂。可我想，您母親拚著一死，也要把您的身分公諸於天下，只是想讓您堂堂正正地活下來，如果她知道您夥同蠻夷來算計祖宗江山、殘害大昭子民，她肯定不會答應。」

「若是孤什麼都不做，那就是坐以待斃，等著白家人把孤啃得連渣都不剩。」大皇子嘆道：「妳沒在皇宮待過，不知道那裡是個人吃人的地方。」

丹年默然了，每個人都有自己的立場，她也不好說這些人到底誰對誰錯。

歷史上那麼多人謀朝篡位，成王敗寇，這些過程是由勝利者編寫傳世的，也許未來大皇子登基之後，歷史上的雍國公府就是把持朝政、禍亂朝綱的奸臣賊子，大皇子則是為了祖宗基業，忍辱負重的千古明君。

丹年笑了笑，她只願自己是當初那個在沈家莊長大的小姑娘，有爹、娘和哥哥疼寵，陰謀陽謀、圈套算計什麼的，她玩不過這些老手。

大皇子見丹年去意已決，擺擺手讓金慎划船靠了岸，就在丹年起身上岸時，大皇子一把抓住她的手臂，金慎一見，慌忙扭過頭去眼望天。

丹年很自然地回過頭，大皇子懇切地說道：「丹年，這樣的日子過不了多久，蘇允軒婦人之仁，成不了什麼大事。妳再忍一忍，相信孤，孤不會委屈妳的。」

丹年掙脫了大皇子，跑過去跳上等候在一旁的馬車。他們一個個都有自己的理想和抱負，她這樣一個沒想法、不會算計又懶散的女子，當不起他們的承諾，也不會輕易向他們承諾什麼。

大皇子無奈地看著丹年決然離去的身影，當他的目光轉到桌子上時，卻發現他送給丹年的那根玉質髮釵靜靜地躺在那裡。

這一切……終究無法挽回了嗎？

馬車還沒回到將軍府，剛要進巷子口就被人攔下了。

丹年撩開車簾一看，正是一臉冷峻的蘇允軒，她沒好氣地探頭說道：「你杵在這裡想做什麼？」

蘇允軒盯著丹年，讓她心裡直發毛。前幾日蘇允軒派鐵丫送了幾本古詩集給她，都被她當場從院子扔出去了，他該不是來興師問罪的吧?!

蘇允軒也不同丹年廢話。「下車！」

丹年很不高興，他當自己是誰啊？朝廷命官也好，高幹子弟也罷，都不能光天化日之下攔路搶劫良家少女吧？

「不下！」丹年硬邦邦地回了一句。你要我下車我就下，那多沒面子。

車伕是在京城裡跑馬車的人，見的人多了，他一眼就看出蘇允軒是有錢人家的少爺，頓時結結巴巴地說道：「小姐，您看這……」

丹年沒好氣地瞥了他一眼，算了，反正也到了該下車的地方。丹年下車之後，車伕連錢都沒敢收，駕車一溜煙地跑掉了。

「妳去找齊衍修做什麼？」蘇允軒一看四周沒人，便一臉嚴峻地問道。

丹年不禁抽了抽嘴角。又來了，活像在審問紅杏出牆的老婆，講得好像他頭上是塊被種滿了綠油油稻子的田地。

「不是我找他，是他找我。」丹年說道。

「他找妳，妳還去？妳明知道他不安好心！」蘇允軒火氣壓抑不住了，有些急躁地叫道。

丹年撇了撇嘴，不理會他，打算直接越過蘇允軒進巷子裡。

蘇允軒意識到自己剛才過於激動了，見丹年要走，立刻伸手攔住她，問道：「妳不是喜歡書法嗎，我前幾日送的古詩集，妳為什麼不收？」

丹年徹底被惹毛了，她一把推開蘇允軒，硬邦邦地甩出一句。「齊衍修知道了你的身分。」未等蘇允軒說些什麼，她又擠出一句話。「我要回家了！」

說完，丹年自己都很鄙視自己。

蘇允軒真的要瘋掉了，前幾日還好好的，怎麼幾天不見就變成這樣？他實在不知道自己哪裡做錯了。見丹年越過他要走，他一把抓住丹年的手。「他早就知道了，妳不用擔心這個。」

丹年看著蘇允軒的臉，愈看愈想一拳打過去，便趁他不注意，猛然抬腳狠狠踩在他腳上。

就在蘇允軒抱著腳嗷嗷叫的時候，丹年飛快地跑到家門口敲門，小雪一打開門，丹年就迅速閃進院子裡把門關上。

對現在的丹年而言，她不需要將來嫁的人和她在感情方面有多麼生死不渝，而她自己也不對未來抱著太大的希望，就算將來的相公和她貌合神離，她都自認能過好自己的日子。

她不能接受有人用別的女人來試探她的感情，更不想這個試探她的人是蘇允軒。

沈大夫人壽宴時，蘇允軒都能圍著桌子同沈丹芸玩「來抓我啊」的遊戲，她怎麼都不相信他會沒力氣跑出去。況且蘇允軒在暗中不知有多少勢力，想救他出來，只需要鐵丫動動嘴皮子，可笑的是自己竟然腦子發熱，在他的算計下上演了一場「傻女救美男」的戲碼。

丹年沒辦法接受蘇允軒算計她，目的只是為了讓她表露自己的真實感情。之後蘇允軒差人送禮物來，不就是吃定了她對他有感情嗎？丹年不喜歡這種感覺，她的感情好像不受自己控制了，這是個危險的訊號。

晚上睡覺時，李慧娘去了丹年的房間裡拉著她說話。

丹年看著李慧娘擔心的臉龐，用臉蹭了蹭她的手背，撒嬌似地說道：「娘，我想爹了。」

李慧娘嘆道：「妳爹連過年都沒能回來，這都多長時間了。」

丹年忽然雙眼發亮地從床上坐起來，拉著李慧娘的手說道：「娘，我去邊境看看爹吧！我讓小石頭送我過去，再找一家鏢局護送。」

李慧娘嚇了一跳。「不行，妳一個女孩家去邊境做什麼？」

丹年嘆道：「娘，京城的局勢愈來愈詭異了，我的身分要是暴露，留在這裡只會惹禍上身。」

李慧娘十幾年來擔驚受怕，就是怕丹年的身世被別人知道，導致家破人亡之禍，現在丹年猛一說出來，李慧娘一顆心就像被人狠狠攥住一樣，駭然道：「妳都知道了？」

丹年垂著腦袋不敢看李慧娘，她怎麼都沒想到一時口誤，竟把自己瞞了很久的事情說了出來。

李慧娘也意識到自己觸及竭力想忘記的事情，便笑了笑，轉移話題道：「既然想妳爹了，明日便去吧。有小石頭在路上照看著，也不至於會出事，那孩子可比妳哥穩重多了。」

丹年垂著眼睛點點頭，既然李慧娘不想說這件事，她就不提，乖巧地說道：「前兩天小石頭還說爹和哥哥已經收復了大昭的失地，邊境現在很安定，戰爭應該快要結束了。」

李慧娘長嘆一聲，閉上眼睛，雙手合十喃喃道：「真是佛祖保佑，我們一家人又能團圓了！」

丹年滿懷歉意地看著李慧娘，這個消息是小石頭打聽來的，也不知道準不準，她怕同李慧娘說了結果空歡喜一場，所以瞞了下來。可現在為了轉移她的注意力，只能說出來了。

等丹年睡著了，李慧娘卻沒睡，而是在外間忙著幫丹年收拾行裝。邊境地處西北，李慧娘總覺得那是苦寒之地，因此又為丹年把厚衣服翻了出來，幫她整理好厚厚一大包行囊。

第二天天剛亮，李慧娘就讓小雪去原先住的房子叫小石頭起來，小石頭雖然詫異，可看李慧娘和丹年態度堅決，倒也不好說什麼，便去找了幾個鏢局的夥計。丹年家裡本來就有馬車，只是比較少駕出去，稍微收拾一下，就能繼續用了。

準備好一切，太陽已經高高掛在空中，丹年抱了抱李慧娘，低聲在她耳邊說道：「娘，我走了之後，他們應該就不會再監視我們了，妳待在家不要出去，等爹和哥哥回來。」

李慧娘很早就發現有人鬼鬼祟祟地在自家周圍探頭探腦，怎麼可能不清楚是被監視了？聽見丹年這麼說，眼淚一下就蓄滿了眼眶。

丹年笑了笑，掏出絲帕擦乾李慧娘的眼淚，笑道：「娘，不管怎麼樣，您都是我的親娘，咱們永遠都是一家人！」

丹年跳上馬車時，看了將軍府一眼。這間房子她還沒住熟就要離開了，不禁有些感慨。挑這個時候走，不管是大皇子還是蘇允軒，他們布下的眼線應該都能看到，她走了，他們就不會再繼續監視李慧娘了。

馬車在官道上行駛著，丹年的心情也盪到了谷底。

蘇允軒那個王八蛋！丹年突然想跳出去咬死他，誰教他算計自己，誰教他試探自己！可沒等到丹年撩開車簾，她就洩了氣。

蘇允軒和齊衍修這兩個人不知謀劃了多少年，她這麼氣勢洶洶地去報仇，肯定還沒走到門口就被人解決掉了，「報復」這種高難度的工作，對她來說太不現實了。

打不過你，我躲起來總行了吧？丹年坐在顛簸的馬車上，悻悻地想著。

丹年出門不到一刻鐘，蘇允軒便知道她離開的消息，他轉身背對著門口，一言不發地望著窗外。

林管事見不得他這副模樣，小聲地問道：「要不，我去把人攔下來？」

鐵丫早就恢復了男裝，幸災樂禍地坐在椅子上說道：「還不是少爺非要矯情地去試探人家到底是什麼心思！看吧，送什麼人家都不稀罕，還把人氣走了！」

林管事瞪了鐵丫一眼，主子的事，下人哪能隨意評論誰是誰非。

就在林管事以為蘇允軒要這麼繼續站下去時，他突然回過身來。

鐵丫嚇了一跳，連忙擺手道：「少爺，我說著玩的，您可千萬別當真啊！」

蘇允軒直接無視鐵丫，對林管事說道：「駕車，去大皇子府！」

他和齊衍修是該坐下來談一談了。

丹年到達木奇鎮時，已經是傍晚了，沈立言他們住的地方，是木奇鎮衙門的後院。

丹年從馬車上爬下來，一看到沈立言，連日來的委屈一下子爆發了，撲上去就嚎啕大哭起來，憋了一輩子的眼淚似乎全在這個時候釋放出來了。

沈立言看到女兒過來，自然很開心，可丹年這架勢著實嚇著他了，他連忙摟著丹年進屋，問道：「怎麼了？妳娘呢？」

丹年哭累了，便掏出絲帕沾水洗了洗臉，悶悶地說道：「娘在家裡。」

帳。

「那妳怎麼來了？一個姑娘家，多危險啊！」沈立言回過神來，意識到事情不太對勁。丹年紅著眼，真正的原因可不能同沈立言說，說不定他會抄起刀子找蘇允軒和沈丹荷算帳。

丹年癟了癟嘴，說道：「我想爹爹了！」

沈立言最怕丹年撒嬌，看到女兒像隻小兔子一樣，他便心軟了，就算丹年提出再過分的要求，他都會乖乖照辦。

聽到丹年這麼說，沈立言滿心歡喜地拍著她的肩膀，心想：閨女多好啊，真是貼心小棉襖，想爹就大老遠地跑來看了！

等到吃晚飯時，丹年還不見沈鈺，她四處張望了一番，問道：「哥哥呢？」

沈立言埋頭扒著飯，說道：「追擊勒斥殘兵去了。」

丹年嚇了一跳，連忙問道：「不是說已經把勒斥軍隊趕回去了嗎？」

沈立言嘆了口氣，說道：「沒錯，勒斥軍隊已經回草原了，不過妳哥哥這幾天都帶著小支騎兵襲擊勒斥軍隊。也不知道他是哪來的消息，都能準確地知道勒斥軍隊所在之處。」

丹年一聽就不開心了，瞪著眼睛說道：「爹，您別老慣著哥啊，他把打仗當什麼了！戰爭馬上就要結束了，她可不希望沈鈺在這個節骨眼上出什麼事。

沈立言摸著丹年的頭髮，笑了笑。「妳哥是什麼樣子，妳還不知道嗎？既然他有門道去殺勒斥狗賊，那就讓他去殺吧，大昭男兒，焉能沒有點血性？」

丹年完全無語了，她與沈立言的想法大相逕庭，民族團結、共同發展這種說法，在古人眼裡就是「狗屁不通」。

晚上臨睡時，丹年找了個機會說出大皇子已經知道她和蘇允軒真實身分的事。

沈立言以為丹年是因為這個原因才來木奇鎮的，連聲勸慰她不要擔心，有他和沈鈺在，大皇子絕對不敢輕舉妄動。

丹年在木奇鎮悠閒地過了幾天，木奇鎮現在已經恢復早先邊境小鎮的風光，勒斥騎兵燒殺搶掠的痕跡，已經被修補得幾乎看不出來，丹年每天還能跟著沈立言的下屬到集市上逛，欣賞一下邊境的民俗風情。

到了邊境，丹年才能感受到天地有多麼寬廣，之前在京城裡那些勾心鬥角、算計試探，還有她那點小委屈、小心思，在這個廣袤的大地上，似乎都化作西風飛走了。

沒過多久，沈鈺就帶著騎兵殺氣騰騰地回來了，看到丹年，沈鈺驚訝地抹了把臉，叫道：「妳怎麼來了?!」

沈立言低聲說道：「來看我們了。」

沈鈺見沈立言不願多說，心知丹年這小丫頭必定是遇到什麼不順心的事情了。

等沈立言出去以後，沈鈺湊到丹年身邊，嬉皮笑臉地問道：「妹妹，是不是誰欺負妳了？跟哥說說。」

丹年張了幾次嘴，都不好意思說出她和蘇允軒那點「小事」。

沈鈺見丹年不願意說，拍了拍她的肩膀說道：「若是有人欺負妳，儘管對哥哥說，哥哥拚著一身將軍戰袍不要，也要弄死他！」

丹年心頭暖暖的，低聲笑道：「我是什麼樣的人，還有誰能欺負我？」

看到沈鈺不屑的眼神，丹年趕緊轉移了話題。「說起來，你是怎麼回事？我聽爹說勒斥人已經回到草原了，你怎麼還深入人家老巢去打仗，『窮寇莫追』的道理你不懂嗎？」

見沈鈺含含糊糊不想回答，丹年愈說愈氣憤，罵道：「你看看你，都二十歲的人了，別人像你這麼大，都有兒子了，你呢？還任由自己到處亂闖，萬一發生什麼事，爹娘連個孫子都沒有，要怎麼辦？」

沈鈺抽了抽嘴角，狠狠地用手「蹂躪」丹年的頭，丹年的頭髮立刻成了一團毛球。「小孩子管大人的事做什麼？還『窮寇莫追』？懂得倒是不少！」說著還揪了揪丹年的耳朵。

丹年的耳朵被沈鈺粗糙的手指摩得生痛，連忙拉開他的手一看。沈鈺的掌心裂開了好幾道口子，表皮翻裂，皴得像老樹皮一樣。

丹年心痛地罵道：「你這是怎麼回事，手怎麼變成這樣?!」

沈鈺笑了笑。「這麼大一點事就嚇到妳了？這裡氣候乾燥，比不上京城，再說出門行軍，手裡不能空著啊，得時時刻刻握著長槍。」

丹年感到很難過，沈鈺這些日子吃的苦，根本不是那些養尊處優的人能想像的，可她卻從來沒聽他抱怨過，實在讓人心疼。

沈鈺回來第二天早上，丹年擺好了碗筷，跑到院子裡去叫沈鈺時，就聽到門口的侍衛來通報，說是有個勒斥女人站在城門下，高喊著是代表勒斥王庭前來談判的。

沈鈺連忙穿上盔甲要去城樓，因為丹年很是好奇，沈鈺便找了一件自己的舊軍袍和盔甲給她穿上，讓她跟在他後面上了城樓。

兩人剛踏上城樓的樓梯，沈立言就匆匆趕了過來，一看到整張小臉幾乎被頭盔遮住的丹年，立刻驚叫道：「阿鈺，你瞎胡鬧什麼！」

丹年很是著急，她不想回去，拉著沈立言的胳膊，小聲說道：「是我非要過來的，爹，我就躲在你們身後……」

沈立言看城樓上的士兵都往這裡看，不想將事情鬧大，瞪了沈鈺一眼，只好讓丹年走在他們後面，像個小兵似的。

丹年登上城樓，便老老實實站到沈立言與沈鈺身後，她偷偷從他們兩個人中間的縫隙往城樓下一看，頓時覺得這朗朗晴天中，有幾道驚雷劈過自己的腦門。

城樓下的女子手持長槍，一身鮮紅的衣裙在西風中啪啪作響，白淨的面容上滿是驕傲和沈靜。

不過，這些都不是重點，讓丹年渾身血液倒流的癥結點，就是這女子分明是幾個月前強行「娶」了沈鈺的女山賊——雅拉女王！

——未完，待續，請看文創風202《年華似錦》4完結篇

執手偕老，共嚐酸甜苦辣／花溪

古代混飯難

全套二冊

他確信她已死去多日，因為是他拚了命殺掉的，
但，此時她竟又活了！難不成她詐死？
可此女待他極好，像換了個人般……是借屍還魂嗎？

文創風 186 上

一覺醒來，沈曦發現自己莫名其妙地回到了古代，
她合理懷疑，自個兒八成是睡夢中心臟病發，一命嗚呼了，
好吧，情況再糟也不過就是如此，既來之則安之吧！
……嗯？且慢，眼前這破敗不堪的房子，莫非是她現今的家？
那麼，炕上那又瞎又聾又啞的男人，該不會是她的丈夫吧?!
要死了，她從小生活優渥，是隻不事生產的上流米蟲耶，
想在古代混口飯吃都有難度了，還得養男人，這還讓不讓人活啊？
可若拋下他，這男人怕是只能等死了，這麼狠心的事她做不來呀……
正沈思間，見他餓得抓了把生米就吃，她立馬便為他張羅起吃喝拉撒睡，
罷了罷了，看來她只得使出渾身解數，努力掙錢養活夫妻倆啦！

以為她死了，他滅了害死她的鄰國給她陪葬；
聽說她還活著，幾年來他奔波各地打聽她的下落。
如果能找到她，這一生，他絕不負她，換他待她好……

文創風 187 下

一直以為瞎子之於她只是生活上的陪伴，一個寄託而已，
可當他死掉後，沈曦才發覺自己真是錯得離譜！
心好痛好痛，痛到不管不顧，她只想就這麼隨他而去算了，
不料，她竟被診出懷有身孕！為了他們的孩子，她必須活著。
產下一子後，她努力地攢錢，想給孩子不一樣的人生，
怎知一顆心歸於平靜後，瞎子竟又出現了，而且還不瞎不聾不啞！
原來他叫霍中溪，在這中嶽國裡，是地位凌駕於帝王之上的劍神，
之前是因為遭人伏擊，身受重傷，又被她的前身下毒才會失明的。
見他隨隨便便就拿出三千萬兩的「零花錢」，她整個人心花花，
鎮日為了混飯吃而奔波，現在她不僅能當回米蟲，還有丈夫陪啦～～

風 文創 201

年華似錦 3

國家圖書館出版品預行編目資料

年華似錦 / 天然宅著. --
初版. -- 臺北市 : 狗屋, 民103.07
冊 ; 公分. --（文創風）
ISBN 978-986-328-320-1（第3冊 : 平裝）. --

857.7　　103011066

著作者　天然宅
編輯　連宓均
校對　沈毓萍　王冠之
發行所　狗屋出版社有限公司
地址　台北市104中山區龍江路71巷15號1樓
電話　02-2776-5889～0
發行字號　局版台業字845號
法律顧問　蕭雄淋律師
總經銷　知遠文化事業有限公司
電話　02-2664-8800
初版　103年7月
國際書碼　ISBN-13　978-986-328-320-1
原著書名　《錦绣丹华》，由創世中文網（chuangshi.qq.com）授權出版

定價250元
狗屋劃撥帳號：19001626
網址：love.doghouse.com.tw　E-mail：love@doghouse.com.tw